用文字、声音、影像集结成
一本可读、可听、可看的书，
给打开它的你，
也从痕迹中看见自己。
——马茵

“剧”说不错

——夏莉莉外传

马茵　著

黄河出版传媒集团
宁夏人民出版社

图书在版编目（CIP）数据

“剧”说不错：夏莉莉外传 / 马茵著. -- 银川：宁夏人民出版社，2023. 12

ISBN 978-7-227-07915-6

Ⅰ. ①剧… Ⅱ. ①马… Ⅲ. ①随笔 – 作品集 – 中国 – 当代 Ⅳ. ①I267.1

中国国家版本馆 CIP 数据核字（2023）第 256733 号

“剧”说不错——夏莉莉外传　　马茵　著

责任编辑　白　雪
责任校对　陈　晶
封面设计　冯彦青
责任印制　侯　俊

黄河出版传媒集团 宁夏人民出版社 出版发行

出 版 人　薛文斌
地　　址　宁夏银川市北京东路 139 号出版大厦（750001）
网　　址　http://www.yrpubm.com
网上书店　http://www.hh-book.com
电子信箱　nxrmcbs@126.com
邮购电话　0951-5052104　5052106
经　　销　全国新华书店
印刷装订　宁夏银报智能印刷科技有限公司
印刷委托书号　（宁）0028304

开本　720 mm × 980 mm　1/16
印张　22
字数　260 千字
版次　2023 年 12 月第 1 版
印次　2023 年 12 月第 1 次印刷
书号　ISBN 978-7-227-07915-6
定价　68.00 元

她不仅仅是“夏莉莉”……

宁夏百姓眼中
她是家喻户晓的夏莉莉
宁夏春晚小品里
爽脆麻辣
直播话筒前
侃侃而谈
朗诵舞台上
声情并茂
采访现场
理性睿智
广播剧录制现场
全情投入
声音课堂
妙语连珠

序一

真的不错

田宝贵

那是2017年12月31日的夜晚，在一个建筑施工现场，宁夏广播电视台的主持人正在这里举行一场慰问演出。舞台不大，只是在简陋的地基上搭了些板子。正值深冬，加之不时有西北风刮过，我非常担心现场气氛不浓。然而，当介绍广播剧《的哥哈喜喜》主创人员马茵、江涛登场时，现场掌声伴随着喊声此起彼伏，直到宣布演出开始，现场才安静下来。他们的演出从一开始就燃起了台下的笑声和叫好声。演到半场时，风突然大了起来，马茵、江涛的声音有那么两分钟根本就听不清楚，但他们依旧认真完成了表演。这期间我依稀听到台下工人交流时表达出一些遗憾，这时，我看到马茵、江涛又回到舞台上，马茵对大家说："我们今天晚上的节目就是为你们创作编排的，让你们在工作之余、在新年到来之际，能够享受到生活的开心快乐，你们为了宁夏的建设付出了艰辛的努力，我们再为你们演一遍……”演出结束后，马茵告诉我，刚才她冻得几乎说不出话来，手冻得都麻木了，中途差点儿连话筒都拿不住了。这就是马茵，她始终有一股子韧劲，要做，就一定做到最好。

我曾经在一次研讨会上说，广播剧《的哥哈喜喜》之所以能坚持创作十几年、每年播出两百多集，是因为马茵和她的同事在创作中与现实、与群众、与生活紧密结合，总有用不完的素材。这个节目引发了社会各界的高度关注，堪称宁夏广播电视台乃至宁夏现象级的文化作品。广播剧《的哥哈喜喜》曾受到中国广播剧研究会专家的肯定，认为宁夏广播电视台为广播剧的发展和繁荣探索出了一条有益的路径，在全国各地媒体中都是不多见的。

广播剧《的哥哈喜喜》何以家喻户晓、经久不衰？我认为这得益于马茵和她的同事的执着与坚守。记得有一年我和陈大志、马茵去北京参加中国广播剧的一个研讨活动。等飞机时，我问马茵：“要说一路走来你碰到的困难也不少，究竟是什么原因支撑着你一直坚持《的哥哈喜喜》的创作？”马茵告诉我：“我觉得就是一种热爱。一些朋友也劝过我，不要太辛苦，要活在当下，多享受生活。我觉得他们说得对，是要活在当下，但创作、表演恰恰是我当下最快乐的事儿。从开播到现在已经十六年了，这种快乐已经融入了我的血液、融进了我的生命，不论是即兴创作还是现场表演，都让我收获了崭新的体验。”那一刻我找到了马茵对工作充满了热情的原因，也感受到了她辛苦付出后的幸福感和满足感。

广播剧以声音艺术为主要表现形式，这就给节目题材的选择和风格的塑造带来了很大的空间。方言广播剧因其鲜明的地域特色，既增加了创作的难度，又在某种程度上制约了多样化风格的拓展。客观来讲，每一种体裁都有自己独特的语言风格。《的哥哈喜喜》被定义为情景剧，就在于它始终贴近生活、贴近百姓、贴近情感来寻找创作素材，同时以通俗易懂的方式进行场景表达。我和节目组的同事做过分析，每期节目时长十五分钟，如何吸引听众？除了戏剧化情节的设计，还要考虑语言的精准和生动，比如每句台词不能长，动词不能少，个性化语言要鲜明，还要考虑所用语词必须积极向上，这样才能吸引听众。他们不间断地深入生活，不仅积累了丰富的方言词汇，而且收集了许多很好的素材。据马茵讲，每年她都要抽出很多时间和老百姓聊天，随时记录下来百姓津津乐道的话题，这为创作积累了大量真实的素材。

没有春播夏长，哪来秋收冬藏？不那么好走的路才是上坡路。广播剧《的哥哈喜喜》从家长里短的城市题材到形式多样的农村题材，从老年题材到青春题材、爱情题材等等，给不同需求的听众提供了多种选择。此外，节目围绕喜剧元素进行创作设计，极大地拓展了节目的个性。节目里有许多小人物，他们都真诚乐观，对生活充满了热爱，给听众留下了深刻的印象，这得益于马茵长期以来对生活的细致观察。

有一次我乘出租车回家，恰遇广播剧《的哥哈喜喜》的播出时间，只见出租车司机不时被剧情逗得笑出声来……我问："你喜欢这个节目吗？"司机告诉我："非常喜欢，节目里有很多故事就是我们遇到的，特别搞笑，听起来很放松。"其实，那一刻我也进入了剧情，同样产生了那种放松感。记得《的哥哈喜喜》节目播出两千集时，他们计划出版一套精选剧目的光碟，一时间，来自党政机关、企事业单位的朋友纷纷打听这套光碟的出版情况，足见这个节目的受欢迎程度。

以前我一直以为有编剧才能的人不一定擅长表演，但马茵却恰恰相反，她能将编剧、表演高度地融为一体。表演能力让我意想不到。我曾经观看过由她主演的几集视频，就像是她演播的广播剧的视频版，声情并茂，惟妙惟肖。这几年她曾应邀参与了一系列广播剧的录制，虽非她的专业，但都达到了令人满意的效果，可见她的努力和悟性。灵感和悟性不过是付出后的馈赠。我想，大家在读完她的这本书后，也一定会从中找到答案。

翻开这本书，会让我们对她有新的发现：马茵并没有陶醉或止步于夏莉莉的名人光环，这些年她从未停止学习与成长，而是一直在自己喜欢的新领域正念行走，用十足的进取心和果断的行动力成就更好的自己。她这种一旦确定目标就全力以赴，身处低谷而不言放弃的勇气，或许会让你对生活产生更多的思考……

读着马茵拿来的厚厚一摞手稿，字里行间让我燃起颇多感慨，想起了我们曾经共同经历的点点滴滴，拉拉杂杂地写了这些文字。

是为序。

[田宝贵，高级记者，政协宁夏回族自治区委员会文化文史和学习委员会副主任。曾任宁夏广播电视台党组副书记、总编辑。入选中宣部文化名家暨"四个一批"人才，获得第十届长江韬奋奖（长江系列）等荣誉。]

序二

回望走过的脚印

马乐群

眨眼间，女儿马茵已年过半百。前半生她经历了一些风风雨雨，也做了很多这样那样的事情。她的职业是主持人，经常戏称自己是“嘴力劳动者”。说起业务上的事儿，她总是兴味盎然、滔滔不绝。我留意观察过，她在话筒前认真专注，或兴高采烈，或侃侃而谈，或娓娓道来，脸上充满了愉悦和敬畏。我知道，这个职业让她十分快乐。

让我不能理解的是，本来文笔不错的她，偏偏很少动笔。只有在工作之需、刊物约稿时才不得不完成作业，每次得到的评价都不错。现在她要出书了，我当然很高兴。

她是大型方言广播情景喜剧《的哥哈喜喜》的编剧、导演、女主人公夏莉莉的扮演者。因为此剧她成了宁夏的名人，在全国广播剧界也有了一定的影响。后又创作并演出了一些广播剧、微电影、小品、微视频等，获得了不少的奖项。看来她确实与"剧"有缘。

书名《"剧"说不错》是她将"据说不错"这个词换了一个同音字——剧，显得既鲜活贴切，又赋予了更多更深的内涵和意蕴。

这本书共有七个部分。第一章一路走来，写的是马茵从事播音主持工作前后的经历。许多故事跌宕起伏，眼看成功，却又失望，走到山穷水尽，突然柳暗花明。有时不务正业，却又成就辉煌。让我们看到了坚持自己的热爱和追求，最终收获成功的马茵。

第二章戏里剧外，从讲述马茵成为夏莉莉开始，介绍了哈剧创作中遇到的领导、同事、朋友、粉丝，以及广播剧界让她充满敬意的朋友，最后诉说了几次转身中的得与失，其中不乏一些人生哲理。

第三章最为独特，马茵用文字讲述了自己与八个人的故事。这些人中有她的领导、伯乐、同事、家人、闺蜜。此书最后的附录部分又邀请这八个人写了与她的故事。你写我，我写你，创意新颖，相映成趣。

第四章半红半绿，写工作之外的生活和家人。马茵写我退休之后参加活动的几个镜头，特别逼真传神。实际上是对我退而不休、老骥伏枥精神的赞许。她写母亲的那篇《老队友》，讲的是母女俩爱好相投，一起痴迷共同爱好的故事，从中不难看出她对母亲的挚爱。写到女儿时，她直截了当地以《她比我棒》为题，我颇感意外，一向有些特立独行、恃才傲物的女儿怎么突然变得如此虚心谦恭？认真读过这些文章，对女儿有了全新的认知。她是多元的，也在不断更新自己，她的文字让我看到了她的另一面和真实的内心。

第五章声海论道，收录了马茵几篇比较有分量的论文。曾先后在《中国广播》等刊物上发表。《的哥哈喜喜》受到了宁夏听众的热烈欢迎，它的成功超出所有初创者的预料和想象。可成功的原因是什么？思考的人并不多。马茵的几篇论文或许给出了答案，得益于主创们在定位策划、团队组建、无剧本创作和艺术力量的调动等多个方面的有益探索。我认为，所有创作者们的艺术情怀和社会责任感同样功不可没，否则就不会有历经十七年、三千四百多集的辉煌，就不会有那么多幽默风趣的对话和引人入胜的故事情节。可能只是一时兴起的几个玩玩闹闹的方言小节目而已。

对于马茵而言，亦是如此。我认为这也是她成功的秘密。在她的书架、书桌上，我多次看到了高等艺术院校有关播音主持、广播剧创作方面的专业教材和理论书籍，还有好多宁夏本土学者关于宁夏方言和语言学的专著。在别人看不到的时间和地方，她确实做了不少功课，下了不少功夫。正如一则宁夏谚语说的，若要人前显贵，少不了背后受罪。

第六章痕迹，收录了她参与的广播剧、微电影、舞台小品、微视频和播音主持作品。读者可以从中看到她的成长与探索，作出自己的评判。

从结构上看，这本书看似有些繁杂，不太有序。我的这种看法或许过于传统。年轻人，甚至四五十岁的中年人，都不喜欢过于循规蹈矩。的确，如果一切都是那么拘泥呆板，哪来的创新与发展呢？

记得有人说过："人生不必太长，但要留下脚印。"这本书实际上是马茵对自己走过路的回望。青春的迷茫，职业的探索，困惑中的无奈，绝望中的喜讯……是她苦涩而甜蜜的记忆，能引起同龄人的共鸣，也会给年轻人一些启示。前辈的教诲，朋友的助力，创作的艰辛，掌声的鼓励……给了她前行的力量和顿悟，也能让读者从中品味到人生。

也许是当了多年喜剧编剧、导演、演员的缘故，也许是受宁夏方言诙谐有趣风格的影响，马茵在行文中有很多发噱逗哏的语句，读起来质朴而有趣，比一些鸡汤多了些真诚和畅快，掩卷之后会感慨：原来她是这么走过来的。

这本书告诉大家，马茵虽然经历过了一些曲折、一些坎坷，但确实做了她喜欢做的事，也给人们带去了快乐。她是幸福的。感谢纯朴善良、刚正率直的宁夏人民和书中提及的以及没有提及的帮助过她的人们，你们是她的支持者，没有你们，便没有她闪着光亮的脚印。

此书还有一些不足之处，比如：有的文字浮泛平白，缺乏吸引力；哈剧绝妙精彩的剧集数量不多，让人有些不过瘾；业务论文的深度和广度都还可以再强化；等等。

为女儿的书写序，我很高兴，如有出于亲情的溢美之词，也请大家"拍砖"。本书对马茵来说，确实是一种回望，更重要的是还要继续前行。

有人说，人生从六十岁才开始。有报道说，人取得成就的最佳年龄是六十岁至七十岁。美国教育家卡耐基说过，即便是成功的人士，在一生中挖掘和使用的潜能也只不过占其全部的百分之四十。这句话不一定准确，但是也不无道理。根据我的人生体验，五十多岁的人都还有很多的潜力潜能有待激发。马茵应该也不例外，她的后半生会走出更多精彩的脚印，也会获得更多的幸福和快乐。

（马乐群，国家二级编剧，诗人，退休前为银川市文联专业作家。中国作家协会会员，中国民间文艺家协会会员，中国诗歌学会朗诵演唱专业委员会委员。）

目录

一路走来

003 我的青春也迷茫

008 八年抗争

014 生命因“你”而精彩

019 “不务正业”

戏里剧外

029 “夏莉莉”诞生记

034 感恩遇见

040 声音世界里的大神们

046 放下，转身又是新的开始

我和他们

055 文艺青年老闵

058 你的样子

061 同座的他

064 “少女”红红

068 乘风破浪的姐姐

072 刮目相待

077 这丫头，我喜欢

082 另一个“女儿”

半红半绿

089　如果有前世

094　父亲“马老”

098　造园记

103　老队友

107　疯狂一回

112　她比我棒

声海论道

121　践行“四力”　讲好脱贫攻坚的中国故事
——以广播剧《闽宁镇》《黄河水甜》创作为例

128　宁夏有个“哈喜喜”

136　方言广播节目主持技巧探析

143　小议广播剧如何闯市场

痕迹

153　广播剧《黄河水甜》

197　方言情景喜剧《的哥哈喜喜》

220　微广播剧《最美宁夏人》

234　微广播剧《甜蜜的惊喜》

240　微电影《迷途》

250　微电影《寻找》

261　小品《如此浪漫》

270　小品《情感直播》

271　小品《特别行动》

279　微视频《未雨绸缪》

281　微视频《神秘客服》

283　广播播音作品《一路同行》

284　广播主持作品《不拉手刹惹的祸》

300　电视主持作品《哈喜喜扯磨》

301　广播节目《变形记——马茵开出租》

附录　我们眼中的她

305　宁夏有个"夏莉莉"

308　向阳而生

311　我心目中的"夏莉莉"

314　马茵这个人

318　花开的声音

321　马茵，加油！

325　我们俩

328　生命里的一束光

后记　334

一路走来

走了这么久
回头看看
用文字记录为声音忙碌的脚步

扫码收听

我的青春也迷茫

作家刘同的长篇小说《谁的青春不迷茫》出版后，销量突破百万册，这本书同时获评年度“最佳励志书”。之所以如此畅销，我觉得很重要的原因是击中了年轻人的软肋——迷茫。迷茫是一种共性，因而获得了大家心灵的共振。

迷茫存在于人生的各个阶段，年轻时因为很多事没有确定方向，使得这个问题显得更为突出。五十岁，此时人生已过半，少了许多期许，多了些顺其自然，迷茫只是偶尔有之。

我也年轻过，也曾迷茫过，我的青春也迷茫。这里说的迷茫，是对未来职业的迷茫。用“未来职业”这个词，是觉得自己只是一个普通人，而理想和梦想似乎只属于那些拥有鸿鹄之志的精英。

理想和梦想也曾出现在我童年的豪言壮语里，中学之后渐渐明白

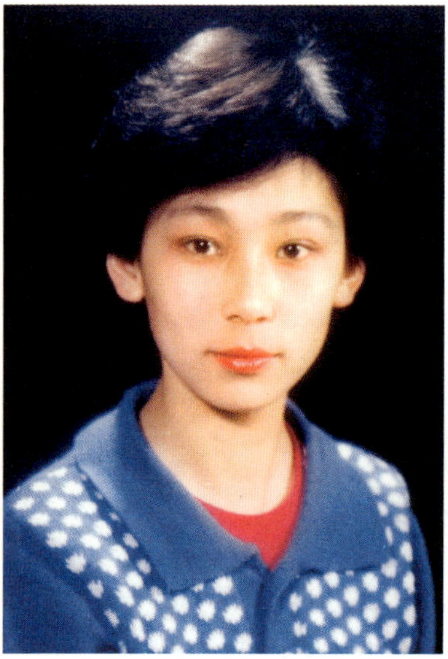

高中时期眼中满是迷茫

了理想的虚无和现实的残酷，便绝口不再提此事。不提不代表不想，偶尔也会想起。身处20世纪80年代的人们不知“卷”为何物，家长们不像现在都提前为孩子做好规划，我们恰好可以逃避这个问题，乐得得过且过，不想也罢。

记得我上高中时的高考升学率大概是百分之十。对于我所在的普通高中来说，一个班里能考上大学的凤毛麟角，绝大多数孩子只知道疯玩，我便是其中之一。未来做什么？不知道，也从未想过。

高三的一堂班会课上，班主任张老师宣布了一件大事：北京广播学院（后来更名为中国传媒大学）播音系在宁夏招生，需要提前进行艺术专业考试。想去的同学报名，由学校出具介绍信，到电视台去参加考试，如果通过考试，录取分数可低于高考分数线。

想想电视屏幕上的播音员字正腔圆的普通话、圆润饱满的声音、精致的妆容和端庄的服饰，我的心弦被拨动了，说虚荣心作祟大概更准确些。对呀，我为什么不去考播音员呢？再想想自己因为严重偏科而无法提及的英语成绩，我迟疑地举起了手。

虽然是自愿报名，但是我取得考试资格还是费了一番周折，其间的小插曲后面详述。考试的过程有些出乎我的意料，从未进行过任何专业

训练，却一路过关斩将闯到了最后一关。

那时参加艺考不像现在是坐飞机或火车到学校或者区域考点去考试，而是由当地广播电视台组织各省（区、市）的初试、复试，复试合格后出镜录像，录像带邮寄到学校汇总后甄选出复试合格学生，发放艺术考试合格证书。参加了录像的我没有拿到合格证书，这次考试最终以失败告终。因为只是抱着去试试的态度，用现在的流行语说我是去“打酱油”的，而且老师看好的几位同学也早早被淘汰，些许遗憾后，我还有些窃喜。不知何来的自信，我笃定地告诉自己：证明你在这方面还是有一定潜力的。如果好好努力学习，岂有不成功之理？

在青春中迷茫的我感觉那就是自己的觉醒时刻，未来有了明确的方向。那一刻，我并不知道这条路今后会走得如此曲折和漫长……

之后的几年，我屡次参加艺考，屡次受挫，每次都止步于最后一关，这让我再度陷入了迷茫，难道当年首考的过五关斩六将只是偶然事件？

那时我的身份是待业青年，顾名思义，就是等待就业的青年。其实也不是无业可就，而是短暂尝试后觉得自己无法胜任，或者认为不是我的菜。模特队待过一段时间，觉得自己身高不够，没前途；照相馆化妆师干过一段时间，觉得很无聊；开过服装店，觉得自己真不是做生意的料……

前途一片渺茫，但我觉得不能屈从，我一定要找一个自己真正喜欢的事情作为职业。

又一次偶然事件点燃了我心中的期待。

20世纪80年代，几乎没有成衣销售，大多是手工制作。手巧的裁剪缝制，不会做的买布料到裁缝店加工。我妈是女红能手，所以我从小便有了臭美的机会。随着年龄的增长，我对衣服的要求也越来越高，这里肥了，那里长了，下摆不圆，裤脚太窄，各种挑剔。终于，有一天，我妈恼了："毛病真多，有本事自己做去！"我心想：嘁，技艺不精，还怪别人毛病多。倔强地回了一句："自己做就自己做！"

说干就干，我研究家里的裁剪书，在纸上画图，用报纸打样，铺布料裁剪，学踏缝纫机，缝制熨烫，一气呵成。当然，这一切都是在我妈的指导下完成的。看到自己把一块布料变成了流行的一步裙，我乐了，呵呵，很简单嘛！

接下来我便沉迷于其中一发而不可收，陆续挑战了衬衫、喇叭裙、裤子、裙裤的裁剪，并且广受好评。我妈惊诧于我的迅速成才，从此退出裁剪行列，让位于我，专心从事缝制工序。她说，学得这么快，要不你就干这行吧！当裁缝？我才不呢！我都不知道自己当时哪来的心高气傲的资本。不过经我妈这一启发，与之相关的一个职业蹦入了我的脑海，对呀，服装设计师！

从书店抱回一大摞服装设计类书籍，除了在裁剪实践中加入自己的想法，我开始练习素描，兴致勃勃地向目标进发。时隔30年，《服装美术基础》《服装设计学》《时装画》《现代服装图鉴》……这些书依旧在我的书柜里占有一席之地。

不久我发现，凭自己瞎摸索恐怕无疾而终，于是和爸妈说了我想去大连服装学院学习的想法，但被他们以家里经济紧张为由拒绝了。

面对现实，我只好放弃了这份念想，服装设计逐渐成了业余爱好，做衣服成为我这个待业青年的谋生之道。

穿着自己做的旗袍走秀

不知父母现在是否后悔当初阻拦了我的这份热爱？如果当时成全我，我后来会不会成为郭培那样的高定设计师呢？哈哈！写累了，吹个牛。

四十岁前，常常抱怨世事的不公。四十岁后，常和知己说自己是一个幸运的人，其中包括了我迷茫的青春。迷茫的青春并不可怕，它是成长的力量，更是生命的绽放。

扫码收听

八年抗争

从我十七岁第一次参加艺考，到二十五岁时坐在话筒前成为一名职业播音员，整整经历了八个春秋。

八年，一次次考试，一次次失败；一次次满怀希望而去，又一次次失望而归。回想这一切，我不禁对自己有些佩服，不是因为时间的长短，而是这八年我一直在奋力地抗争，与自己，与家人……

1988年，我参加高考的那一年，拿着离分数线差八分的成绩单，看着上面二十六分的英语成绩，我有些失落。也许我放弃英语的那天，就应该想到会有今日，但我当时并不是很沮丧，毕竟班里考上的也就那么四五个，还有几十个与我为伴。少年不知愁滋味，那时的我不知道，之后的几十年里我一直在为没有走进大学校园而心生悔意。

在家里躺了几天，我一跃而起，我要学播音，继续考！

我爸当时已从工厂调入文联工作，很快为我找了一位专业老师——邓平，宁夏人民广播电台播音员，毕业于北京广播学院播音系。当时，电视台和电台的播音员大多是面向社会招考普通话语音标准、声音条件好的社会青年，进台后边学边干。像邓老师这样科班出身的并不多见，她的课程为我打下了坚实的语言基础。

后来我的艺考范围又扩大到了影视戏剧表演，师从当时宁夏话剧团的当家老旦李再玲老师，学习表演和台词。记得我爸当时给我介绍李老师的时候说，李老师演技了得，在西北话剧界有“第一老太婆”之美称。记忆中，李老师上课时示范朗诵和表演激情澎湃，让我这个当时的表演小白大开眼界。2016年，我在拍摄第一部微电影《迷途》时邀请李老师出演剧中的母亲，当时她虽已年过八旬，但是依旧激情四射，让我对她更加心生敬意。前些日子得知她于今年初仙逝的噩耗，看着剧照，不禁泪眼婆娑，默念：“老师，走好！”

表演考试还涉及声乐、形体和才艺展示。我跟着教育学院的张燕诚老师学过唱歌，跟着说唱团的老师学过曲艺，舞蹈和哪位老师学的实在不记得了，真心感谢他们的教诲。那时老师上课没有学费一说，都是分文不取，却非常用心。

成为播音员后，我曾一度以为为表演而学的那些课程都白费了功夫，但后来我发现，这些积累对于文艺作品的演播帮助相当大，特别是对于广播剧和舞台小品的创作，让我体会到了厚积薄发的力量。

学得津津有味，考得一塌糊涂。

继报考北京广播学院败北后，我又止步于教育电视台的播音员招

艺考时的证件照

考、解放军艺术学院表演系在兰州军区政治部战斗话剧团的招考。

1992年，中央戏剧学院表演系在宁夏话剧团招生，招收两名女生，发专业合格证书四个。等文化课成绩出来后，综合录取四选二。我一路过关斩将，顺利地成为四人中的一员，专业成绩排名第二。当时已经二十二岁的我重返校园，和一群弟弟妹妹补了半年的文化课后参加了高考。

就在所有人认为这次一定能成时，命运又一次和我开了个玩笑。这次我彻底傻了，仰天长啸：五年了，为什么受伤的总是我！

爸妈劝我："别考了，找个工作吧。"

妥协还是坚持？我真不甘心。

那时的我并没有在家啃老。服装设计师的梦想破灭后，做衣服成了我的谋生手段。除了上课考试，家就是我的裁缝铺。一开始是来料加工，我裁剪，我妈缝制。因为我把钻研服装设计时悟到的一些窍门用到了实践中，很快便门庭若市，应接不暇了，只能找了一个缝纫工来帮忙。我也会选一些款式、进一些面料开始加工定制业务，每月的收入并不比上班少。

经济基础决定上层建筑，我又没在家吃闲饭，在我的执拗坚持下，爸妈只好暂时作罢。

1993年，银川人民广播电台和电视台面向社会招考播音员，我赶紧

去报了名。电视试镜后，说我脸太长，分到了电台去试播。试播快结束时，播音组的组长马友谊老师说，和其他考生相比，我的业务更好。大家的反应也都不错。我心中窃喜，终于要告别裁缝生涯了。

没想到现实如此残酷，二进一，我又被刷了。如果说中戏那次考试我是技不如人，这次我无法给自己一个合理的解释了。上次是失望，这次就是绝望。

现在想来不知自己是如何度过那些失败的日子的。前些天看董宇辉的演讲，提到了一个名词：钝感力，就是一个人面对挫折的态度。我一下子就想到了那几年的经历，千磨万击还坚劲，任尔东西南北风，大概我也是个钝感力超强的人吧。

那一年，诞生了一种新的通信工具——传呼机，一种新的职业——传呼小姐——成为人们关注的焦点。传呼小姐声音温柔甜美，引得不少男人有事没事就想打个电话听听。银川市电信局成立了“126传呼中心”，急需传呼小姐，要去了在参加播音员考试中落选但成绩排名靠前的女生名单，我就在其中。

接到电信局的电话，爸妈挺高兴，说：“这个工作好，和播音员差不多。”

“什么差不多，差得多。不去！”我依旧坚持。紧接着便是潮水般的洗脑攻势：“电信局可是好单位，你都多大了？同学都结婚了，你连个工作都没有。先去试试，觉得不好再说，咱们骑驴找驴，不能老在家待着。”

最终，我妥协了，不是妥协于父母的劝说，而是一种来自自我和外

与“126传呼中心”的同事们在一起

界的巨大压力。那一刻，我开始怀疑人生：命该如此，还是我错误地认知了自我？

传呼小姐的活儿看似光鲜亮丽，实则枯燥乏味。记得我的工号是30号，每接通一个电话，就要重复一遍“您好，30号。贵姓？电话？好，再见！”每天重复两千到三千次。

时不时打进来的骚扰电话更让我不胜其烦，能做的就是一番斥责后果断将电话挂断，但这段经历也让我获益匪浅，嘴皮子麻利了。

那段时间，我常对自己说，这不是我想要的人生！无数次想立刻放弃，又浑浑噩噩地坚持下去。

事情往往会在面临绝境时峰回路转，让你猝不及防。1995年的一天，银川人民广播电台播音组组长马友谊老师给我打来电话，说电台要开始节目直播了，需要增加播音员主持人！我狂奔而去，找领导说明来意，立马被告知第二天来上班，手续随后办。

就这么简单吗？

走出办公室的门，我不敢相信这是事实。

像一场梦，又像一场戏，八年的抗争，就这么匆匆结束了！

突然想起那几年我家客厅沙发后挂的一副对联，上联：宠辱不惊看庭前花开花落，下联：去留无意望天上云卷云舒。

扫码收听

生命因『你』而精彩

看到这个题目，有人一定很激动，以为爱情故事要上演了。看清楚，这个“你”字带着引号，所以，肯定不是一个人。那是什么呢？且听下段分解。

“你”，就是我自1995年至今未曾改变的职业，最早叫播音员，主持人节目兴起后改叫主持人，后来不知何时又改叫主播，释义为播音员和主持人的综合体。

因为来之不易，所以至今仍清晰记得自己真正坐到话筒前那一刻的欣喜与兴奋。匪夷所思的是，二十八年来，无论历经多少风吹雨打，我都对它初心不改，从未有过丝毫厌倦与懈怠，也许这就是人们常说的真爱吧。

为何如此？如果说最初有虚荣心在作祟，惦念那份让人羡慕仰视的

心满意足和耳边充盈的溢美之词，三十岁之后，浅薄和稚嫩被庆幸所取代，庆幸当同龄女性整天周旋于柴米油盐、家长里短时，自己却每日感受着世界的美好和时代的脉动，享受着生活的精彩和充实。而今光环虽不在，却激情依旧，初心不改，是因为这份职业带来的益处多多。

二十八年来，随着社会的发展，我感受着广播的兴衰沉浮。值得庆幸的是，其间，我遇到了许多亦师亦友的人，他们给予了我许多帮助。

播音主持这个行当跟戏曲有点儿相似，新手入行遇到的师傅很重要，他们在你懵懂之时的口传心授，会在你以后的语言表达中打下深深的烙印。1995年进入银川台，我就幸运地遇到了一群榜样。银川电台当时的一帮老播音员业务过硬、语音标准、功底扎实，让我几乎没走一点儿弯路。播音组组长马友谊老师声如洪钟，女播中不多见的中音，听起来利而不锐、柔而不绵。姚军老师的声音细腻婉转。姚老师是金话筒奖获得者。金话筒奖，这一代表中国广播电视节目主持人最高荣誉的奖项设立于1993年，2014年后再未颁发过，姚老师是宁夏唯一获此殊荣的播音员。和我搭档播新闻的马唯老师是京剧演员出身，他向来从容淡定，颇为佛系，录新闻时

在银川台工作期间的照片

一气呵成，很少出错停机。在他的影响下，我力求做到新闻播报眼、脑、口配合协调，心态积极稳定。

后来台里改革，播音员分到了各个部门，我和同时进台的张建民被分到广告部主持《广告文体大观》，经历了由播音员到主持人的痛苦蜕变。1998年前后，随着机动车数量的爆发式增长，广播迎来了一个发展黄金期。以流动群体为主要受众的交通广播发展势如破竹。1999年，银川交通音乐台成立。上午的《生活调频》、中午的《司机点歌台》、下午的新闻，三档节目我连编带播，忙得像个陀螺。热线和短信等互动环节让人随时感受到听众的成倍增加，与节目的高度黏合。相较以前与听众的隔山隔水，感觉自己就像一个生意冷清的饭店老板娘，换菜之后突然门庭若市，忙得脚不落地，嘴里虽喊“哎呀，累死了，累死了！真是的，怎么这么多人呢！”但心里却甜似蜜、乐开花，满脑子的多巴胺和内啡肽。

2000年9月26日，宁夏交通广播开播。八个月后，我成为这里的一员，担任新闻主播和专题节目主持人。此时的广播突围出直播间，开始“走出去、请进来”，以活动拓展市场价值。省级台为我提供了更广阔的平台和更多的机会，

直播带货

第七届全国少数民族运动会开幕式直播、金鸡百花电影节开幕式和闭幕式直播、长达五个小时的《与爱同行——汶川地震抗震救灾特别节目》至今记忆犹新。

每当听到有人说“这个我不会做，那个我没干过”时，我都着急得想大吼一声：试试又何妨！过去从未有，并不代表今日、明天不能有。领导压下来的额外工作，也许会让你跳出舒适区，挖掘自我，挑战、改变、进步、前行。2012年，频率副总监陈大志外出挂职一年，他负责的大型活动落到了我的头上。活儿来了就干吧，我策划实施了“文明出行、平安相伴”活动，并与全区五个地级市交通管理部门合作，每月举办一次活动，全年共举办十二次。活动参与者众多，现场常常排起长队。整个活动细碎而烦琐，让我的大脑得到了高速运转，思维变得更加缜密。

二十八年来，记不清“您好，听众朋友，我是马茵”这句话说过多少遍，不知道有多少个角落留下了我声音的温度，不清楚有多少人在聆听中有所收获，而我却是最大的受益者。

走过的路不论长短，要看有无风景和记忆。

生命因“你”而精彩，你让我感受到声音所到之处，听众给予的温暖与力量，让我拥有目视世事沧桑后多于常人的淡定与从容，更让我体会到价值与成长。纵然遇到质疑、否定、贬损，有过困惑、失落、迷茫，更多的是忙碌、收获、欣慰，是鼓励、支持、赞许……

人生百味，尽在其中，妙不可言。正是因为如此，我总能够以一种命运宠儿的心态和一颗感恩的心笑对生活，知足常乐。

以此为业，何其有幸！

扫码收听

『不务正业』

口口声声说热爱自己的职业，其实一路走来还是干了许多“不务正业”的事儿。

记得1993年到银川台参加考试时，我一开始报的是电视播音员。没想到试镜后，领导说：“这个不成，脸太长，声音不错，去电台吧。”这句话让对外形较为自信的我顷刻间产生了怀疑和容貌焦虑。唉，既然如此，那就扎根只有声音没图像的广播吧，从此便断了上镜的念想。

没想到2016年，在我四十六岁“高龄”时，竟然上了电视，成了公共频道《哈喜喜扯磨》的主播。这个节目一开始由我在《的哥哈喜喜》中的搭档江涛主持，后来台里让我给节目配画外音，不久让我与他共同出镜。我担心地说：“不行，我上不了镜，脸太长。”试镜之后，大家说不长，挺好。我颇感奇怪，是我胖了？还是现在人们的审美变了？算了，不想了，上就上吧。但广播人上电视，在融媒体时代还未到来的那

为爱朗读课堂授课

时应该算是不务正业吧。不过那时我已经离开直播间不做直播节目，专门从事广播剧的创作，正业没了，那就做其他业务吧。

广播剧《的哥哈喜喜》火了之后，交广的一些重要活动开始让我俩去站台。江涛创作了一个小品剧本《瞧这两口子》，每次结合主题加一些现挂内容。没想到这个小品如变形金刚一般百变，前前后后演出过百场，也把我们的表演区域由录音间推到了大大小小的舞台上。之前参加艺考时的表演本事派上了用场，电视里的小品也成了我观摩的对象，我渐渐明白了什么是舞台上的走位、动作、交流和反应。自2016年开始，哈喜喜剧组创作的喜剧小品连续三年登上了宁夏春晚的舞台。

春晚小品剧照

只是小品才十几分钟，时间太短，往往在渐入佳境时便戛然而止了。如果有人问我你还有什么愿望没有实现，那我肯定会说，我想演一部话剧，过把演戏的瘾。

如果说演舞台小品是“被迫”不务正业，那创作微视频、微电影就纯属自找的了。2014—2015年，哈喜喜剧组与自治区公安厅禁毒办联合制作了以“珍爱生命、远离毒品”为主题的专编剧集。当时合作的联络人是交通广播副总监刘青梅，有一天，她告诉我公安厅要举办全区首届禁毒微视频大赛，有兴趣可以试试。

开什么玩笑，音频没问题，视频我可压根没玩过，但我还是心动了。为什么不试试呢？不知道视频剧本如何写，那就上网搜出来看看。就这样，我照猫画虎，用录制广播剧积累的素材完成了剧本《迷途》。剧中吸毒的女主角谁来演呢？没合适的人那就我上吧。我和化妆师孙一丹找出与毒品有关的电影，我看表演，她看化妆，两人没少下功夫。演员和拍摄团队齐心协力，完成了拍摄。作品虽然有些稚嫩，但在比赛中获得了一等奖，对我鼓励不小，勾起了我的视频创作欲。

拍摄爆笑微视频时的剧照

2016年，我根据交通广播帮助寻人的真实故事创作了微电影《寻找》，作品获得了中宣部宣教局、中央新闻纪录电影制片厂（集团）开展的社会主义核心价值观主题微电影征集三等优秀作品奖。在微信平台推出的短视频前后也拍了四五十集，这是自己在工作领域外的全新尝试与拓展，感觉非常好玩。

我妈说起小时候的我，经常会提起我“好为人师”。叫邻居家的几个小朋友坐在我家的小板凳上，找个粉笔头拿门当黑板给大家上课，乐此不疲。这几年我的这个老毛病又犯了。同事张喆是个典型的文艺女青年，颇爱读书，前几年她和宁夏图书馆策划了一个公益活动——“书香宁夏、为爱朗读”声音课堂，

声音课堂现场指导朗读者

邀我去讲课。讲课结束，大家的评价是：通俗易懂接地气，获益良多好实践。大家有收获，我也有同感，在备课和指导朗读者的过程中，加深了对理论的理解，这个不务正业是双赢。

2018年，我应宁夏大学新华学院的邀请，给新闻专业播音与主持人方向的学生授课，主讲《主持艺术与技巧》《文艺作品演播教程》。第一天走进校园，今生未读大学的遗憾又涌上心头。走上讲台，我坦率地告诉孩子们，我没有在大学里学过播音主持的专业课程，但我并不忐忑。

2023年初，我以前的同事、宁夏大学新闻学院副院长张静涛邀我去给宁夏大学播音主持专业的首届学生授课，主讲《普通话语音与播音发声》。这次的感受又是全新的，因为从备课到讲课，我感觉自己像补上了多年前未踏入大学课堂而缺失的课程。当帮助学生们发现并解决了语音和发声中存在的问题时，我也了却了一份多年的遗憾，此乃以不务正业助正业也。

2022年5月，接到马友谊老师的电话，说宁夏残联想制作供视力障碍者观看的无障碍版电视剧《山海情》，想启用视障者录解说词，希望我去帮助培训一下选拔出来的配音爱好者。补充一句，马老师1998年从银川台调入宁夏残联当副理事长，直到退休。我如约而至，先参加会议了解了自己从未听说过的《马拉喀什条约》和无障碍电影，以及他们的项目计划。会议结束后收看了一段他们自己制作的无障碍电视剧片段，我对负责这一项目的领导谈了自己的理解和看法，并一针见血地指出了他们作品中的问题。他表示认同我的观点，告诉我目前他们仍然没有找到可以完成这个项目的专业人士，希望我帮忙推荐。我直截了当地告诉他："我可以做。"虽然是电视剧，但是无障碍版实际上是音频制作，与广播剧创作有许多相似之处。

没想到，领导马上又在会议室召开了一个会议，当场拍板由我来负责这个项目。回家后我立即像以往面对新事物那般兴奋地投入战斗，观看了他们提供的无障碍电影和中国盲文图书馆专家的创作培训课程，看完之后我又坚定地告诉他们："放心，我可以达到相同的制作水准。"

牛吹了，活儿就要干得漂亮。没想到接下来困难接二连三，过程异常艰难，二十三集的《山海情》整整做了四个月。残联前期确定的解说词创作者退出，我接过接力棒。我发现，无障碍解说词脚本的创作受到表达空间和画面元素的严格限制。电视剧中有些情节画面信息量大、节奏快，但声音元素较多、空档较少，无障碍版台词创作空间受限，怎么办？只能把最主要的信息以最简练的语言表达出来。而有些情节原有声音元素较少、空档长，但场景没有变化，解决的方式就是深挖细节，加大对人物的表情、动作和内心情感及周围环境的描述。每集脚本完成后我会和一些盲人朋友一起围读剧本，现场配音，听取他们的意见和建议后进一步修改和补充，再由中国盲文图书馆的专家审阅后方才定稿。

起初录制时是由配音者使用盲人专用电脑以跟读的方式进行，但点显器发出的“嗒嗒”声影响音质，后来我只能采用逐句领读的方式进行，录完后再把我的声音一句句剪辑掉。因为脚本的内容全部为视觉信息的解读，而配音者为先天视障者，很难在脑海中形成画面，语言表达的情景无法再现，这时我又通过讲解引导、示范领读、反复录制的方式，力求准确、生动地传达内容。试听环节，视障者反映声音清晰度不够，开始我怎么也找不到原因，差点把自己搞崩溃。经过多番查找才搞清楚是其听觉比常人更为敏感所致，最后导出音频时将比特率从原来的128比特/秒调整到320比特/秒才得以解决。回想起来，那真是一次不堪回首、痛并快乐的“不务正业”。

如果有机会、有兴趣，不妨也搞搞副业，说不定你也会收获一份惊喜。

戏里剧外

戏如人生

人生如戏

笑看戏里剧外百味人生

扫码收听

『夏莉莉』诞生记

2006年5月1日，广播方言情景喜剧《的哥哈喜喜》开播，之后我有了一个新名字——夏莉莉。此名从何而来？为何属于我？还真有一段故事。

早些年，每逢春节各单位都会排练节目组织团拜活动。2006年春节前，时任宁夏交通广播总监的刘宁乾对我说：“今年的春节你给策划一下，排个节目。”领命之后，我开始苦思冥想：宁夏交通广播的前身是宁夏人民广播电台文艺部，咱排出的节目得像回事儿。这年年的节目不是唱歌就是跳舞，不免使人产生审美疲劳，今年不能走寻常路。

突然，一个节目——方言配音跃入脑海。那是1997年银川人民广播电台派我到北京广播学院（现中国传媒大学）学习时学校文艺演出里的一个节目。播音系的学生用方言为经典电影片段配音，台下爆笑声、掌声响成一片。当时我就想，真会玩，真好玩，有机会我也要试试。

和领导一说，立马得到肯定。我找来《叶塞尼亚》《魂断蓝桥》等电影经典片段开始排练，人手不够还从其他部门借来了交广的“女婿”——主持人雨依的爱人江涛。此前江老师已在其他频率做过方言节目《毛老羔的幸福生活》，当时这个节目已经不再录制了。

节目在台里的团拜会上演出后，反响热烈。台长又带着我们到兄弟单位联谊，同样受到了热烈欢迎。表演完坐在台下，我兴奋地和坐在旁边的江老师说：“既然方言这么受欢迎，完全可以在方言节目上做文章呀！”没想到他也正有此意，我们当时就跟坐在前排的刘总监说了想法。呵呵，英雄所见略同。就这样，一个算不上伟大的想法诞生了。

刘总监是文艺兵出身，此前担任文艺部主任多年，在广播剧的创作上经验丰富，之前策划的《枸杞红了》《一棵树传奇》已获中宣部“五个一工程”奖。春节一过，我们请来表演宁夏坐唱的徐明智老师、我的父亲和音乐人郝建宁，希望他们共同为这部方言剧创作一首具有宁夏地方特色，又朗朗上口的主题歌。江老师负责节目策划。

记得江老师最初给这个节目起名《李老歪外传》，刘总监觉得不是很理想，说要选一个宁夏典型的姓氏，名字要体现喜剧特色，最终大家选择“哈”姓。我父亲说，张贤亮的《绿化树》里有个海喜喜，咱们可以借用，叫“哈喜喜”。用银川话一试，“喜喜”这两个字还真是上口又顺口。女主角的名字是刘总监起的，他说既然定位这两口子是开出租车的，就要体现出租车元素。当时出租车的主要车型是“夏利”，我们取“利”的谐音茉莉的“莉”，叠词便是“莉莉”，于是夏莉莉这个名

字便诞生了。大家都觉得起得绝，接地气，叫起来还爽脆。剧中的二人必须是二婚，二婚才有戏。

根据各方的意见和建议我修改了策划书，交给领导时，刘总监说："你来演夏莉莉。"我当时就惊呆了，开玩笑吧，我连广播剧是什么都不知道，哪会演呀！"我看好你，肯定没问题，你要相信自己。"听罢，我想，估计没有更合适的人选了，那我就赶鸭子上架，接招吧。

就这样，我，马茵，成了夏莉莉。

"万事开头难"，这话一点没错。剧组中除了导演江老师，我们全是外行，大姑娘上轿——头一回，只能摸着石头过河了。因无剧本录制，方言使用不熟练，缺乏专业的表演技巧，大家感觉困难重重，连滚带爬地才走出了第一步。当我们兴冲冲地把制作好的四集得意之作拿去审听时，却被刘总监当头泼了一盆冷水：音效单一，场景和时空转换与剧情不符，人物语言过于呆板、性格不够鲜明，等等。"不做便罢，要做就做最好的方言情景喜剧。马上修改录音，分成两组重新制作！"一声令下，刘总监身先士卒，带着我们开始加班加点回炉。一天的忙碌之后，合格的《的哥哈喜喜》终于出炉，并在5月1日准时闪亮登场。

节目播出的前两天，我心里一直在打鼓：听众会是什么反应？第三天，我收到了一位认识的出租车司机发来的短信：夏莉莉，没想到你的宁夏方言说得如此地道、正宗，你们的节目受到了大家的欢迎，祝节目越办越好！看着短信，我百感交集，悬着的心终于放了下来。

没多久，刘总监又跟我开了一个玩笑，更大的玩笑。他说，《的

《的哥哈喜喜》录制现场

哥哈喜喜》一周五集，创作任务繁重，一个导演显然不够，你也要当导演。我当时惊得眼珠子差点掉下来。这次我明确表示了拒绝："不行，我真的不行！"刘总监还是那句话："我看好你，肯定没问题。你要相信自己，不会就学着干！"就这样，我又糊里糊涂地成了该剧的导演。

这么多年，关于夏莉莉一角，大家问得最多的问题有三个。

第一，你是一个主持人，父母又都是外地人，为什么银川话说得那么好？的确，对银川话和其他方言的掌握于我而言较为轻松，这也许和我小时候的生活环境有关。银川是个移民城市，许多大的厂矿企业里有来自天南海北的外地人。我自小生活在工厂大院里，北京话、上海话、天津话、东北话、陕西话、河北话、山西话、河南话、四川话、浙江

话……各省方言每日回旋在耳边，日久天长便能随口说几句。上学时，与班里当地同学的交流更是每天必上的方言课，久而久之便可无缝对接地随意切换了。

第二，你本人的性格和夏莉莉的性格反差很大，你是怎么塑造好这一角色的？模仿是表演的基本功，平时我就喜欢模仿身边一些有特点的人。寻找相似者是塑造人物的好方法，家里、单位、出租车上、大街上、路边摊点、超市里、聚会的餐桌上……我到处寻找和观察与夏莉莉性格相似的女性。功夫不负有心人，心直口快、善良俗气、泼辣火暴的“母老虎”夏莉莉就这样横空出世了。

第三，你说的方言为何那么好听？作为地域文化的重要组成部分，方言是人们日常交流的工具，放在节目中则是一种语言艺术形式。既然冠以“艺术”二字，作为一名专业的“嘴力劳动者”，在节目中就必须体现出它的艺术性。我上高中时班里有一位姓“党”的女同学，她的银川话婉转动听，全然没有鲁莽、生硬之感，给我留下了深刻的印象。我回忆她的语言特点，强化了银川方言中的扬调，发挥自己的音质优势，运用播音主持发声中的专业技巧，对声韵调进行了调整，在保留方言原生态的同时，展现了银川方言的美感，得到了大家的认可。

感谢夏莉莉，成为你，很幸运！

扫码收听

感恩遇见

人的一生会遇见很多人，有的擦肩而过，有的一路同行，有的形同陌路，有的成为知己。我常感喟：自己何德何能，能与如此多贤良之人共事共勉！

田宝贵曾是宁夏广播电视台总编辑，也是分管我们时间最长的副台长。他博览群书，斯文儒雅，从不颐指气使、发号施令。开会时他很少给我们分配具体的工作，常会从一本书谈起，渐入佳境时你方知他想表达什么，你应该去做什么。这么多年，他在广播剧创作的管理上亦是如此，从不插手具体创作，但当我们遇到问题时则会第一时间想到他，得到他的帮助。

宁夏交通广播第一任总监刘宁乾于我有知遇之恩，是他和当时的两位副总监一起将我调入宁夏台，后来又把我领入广播剧的世界，为我打开了一个全新的领域。我非千里马，而他一定是伯乐。几年前他因病去世，送别时感觉他笑眯眯的样子仿佛仍在眼前。感谢不吝赐教、悉心栽培，我定努力日行千里。

杨洪嵬总监是从电视调到广播的业务高手，年轻时当过侦察兵，洞察力、分析力过人，对节目和部门的管理很严格。他在活动的策划和实施方面给了我许多历练的机会和空间，是我这方面业务能力的挖掘者。我俩八字有些不合，他气盖山河，我桀骜不驯，他在认可我努力的同时，也一直以自己的气度包容着我十足的个性，从来没有因为我向他拍过桌子而给我穿小鞋。杨总崇尚节俭，外出开会和学习会严格限制人数，我因此错过了去黑龙江学习的机会，错过了呼伦贝尔和福建漳浦的广播剧年会。但他的公平公正、周到全面，大家有目共睹，让人无可非议。

周新文总监属于交广历任总监中的一位非业务领导，专业是会计学和管理学，之前一直在财务和人事部门工作。虽对广播业务不熟悉，但在管理上颇有章法，他在任期间组建了广播剧部，推出了《的哥哈喜喜》微信公众平台，成立了哈喜喜传媒公司。那几年，也是我创作的丰产期，二十集系列微广播剧《最美宁夏人》、微电影《迷途》和《寻找》都是那时创作的作品。想干活的人总是希望多一些工作上的支持、少一些工作外的羁绊。周总监对广播剧的鼎力支持，其中定有一份信任。

陈大志，这么多年来一直是我的直接主管领导，共事整整十七年。我们不仅工作上配合默契，而且是创作广播剧的最佳拍档。我性格火暴、一点就着，而他不急不躁、以柔克刚，性格上的互补让很多事情迎刃而解，曲终奏雅。一部部作品见证了我们的共同成长。他是一个宁愿自己苦累也要把事情做好的人，一个宁可委屈自己也要顾全大局的人。我的个性是算计奸佞之人，不与之为伍，而面对如此包容担当之人，定会庆幸与之同路。和这样的人共事，真是“响必应之与同声，道固从至于同类！”

与陈大志（左一）一起审听广播剧

老王，本名王晓龙，最早是名中巴司机、哈剧的忠实粉丝，后来开始跑出租，经常给我们的节目提供素材。一次他来剧组探班，话筒前一张嘴，妈呀，难得的原生态大哑嗓，妥妥的一个大反派，于是，剧中人物哈喜喜就有了一个贼不正经、贼不靠谱，还一肚子坏水，谁都想踹两脚的同学——江发财。由老王饰演的这个角色很快得到了听众的认可。后来老王卖了出租车，除了在家领孙女，就是来剧组演戏。老王演戏禀赋平常，但是特别认真努力，我就让他同时负责剧务工作。老王有早睡早起的习惯，晚上九点以后发微信没回音，早晨打开手机，凌晨五点多回信了。我们九点开始录剧，他七点不到就打好开水坐在录制间开始找素材了。我们录剧时他也是里里外外忙个不停，是个很好的帮手。为了我和江老师专心创作，老王为剧组的管理工作出力不少，很难想象没有他精心的操持，我们得有多忙乱。但做的事情越多，犯的错误就越多，老王因此常常被我言语操练。大概是我训人有理有据？老王从不反驳，现在想来我如此待他是不是有点不厚道呢？

马冬，《的哥哈喜喜》演员里的“扛把子”。在我眼里，他是宁夏最著名、最优秀的相声演员，哈剧中最出色、最出彩的广播剧演员。我们相识于宁夏春晚的后台，他说相声，我演小品，都是语言类节目，所以被分到了一个房间候场。他因相声《宁夏话》一夜走红，为人却很低调。我们见面机会虽不多，但我对他印象深刻。我特别爱听他说相声，他说相声时也唱戏，曲调婉转悠扬，用情至真至深，人物模仿惟妙惟肖，包袱抖得噼啪作响。我喜欢给马冬导戏，他的方言地道，理解力

冬哥唱快板

强，记忆力好，角色塑造鲜活，正反派通吃还能锦上添花。剧组的人都喜欢他，幽默、和善、有教养。我觉得他身上最难能可贵的是不矜不伐、大智若愚、虚怀若谷。我虽长他几岁，情同姐弟，但写至此想说声：冬哥，加油！

对于广播人来说，听众亦是同路人。

“风雨无阻984”是一名听众的微信名。早些年我还在直播时，这是一个在微信平台上出现频率极高的名字。98.4是宁夏交通广播的频率呼号，单从名字就可以看出他是交广的铁粉，更是《的哥哈喜喜》的忠粉。他也是为数不多有我微信的听众，与我的互动率极高：老师，这集好，学到了不少知识；又出连续剧了，听得过瘾，欣然演李梓萱演得好；老师，这个素材好，编上几集；今天的重播，经典中的经典；老

师，今天微信怎么没有推新剧？从他的留言可以感受到我们的节目已经成了他生活的一部分。他因此也成了我收集听众建议、了解听众需求的重要通道。他还经常把看到的与我有关的文章或照片发来，并附上一些自己的看法。他的点评有时很到位，给了我很多启发。遇到年节或重要的日子，他也会发来一些问候语或提醒，这种双向传递带给彼此很多温暖，有这样的听众紧随其后，怎能不扬鞭奋蹄？

“乐风”，也是一名听众的微信名。人如其名，无论是听他微信里的语音还是见到他本人，都像一阵快乐的风，常常未见其人先闻其笑，充满欢欣和喜悦，一副少年不知愁滋味的样子，仿佛从不知烦恼为何物。“乐风”是名出租车司机，两个孩子的爸爸，生活压力并不小。出租车行业这几年步履维艰，但从未听他有过任何抱怨。社区需要时，他报名成为志愿者，白天辛苦跑车，冬夜坚守在寒冷的帐篷里，让人心生敬意。一日大雪天，我出差赶火车却打不到车，无奈之下急忙给“乐风”打电话，多亏他及时赶到我才不至于误点。发了车费红包，他却朴实地说：“姐，帮这么点小忙咋能收钱！”推让几番均被拒收。后来我把一箱自己亲手摘的连湖西红柿送到他家小区门口才算了了这桩心事。生活虽艰辛，但他喜欢养花种草、自制美食，在烟火中乐呵呵地前行，他的豁达乐观告诉了我什么叫“改变心情就能改变世界”。

扫码收听

声音世界里的大神们

广播剧的创作队伍相对稳定，所以这些年我在声音的世界里交了不少朋友，我在心里称他们为“大神”，不仅因为他们在自己的工作领域里成绩斐然，在德行上更值得我仰视敬重……

吕卉

吕卉，安徽广播电视台广播剧部主任，第十三届、十四届全国人大代表，广播剧界的骄傲和旗帜。由她担任编剧的广播剧连续九次获得中宣部精神文明建设“五个一工程”奖。

吕卉与我同龄，只是月份稍长，取得的成就却令我高山仰止，难以望其项背。虽然她取得的成绩斐然，但丝毫没有恃才傲物、不可一世之态，而是温柔安静、谦逊内敛，见人总是莞尔一笑，说话更是轻声柔

语。她自称有发言紧张综合征。确实如此，但凡有抛头露面的机会，她总是能躲就躲，实在躲不过脸上会腾起羞涩的红晕。

外面看似柔弱的卉姐，内心却充满了力量。广播剧《黄河水甜》被自治区党委宣传部立项后，我有了尝试编剧的想法，但又心生胆怯。虽然《的哥哈喜喜》也做了近三千集，微剧、系列剧也做了近百集，但时长都在十多分钟。这部连续剧共三集，每集三十分钟，是庆祝中国共产党成立100周年的重点文艺项目。我心里真没底，周围的人对我似乎也有疑虑。我斟酌再三后和卉姐联系，希望她来做这部剧的编剧。她问我为什么不自己写，我说了内心的犹豫。她说，你有《的哥哈喜喜》这么多年的创作经验，又有那么多的微剧创作基础，怕什么？迟早要迈出这一步的，我觉得对于你来说是时候了。就这样被卉姐温柔地推了一把，我又向前迈出了一步。当时她已是全国人大代表，又在文联挂职，虽事务繁忙，但她依旧给了我很多意见和建议，我至今心怀感念。

工作外的卉姐热爱生活、热爱美食，我们经常聊剧本时，她会把自己制作的美食照片发来，就这样我跟着她学会了杨梅荔枝饮、糖渍冰杨梅。

呀，又到杨梅成熟的季节了，下单“仙居杨梅”——卉姐推荐的。

权胜

权胜，中央广播电视总台技术局录制六部主任、导演，他的作品多次获中宣部精神文明建设“五个一工程”奖、亚广联奖、伊朗国家广播节大奖等国内外奖项。

工作中的权导

权导最早是中央人民广播电台著名广播剧导演胡培奋老师的录音师，后来开始涉足广播剧的导演和编剧工作，属于跨界选手，单这点就让我很佩服。

认识权导是从他的作品《功夫》开始的。几年前的全国广播剧年会上，广播剧界的一位专家在进行获奖作品点评时提到了作品《功夫》。功夫，玩的就是动作。广播剧只有声音没有画面，该如何展现？我好奇地在本子上记下了这个剧名。

听完只有二十一分十秒的《功夫》，我内心连呼“高，真是高！”声音在脑海中成为镜头的叠加，把广播剧带给人们的想象力发挥到了极致，从此我对广播剧有了全新的认知。作为这部剧的编剧、导演，他用声音向中国功夫表达敬意，更引发了听众对输与赢的哲学思考，真可谓功夫在功夫之外！

音乐、音效是《功夫》这部剧中的亮点，我至今不知道剧中蚊子的声音是如何制作出来的，下回见了权导一定要问问。

后来，权导担任了我们和福建台联合制作的广播剧《闽宁镇》的导演，又相继合作了《江山》《中国草》。在我眼里，权导是个颇有个性的人，当遇到了对的人，权导谈起创作、说起剧可以滔滔不绝，刹不住车；有时却一声不吭、沉默寡言，仿佛置身事外。我估计他当时在想：你们说的事儿与我无关，我还是赶紧想想我的剧吧。

王宏

王宏，原为福建人民广播电台交通广播总监，福建广播影视集团“五个一工程”领导小组办公室艺术顾问，中国广播剧研究会专家组成员。由他担任制作人的广播剧多次获中宣部精神文明建设“五个一工程”奖。

王老师是我见过的对广播剧最痴迷的人，虽然年近古稀，却退而不休，仍激情四射地奋斗在广播剧的创作之路上。我感觉他除了吃饭、睡觉，几乎将所有的心思都放在了广播剧上。这部剧还没做完，下一部剧已经开始构思了，让我们这些年轻人望尘莫及。

王老师在广播剧界德高望重。他在广播剧题材的选择上独具慧眼、犀利老道，能从不同视角审视题材，挖掘亮点与不同。由他担任制片人的广播剧，比如《歌唱祖国》《共和国不会忘记》《生命的交响》等作品几乎家喻户晓。

王老师为人真诚，毫无心机。很多同行告诉我，向王老师请教问题，他一定会倾囊相授。这几年和王老师合作的《闽宁镇》《江山》《中国草》等剧，他都付出了巨大的心血。

前不久，我去福州修改《中国草》剧本，在后面两集的故事切分和矛盾冲突的处理上遇到了瓶颈。一天一大早，王老师就打来电话说他昨天半夜有了新思路，兴奋得像个孩子。他的建议让我茅塞顿开，最终圆满地完成了剧本的修改任务。

王老师在创作时尽心竭力，在生活中童心未泯，他酷爱甜食，常常像个小朋友一样无法抵挡甜蜜的诱惑，我们想劝阻他但又不忍心，嗨，就由他去吧！

苏东生

苏东生老师是上海电影制片厂的拟音师。拟音师，可能许多人觉得很陌生，顾名思义就是模拟声音的人。我们平时听到的影视剧和广播剧里的声音并不完全来源于真实环境，许多都是拟音师用各种道具创作出来的，但能让听众身临其境，所以拟音师又被称作“声音的魔术师”。

初次见到苏老师是在中央人民广播电台的广播剧录制间，当时浙江台的阿宝老师正在此录制系列微剧《点赞村支书》，我去观摩学习。苏老师淡定地坐在拟音台前，桌子上摆着剧本和各类物件，如塑料袋、报纸、铁片、水瓶、木棍、装了水的盆子……

录制开始，苏老师也开始了自己的表演，只见他有条不紊地拿起各种物件，根据演员的表演适时地同步模拟出各种声音。那也是我第一次亲眼见到现场拟音，立刻被苏老师精湛的技艺征服了。坐下，抽烟，起

身，推椅子，穿衣服，砸东西，摔门而去，雨中匆匆的脚步声……节奏卡得严丝合缝，与演员的表演浑然一体，你甚至可以从模拟的脚步声中感受到演员当时的内心情绪与心理节奏。不愧是演员背后的演员！

需要卷帘门的声音，苏老师便拿起钥匙到录制间楼梯下的储物柜门上随意一划，有了；需要众人的脚步声，苏老师便坐在那里手脚并用地拍几下，得了。这都是小菜，山呼海啸声、暴风骤雨声、千军万马声，他都能信手拈来。录制结束，苏老师整理工具时告诉我，这些拟音的物件好多都是他从垃圾桶里捡回来的。

一次，苏老师把宁夏话剧团大篷车送戏下乡的链接通过微信发给我，留言：宁夏有这么好的故事。大篷车出村，老乡们打着火把为他们照亮送到大路口的场面太感人了。你写剧本，我免费给你拟音。看着留言，我感动不已。

曾与苏老师有约，去上海找他学拟音，这几年因为各种原因几次没有成行，希望今年这个愿望能够实现。

扫码收听

放下，转身又是新的开始

人这一生有太多的放不下和舍不得，比如：

这份工作来之不易，收入也还行，虽然我不喜欢，干得也不顺心，但是让我放弃，换个新的环境，还真有点儿舍不得。万一我辞职了，找份新工作收入还不如现在呢？万一我适应不了新的工作呢？唉，还是算了吧。

这段婚姻虽然千疮百孔，如同鸡肋，但让我离婚还是放不下。有，总比没有强。万一离了找不到合适的怎么办？万一找到了还不如现在的怎么办？就这么忍着吧，万一他变好了呢？我再等等看。

这是我买得最贵的一件衣服，我真想马上穿上美一美，可是我舍不得穿，万一弄脏了怎么办？万一不小心刮坏了我不得心疼死。不行，熨好套上防尘袋放衣柜里吧，我一定要在最隆重的场合穿上它。

就这样，我们设想了无数个万一，不停地劝说自己留在原地，在别扭、痛苦、纠结中挣扎。仔细想想不如二它一回，放下不舍，转身离开又能怎样呢？

新工作适应不了的可能性是百分之五十，按兵不动的不喜欢与不顺心却是百分之百。即便是自己不愿面对的另一半，只要肯尝试，概率会缩小为百分之二十五。

低质量的婚姻不如高质量的单身。放不下就是不放过自己，在忍耐中煎熬是对自己苦短人生的最大漠视。至于担心落单和心存侥幸者，一定要记住两个词：“宁缺毋滥”和“本性难移”。

昂贵的衣服放在衣柜里，其实是银行存款以另一种形式存放于另一处，只要没穿在身上就与你无关。也许你心目中的隆重场合到来时你穿上它已不合时宜。

在职业生涯中，我曾经有过三次放下、转身，我发现自己一次比一次果断、决绝。

第一次是在2001年的4月，我为一件事纠结了已有半年之久。莫名其妙的原因，我的工作从旋转的陀螺变为停摆状态，一开始还很享受，呼朋唤友，打牌聊天，吃喝玩乐，时间一久便开始内心虚空。2000年末，朋友带话给我，宁夏交通广播的领导了解到我目前的状况，希望我可以考虑到区台工作。听闻自然是很感慨，有人看得上我的活儿。可毕竟在银川台已经工作了六年，有些不舍，那边情况不了解，工作地点还在西夏区。那时没有私家车，如果上早新闻，五点就要起床赶头班公交，对我这个习惯晚睡晚起的人来说实在有点痛苦。内心矛盾便一直拖

着，单位这边情况依旧，那边又催了几次，我最终心一横，去就去，鼓起勇气迎接新的开始。

如果没有那次转身，别的不知道，我与广播剧定是无缘的。可能会有邱莉莉、董莉莉，夏莉莉大概是不会有了。

第二次是在2015年，当时总监找我谈话，希望我能离开所在的专题部，并从每天上午十点直播的《红绿灯·方向盘》节目撤出，全身心投入《的哥哈喜喜》和其他广播剧的创作、管理和运营中。我当时就拒绝了，这怎么可能！我的主业是主持人，我不能离开直播间、离开直播节目、离开话筒，不能不说普通话，更舍不得那么多的听众。哈剧再火，从2006年到现在，对我来说只是个副业，再忙再累我应付得了。领导看我如此坚决，只好作罢。不久后我到浙江出差，搭浙江同行董慧临老师的顺风车去机场，路上聊起此事，他惊奇地说，领导说了你还不撤？我说我放不下、舍不得。他笑着说我目光短浅，给我讲了他的故事。他的播音名叫“阿宝”，二十多年来一直在浙江交通广播做一档颇有影响力的节目——《阿宝路路通》，两年前他离开节目开始参与广播剧的创作，他说进入了一片全新的天地。

认真考虑了他的建议，我找领导提出转战广播剧部。关上一扇门，打开另一扇窗。如果我没有做出取舍，无非是主持《红绿灯·方向盘》节目的年份会增加，那又怎样呢？会有我转身后全新的开始吗？会有那么多声音的痕迹和沉甸甸的剧本吗？

2022年的第三次转身有些意外，放下得有些迫不得已，转身得有些猝不及防。我一向喜欢整十数，但哈剧却停在了十七年、三千四百七十五

集这个不着调的数字上。有人不解，有人惋惜，我淡然一笑，继续无非就是数字的增加，而放下有可能带来两种完全不同的结局——惊吓和惊喜。

当断不断，反受其乱。当能预见一件事情的最终结局时，与其纠缠不休，不如尽早结束。说是二它一回，实质上是深思熟虑后的理性抉择。

我渐渐喜欢上了这种感觉，放下、转身，又一次重新开始，会有无数种可能。在一次次的尝试和挑战中，体会不一样的精彩和全新的自我。想着手捧这本书的样子，不又是一次美丽的开始吗？

有同事曾说，你不应该离开直播节目，多可惜！我回了四个字：“恰恰相反。”一只鸟儿，沉醉择良木而息，看到的永远是眼前这棵大树。振翅高飞，虽无法如鹰击长空，却可以看到整片森林、蔚蓝的天空和无际的大海。

我和他们

我眼中的他们
皆是最好的遇见
忆过往
期未来
静静地续写美好

扫码收听

文艺青年老闵

2018年，想和福建广播影视集团的几位同行一起制作一部反映脱贫攻坚题材的广播剧，把想法向频率领导、台领导作了汇报后，又和时任交通广播副总监的陈大志一起去自治区党委宣传部文艺处汇报情况，在那里第一次见到了文艺处的闵生裕处长。

坐在办公桌前的他皮肤黝黑，一头天生的浓密卷发，两道扬起的剑眉颇有个性，交流起来感觉不善言辞，和我想象中的文艺处处长差距不小，既无文艺气质，又无官员的样子。但后来因为广播剧的创作频繁接触，加深了解后颠覆了我最初的认识，他不仅是位出色的文艺处处长，而且是个十足的文艺青年。

了解了我们的创作想法后，闵处给予肯定：主题紧扣现实，闽宁两省区联合制作很有意义。表示会全力以赴支持项目，并与我们很快厘清了下一步的工作思路。三集广播剧《闽宁镇》自此启动，并在2020年获得了中宣部第十五届精神文明建设“五个一工程”奖。其间，经历了无数的困难与波折，但闵处非常给力，给予了许多指导和支持，大到资金的申报审批、剧本的创作修改、开播仪式的环节设置，小到剧中演员语言风格的确定、花儿演唱的录音、剧集音频的审听，他都全程关注。可以说，从2006年开始做广播剧至今，如此重视并支持广播剧的上级领导很少，让人做起事颇感顺心和振奋。

之后我们创作的《江山》和《黄河水甜》两部广播剧亦是如此，闵处不仅十分关注，而且提出了很多合理的意见建议。我发现他对地方文艺形式极为了解和推崇。《黄河水甜》这部戏由我担任编剧，闵处看完剧本后建议我在文化大院那场戏中融入秦腔、花儿等地方艺术形式，并建议我塑造一个表演宁夏说唱或快板的民间艺人形象，在其表演中巧妙点明作品主题，还说同心的马占云快板说得不错。我采纳了他的建议，对剧本重新进行了规划和修改。在有秦腔的这一片段又烦劳他引荐了梅花奖得主李小雄老师进行了专业咨询。福建台的王宏老师说他很喜欢《黄河水甜》这部剧，充满了浓浓的地方特色和生活气息，鲜活生动。我知道，其中闵处功不可没。

我发现闵处不仅对广播剧，对其他艺术门类也同样关注，他有众多文化艺术界的朋友，他时刻关注他们的成长与作品，其中有很多人亲切地称他为老闵，后来我便也跟着改了口。

说到这里有点儿丢人，虽然父亲是搞文学创作的，但身处新闻行业的我在这一领域确实有些孤陋寡闻，竟然不知道老闵本身就是文化界的

名家，直到在朋友圈读到他的杂文，方知他擅长散文随笔、杂文评论，是多家报刊的专栏撰稿人，在书法上也有一定修为。

记得前不久刷到一条视频，一位高知女性告诫大家：一定不要把艺术家的作品和艺术家本人混为一谈，绝美非凡的作品背后有可能是一个粗鄙不堪的创作者。此情形的确见过不少，但老闵不在此列，人纯粹而通透，属于乍看无特别之处，但读了他的文章，却让我心生敬意，这是一个在自我世界和擅长领域里纵横驰骋，辗转腾挪间尽显惊人才思的有趣灵魂。

他的文字中既有语不惊人死不休的乡野俚语，又有曲高和寡的文献典籍，勾连之巧妙令人忍俊不禁、拍案叫绝。哲思哲语又让你豁然开朗，醍醐灌顶。

我是个记性不好的人，随着年龄的增长此病日甚，但老闵的一些文章却烙印般刻在了我的脑海中。《文化苍蝇嗡嗡嗡》中内心虚无、满身浮夸的书法家形象活灵活现，刻画得入木三分；《我要怒放的生命》中哥们酒后的轻狂，他重锤般的回撑，静夜中的思悟，和干净利落的爽脆结尾，让我不禁感叹：咋就这么顽闲吵！

如今，老闵从宣传部调到了文联工作。我相信，无论在哪里，他还是那个义薄云天之人，还是那个繁忙公务之余依然以码字为乐的文艺青年。

扫码收听

你的样子

20世纪70年代在银川生活过的人一定都记得，那时家家户户的门框上都挂着一个“话匣子”，那是有线广播。马路边的电线杆上也挂着大喇叭。每天早、中、晚的固定时段，“话匣子”和大喇叭就开讲了：银川人民广播电台，现在开始播音……之后就会播出新闻、戏曲、评书等节目。记忆中的画面是一家人一边端着饭碗，一边听着广播，吃得津津有味。新闻节目的最后播音员会播报自己的名字，印象最深刻的便是“友谊”，不只是因为这个名字容易记住，还因为友谊的声音圆润悦耳、醇厚饱满。当时的我无论如何也不会想到，多年以后她会成为我的老师和同事。

1993年，参加完银川人民广播电台的播音员招考后，我被安排到电台实习，第一次见到了播音组的组长马友谊老师，方知这就是我年幼时从“话匣子”里听到的“友谊”。马老师素面朝天，不施粉黛，齐耳短发，端庄大气，一开口说话就让人有种如雷贯耳之感，宽音大嗓，气势恢宏。我不禁在心里感慨：“真是老天爷赏饭呀！”想想自己的窄音小嗓，自卑不禁涌上心头。

那次实习结束后没能进台工作。两年后电台直播改革，我终于正式成为马老师手下的新兵。当时播音组有七八个人，阵容强大、业务精湛。马老师随和友善、乐观豁达，从不以管理者自居，而是像个大姐一样让这个大家庭充满了欢声笑语。我们在马老师营造的和睦而宽松的氛围中工作，留下了一段难忘的记忆。

马老师是播音组里唯一坐班的人，来得早，走得晚，事事都是她操心。电台播音组办公室正对着楼梯，每天到单位上楼梯一抬头就能看到马老师背窗面门端坐在办公桌前，像一幅剪影，让人感觉踏实而温暖。

刚进台没几天马老师就安排我去播她的节目——《银川新闻联播》。新手进台就承担如此重要的播出任务，马老师的决定至今都让我觉得大胆而冒险。新闻行业的人都知道，新闻节目的播报人选很慎重，不说优中选优，至少要在其他岗位历练历练。想想也真是有意思，马老师敢放手让我播，我这

与马友谊（前排左二）等银川台同事合影

个初生牛犊竟也傻乎乎地敢上。

如今看来，她是以她的专业水准给了我最好的业务指导。因为在播音的各类文体当中，新闻对播音员的语音规范、吐字归音、呼吸共鸣、内容理解等要求都是最为严格的，对业务的提升无疑也是最快的。

记忆中马老师很少对我的播音“指点江山”，这反而让我少了些羁绊、多了份底气，而这对此职业又是何等重要！这么多年看到许多同行被领导时不时叫到办公室指点批评，或者录节目时干脆站在身后现场监督。结果呢？磕磕绊绊未见好转，反而落下了声音发抖发颤的毛病，显然是内心的自信已被摧毁，一坐到话筒前就无法控制紧张和恐惧。而播音主持作为一种艺术形式，需要的是在轻松快乐的心理状态下感受文字，以准确地表达和传递信息。

遗憾的是我进台三年后，马老师就被破格提拔到自治区残联当了副理事长。副厅级的马老师依旧平易近人、和蔼可亲，每次碰到她都会问问我工作生活上的情况，虽不常见面，但毫无生分感，就像我们从未分开过一样。前不久，播音组老同事的孩子结婚，我们又相聚在一起，我惊异虽已退休多年，但岁月仿佛没有在她脸上留下多少痕迹，我想定与她喜欢读书、内心丰盈、从容淡定、乐观豁达有关。

有些人虽相处不久，但会如春日的花朵般留下一抹笑靥，让你久久怀恋它似锦般的绽放；有些人相识越久，越感觉如一壶陈年老酒，无论远近都能嗅到它醉人的芬芳……

扫码收听

同座的他

2008年，单位派我去新疆出差，那是我第一次参加中国广播剧研究会的年会。广播剧的创作小众而专业，创作队伍相对稳定，与会者们都是一派老友相见的热络样子。作为其中的陌生人，我也感受到了大家的接纳和友善。

会议安排大家去克拉玛依采风，出发那天清晨，我走上大巴时，车上已基本满员，我就随便找了个空位坐下，发现旁边是一位戴着眼镜的帅哥，看上去斯文和善，看面相应是来自长江以南。攀谈时他介绍说，他也是首次参会，来自福建省漳浦县广播电视台。我有些意外，广播剧是最烧钱的广播节目，大多是省级台在做，市级台参与得不多，县级台更是凤毛麟角。

接下来的几天大家座位固定，我们彼此熟悉起来，并与同行者一路欢声笑语。那时的我没有想到会与这位同座成为千里神交的多年好友、广播剧创作的合作者。他叫薛伟强，我对他的称谓时常改变，平时叫他伟强，有时跟周围人一起叫薛老师，他成为人大代表后我叫了他一阵子薛代表，得知他到厦门大学嘉庚学院授课，我又改称他薛教授了。

薛教授在广播剧创作方面很努力，这些年进步超快，担任了中国广播剧研究会的副秘书长，承担了多部广播剧剧本的创作任务。他不仅在福建省获得了诸多荣誉，由他担任编剧的广播剧《闽宁镇》《回家》还获得了中宣部“五个一工程”奖。他同时入选了全国广播电视和网络视听行业领军人才工程和福建省高层次人才。后来薛教授又被借调到中央广播电视总台港澳台节目中心从事编剧创作，平台大了，视野宽了，他的创作也呈现出井喷状态。作为朋友真为他开心。两年前，我出差到漳浦，惊奇地发现漳浦融媒体中心为他成立了“薛伟强编剧导演工作室”，羡慕之余感慨：其实有时单位和员工真的是相互给予，彼此成就。

认识薛老师的前十年我们彼此在各自的剧里忙碌。2018年他来宁夏到闽宁镇采访，通过他的努力开启了闽宁两省区在广播剧创作上的牵手，我们也从“同座”变为“同作”。从《闽宁镇》到《江山》，再到《中国草》，至今合作一直在继续。通过他，我和福建的王宏老师、郭戴云大姐，还有方黎和陈丹铮两位小妹成了朋友，一起共谋创作，可谓道相同、心相通、力相聚、情相融。

大家眼中的薛老师是个暖男，随和幽默，谦逊坦诚，遇到事情总是先替别人考虑，人缘极佳。我们之间无论是作为好友还是合作者，

都相处得笙磬同音，如福建的香茗，清幽深远；如宁夏的天空，纯粹澄澈。

薛老师这个地地道道的福建人虽然做过新闻主播，普通话却说得让人不敢恭维，我常常以此戏谑他。有一次打电话还闹出了笑话，成为我们日后开玩笑的经典桥段。

那段时间电信诈骗刚出现，常有接了个电话就像被拍花子控制思想般上当受骗的报道。当时大家还不像现在这样能够从容应对，往往接到骗子电话胆战心惊，好像接个电话银行卡上的钱就会不翼而飞。后来诈骗电话接得多了，也就习以为常了，有空闲的还聊上几句，甚至规劝骗子金盆洗手，回头是岸。当时我们还创作了这类题材的作品，提醒听众谨防上当受骗。记得有一天我正在录音间带演员录制《的哥哈喜喜》，薛老师打来电话，刚说了两句话，站在我身旁的同事就惊慌地大喊：“马老师，骗子！快挂了！”那架势好像马上就要扑过来从我手中夺过手机，我笑得前仰后合。薛老师在那头尴尬地说：“我很像骗子吗？”“哈哈哈，你不像，但你的福建普通话感觉和骗子师出同门。”薛老师笑起来：“真的？那我下次去演个骗子好了！”“没问题，就这么决定了。”挂断电话后，剧组所有的人笑个不停，从此，我对薛老师的称呼又多了一个——“骗子”。

薛老师，你至今没有履行诺言，记着啊，你欠我一个“骗子”的角色。

扫码收听

『少女』红红

陈红，是我的同事，我们几个要好的朋友都叫她“红红”。红红虽已年过半百，可在我心里她就是个妥妥的少女，整日里一副少女不知愁滋味的样子。每每通话，她的第一声“hello”都会拐三个弯，充满喜悦与欢欣，不了解的人还以为她刚刚中了彩票，其实她一直都是这样，随时随地乐呵呵。

红红也是台里的老主持人了，以前在经济频率，偶尔见面我们点头而过。2011年她加盟交通广播，当时我在专题部主持上午的《红绿灯·方向盘》节目，兼做《的哥哈喜喜》；她在新闻部主持晚八点的《大城小事》，除了开会和参加活动，我们并没有太多交集。偶尔听到她的节目，声音柔美和煦。

2015年后，融媒体时代到来，她负责新媒体部的工作，频率的各类

活动接二连三，我们逐渐熟悉起来。有几次下午一上班有事找她，发现她早已坐在办公室里开始编辑节目稿件，专注投入。聊天得知，这是她的常态，一个小时的节目，编稿时间最少四个小时。如果邀请了嘉宾，她会提前一周拟好提纲，和对方深入沟通，确保直播访谈顺利完成。当有事和她约时间，她会告诉你要放在上午，下午她要编稿。她的工作态度让我心生好感，我喜欢每一个认真对待工作和生活的人。

可后来一起做事情时，她干的活时常会让我这个完美主义者挑出毛病，看出疏漏。什么情况？探究一番后我发现，这与她大大咧咧、没心没肺、随性豁达的个性有关。足球教练米卢说：“态度决定一切。”指出问题后，她笑嘻嘻地欣然接受，立马改正，我还能说什么呢！

随着频繁地接触，我发现我们对一些人与事的看法出奇的一致，颇为默契。这种随时碰撞出的思想火花让我们无论是说天下大事还是家长里短，都嗨得一塌糊涂。她是非分明的个性更是让我看到了我们身上的共同之处。

工作上磨合得越顺畅，生活中的我们越成为无话不说的好姐妹。为什么？源自她的善良。我的帮人原则是：在自己的能力范围内帮人不损己。而她对自己认可的人，只要有事需要帮助，她会比对自己的事情还上心，即便自己的利益受损也要全力相助。朋友身有小恙，她会很紧张，再忙也会放下手中的活陪对方去医院。想找一份很久以前的资料，她会立刻翻遍手机、电脑、硬盘帮你寻找。整理这本书的资料时，她背着电脑和硬盘在我家驻扎了好几天。

她的善良常常让我自惭形秽、自愧不如。这一切可以追溯到她的

红红直播节目

原生家庭，她的父母便是如此善良之人。比如他们不顾年事已高，毅然收养了亲戚家失去双亲的孩子。两位老人年近八十高龄，至今仍有单位当年的晚辈时不时登门造访，定是当年的乐善好施让人铭记于心。红红在北京工作的孪生妹妹军军与她如出一辙。我出差去北京，军军百忙中抽出时间热情地请我吃饭。第二天又说要到酒店和我聊天，当她冒雨提着大概有二十斤重的水果走进房间时，我惊呆了，她家人咋都这么实诚！

其实红红和我还是有许多不同的，性格上，她感性，我理性，她无邪，我无惧。我们都喜欢植物，她爱肉肉，我爱花花。家务活上我是里里外外一把手，而她一直幸福地在父母的庇护下不谙家务。同事汪姐常说，红红在生活上是个弱势群体。我随手做的家务活或者家常饭菜，她会对我的“能干”大惊小怪，而我也常常会惊诧于她的眼拙手残。

有一次，她兴冲冲地告诉我她要做道小时候喜欢的美食——油炸河虾饼，就是用小河虾裹上蛋糊下油锅炸至酥脆。当知道她买的小河虾一斤三十元时我有些疑惑，不该这么贵呀！当看到她发来的照片时，我哭笑不得地告诉她：“这河虾太大，适合和韭菜爆炒，虾的头部不容易炸

酥，容易扎嘴。”她懊恼地告诉我她正在为自己买的虾又大又新鲜而自豪，还一下子买了三斤。两个多小时后她发来照片，所有的虾被她一个个地剪去了头，还附上文字：现在不扎嘴，可以下锅了吧。过了一会儿，我满怀期待地打开她分享的美食图片，不见归堆抱团的虾饼，看到的却是一锅乱糟糟的碎蛋糊和散乱其中的一个个河虾。她告诉我应该是电磁炉和锅的问题，抖音上没告诉她油锅冒烟了该怎么办，她一着急把虾和调好的蛋糊一股脑儿倒进锅里，一桶油快被倒光了，也没变成虾饼。听后笑得我抱着肚子差点背过气。她也并不恼，说先放冰箱，后面她妈再加工。这就是“少女”红红，无知的可爱，却有幸福兜底。

我交友的标准是相互吸引，自在轻松，无压力。和红红在一起便是这样，零压甚至减压，不用刻意讨巧，更无须防备，和红红相处，让持重的我常常仿佛重回孩提时代。想聊天开口便聊，不用客套寒暄，谁有事随时打住，闲时继续。一起逛花市，一起去赶集，一起品美食……自在惬意，优哉游哉！

扫码收听

乘风破浪的姐姐

姐姐，本名杨燕，此外还有若干个名字，笔名木梅吉·杨燕，微信名“小猫”，还有一堆不知道是什么名字的名字，如猫吃雁、猫姐、燕姐……

常有人说我是宁夏的名人，可与她比起来，我简直是寂寂无闻。问问我认识的十个人：“你认识杨燕吗？”定会得到九个肯定的回答。而她认识的人中如果不提夏莉莉，恐怕知道我的不足十分之一。这就是“社牛”和“社恐”的差距。她交友之众、交友之广，常常令我瞠目结舌。

在我眼中，她就像悬疑小说中的神秘人物——一个身披战袍的蒙面女侠，手持宝刀利剑，行走于江湖，时而一茶一饭岁月静好，时而一骑红尘游走山水，时而隐于桃园莳花弄草，时而把盏豪饮激扬文字……人

设变幻无常，行踪飘忽不定。

初见时，姐姐热情爽朗，让人感觉自然通透，属于瞬间可以和陌生人成为莫逆之交的牛人，让慢热的我很快与她熟悉起来。后来经常受邀一起外出游玩，到她家吃饭。当时觉得她与常人别无二致。

2006年《的哥哈喜喜》热播后，她时常与我当面或在电话中探讨剧情和收听感受，提供素材和语言包袱，时不时还来上一段，方言醇厚地道。我邀她来客串个角色，她欣然接受。就这样，夏莉莉的表妹杨咪咪出现在剧中，她把一个市井人物刻画得入木三分。妹妹的精明算计、小姨子的娇嗔痴嗲、娘娘的自以为是，她都拿捏得恰到好处、游刃有余，让听众如痴如醉，生生把自己演成了主角。后来她因工作调动，事务繁忙淡出剧中，让人遗憾许久。

几年前，得知她又有了一个新的身份——美术评论家，我有些诧异，之前没听说她涉足这一领域。读到她的评论文章时方知并非玩票。她的文章隽永清新，旁征博引，寥寥数语便将作品描述得灵动传神，仿佛跃然眼前，对作品精髓的洞察透彻精准。后来，她把近百篇精妙的书画评论和充满烟火气息的生活随笔集结成册，出版发行。捧着散发着墨

乘风破浪的姐姐——杨燕

香的《杨燕夜谭》，我实在想不出每日在工作和生活中陀螺般旋转的她何时悄无声息地输出了如此多的文字，不禁感叹：“厉害了，我的姐！”

新的身份让她结交了文学艺术界的许多名家，画家、书法家、作家、音乐家、歌唱家、舞蹈家……而她一如从前那般爽利练达。

八年前，她让我认识了一群姐姐。她牵头成立了一个小小的团体，顺口起了个“名媛会”的名字，姐姐担任会长。我们并非名门闺秀，只是一群热爱生活、自信独立的职业女性。近几年“名媛”一词如同“小姐”“美女”一样被滥用，我们也懒得去改。大家情同姐妹，日常分享生活，忙时相互关爱，闲时相约小聚，每年春节自办的春晚更是大家庭团圆的美好时刻。

这就是姐姐，在热气腾腾的生活中英姿勃发、朝气蓬勃，在荆棘遍野的岁月中气定神闲、乘风破浪。

想来我和姐姐迥异的地方太多。她喜欢广交朋友、情深意长，我喜欢交友二三，浅尝辄止；她喜欢呼朋唤友、高朋满座，我喜欢闭门独处，悠然自得；她喜欢把酒言欢，乐此不疲，我却与酒无缘，饮之无趣；她喜欢在朋友圈图文并茂地记录生活，我时常三天打鱼，两天晒网，朋友圈一目了然。

但有一件事情让我们热爱到无法自拔，那就是园艺。花花草草、树木果蔬、露台院子，是我们无法绕开的共同话题。提到园艺，必须得说说姐姐口中的“隔壁老王”，准确地说应该是“自家老王”，我叫他姐夫。姐夫是姐姐园艺爱好的支持者，对园艺的狂热和投入远超我俩。记

得多年前，他就把院子封顶做成玻璃房，种了竹子，挖了池塘，后来又在市郊买了一处小院种了不少绿色蔬菜。顶楼的室内阳台也被他俩颇有创意地做成了水景平台，喝茶，观景，看脚下鱼儿嬉戏，好不自在。几年前，他们在郊外买了一处果园，取名“朴园”，从此，姐夫在这里大显身手。如今果园已是瓜果飘香、蔬菜满园，特别是用传统方法种植的红薯和纯粮散养的溜达鸡打出了“老王红薯”和“桃花鸡”的品牌，备受追捧。古道热肠的夫妻俩常常在这里款待一众好友，美酒佳肴，观花赏景，乐不可支。

姐姐家大大的园子让我好生羡慕，几次对她家周围准备出手的院子跃跃欲试，想想无力打理，荒草满地的惨景，最终理智战胜了冲动。算了，还是在自己小小的露台和爸妈小小的院子里挖呀挖呀挖，种小小的种子、开小小的花吧。

二十五年前让我们相遇的人早已不见踪影，而我们却不论花开花落永远姐妹情深。

未来的岁月，不知姐姐还会整出什么花样来。

春山在望，未来可期！

扫码收听

刮目相待

老话说：“三岁看大，七岁看老。”《三国志》曰：“士别三日，即更刮目相待。”二者似乎相互矛盾，但仔细琢磨各有各的道理。三岁到七岁，一个人的性格基本形成，其身上会有原生家庭的深深烙印；而万事万物又在不断地变化，多日不见的人再用老眼光去看待，有可能会看走眼。

武鹏是我五姑的儿子，小名大鹏，小我十一岁。从小到大，他让我多次刮目相待。

大鹏是我们这一辈中年龄最小的，也是唯一的独生子女。三姑家两个孩子一个乖巧安静、一个八面玲珑，与他们相比，大鹏从小就显得特立独行、桀骜不驯。所以那时，大家对大鹏的评价并不高。在他四五岁时，一次探园让我更多了一份忧虑。

当时正是幼儿园的户外活动时间，满院都是孩子们的欢声笑语，有一起做游戏的，有追逐打闹的。我站在幼儿园的栏杆外搜寻表弟的身影，只见他独自站在花坛边一动不动，面无表情地望着远方。咦，这是被老师罚站了吗？了解了一下，并无此事，当天他也没有和其他小朋友发生冲突，据说这是他在幼儿园的常态。

我只能以“不合群、孤僻”来解释自己的疑问。回家以后，我把看到的情形告诉了大人，和大家一起讨论为何表弟在家和在幼儿园判若两人，大人给他下了个结论：耗子扛枪——窝里横。

后来的一场家庭春节活动颠覆了我对他的认知。20世纪八九十年代的春节远比现在更值得期待，不仅可以弥补平日对美食的欠缺，大饱口福，而且全家人聚在一起的欢庆喜乐让人倍感温暖。除了吃吃喝喝、打麻将，我家还组织了才艺展示，年龄最小的表弟唱了一首《世上只有妈妈好》。这首歌出自被称为史上最催泪的电影《妈妈再爱我一次》，“70后”“80后”没有不会唱的。表弟把这首歌演绎得声泪俱下，情感真挚饱满，惊艳四座，震翻全场，碾压我们这些学校文艺骨干，获得了最佳表演奖。

我与表弟武鹏（右）、李剑

当时的我确实感到大跌眼镜，实在想不出他为何会有如此跳脱的表现。多年后，我才悟出，有艺术潜质的人分两种，一种是“人来疯型”，具有超强的表现欲，无论任何场合，随时能进入状态。但因为处处展示、重复展示，反而让人难有惊艳之感。还有一种是“夜明珠型”，属于乍看无特别之处，甚至会觉得其个性根本不适合从事任何艺术行当，但当他站在舞台上或话筒前的那一刻，却会让你刮目相待，感叹其深藏不露。其实他们更多的时间是在探索、琢磨，而不是博人眼球。

我们上学时没有现在这么卷，寒、暑假大人忙着上班，我们就到爷爷奶奶家小住，作业也不多，还有陪着老人打麻将的时间。四岁的表弟脑瓜儿很好使，在麻将桌周围转来转去，不知道怎么就学会了打麻将，有人中途去卫生间，他马上就能顶替上桌，并且打得还不错。后来干脆就正式出战，还经常是桌上的赢家。我们想，这么小就迷上了麻将，将来岂不麻烦！不知是不是智力开发得早，上学后表弟认真努力，没怎么让人操心，多年后顺利考入西安交大，又让我刮目相待了一回。

当时高中学业紧张，我们见面的机会没有小时候多，后来大鹏上了大学，假期回来我们见面，他已经从幼时的“闷葫芦”变成了“呱呱鸡”，话超级多，还特别贫，好像要把小时候没说的话都补回来似的。以前被埋没的语言天赋如开闸后的洪水喷涌而出，张保和的快板说得可以以假乱真，京剧也唱得有板有眼。大学毕业后他南下深圳，几年后考了公务员，成了一名司法干警。他探亲回来，看着他那没个正形的样，我怎么也想象不出他身着警服如何能一本正经。不过他的表演和语言特长倒是在单位发挥得不错。有一年我到北京出差，他正好也到北京参加

行业会演，于是我们俩便与在北京生活的三姑家的两个孩子小聚。平日大家天各一方，相聚实属难得。

日月如梭，转眼间他在深圳成家立业。几年前，我们全家去海南三亚旅游后顺路去他家过春节，他再一次让我刮目相待。他的家虽不大，却收拾得干净整洁，处处显示着主人的用心和品位，我确定主要的功劳在弟媳，因为表弟从小的生活环境与这氛围大相径庭，不过工具间等地的设计和布置还是显露出他这个男队友的智慧。由他们记录的营造小家的装修日记也让我看到了夫妻二人的琴瑟和鸣、鹣鲽情深。表弟做起家务来娴熟从容，待人接物更加成熟稳重，奶爸也当得如鱼得水。弟媳出差，他一个人在家一边做家务，一边辅导孩子英语，后来独自带女儿坐

表弟一家

飞机去北京与弟媳相聚。妻女拍照，他悉心照顾，耐心陪伴，全力配合。也许你觉得这算不了什么，但在我眼中他一直是个孩子，看看身边随处可见的丧偶式育儿，我由衷地为他竖起大拇指。

为什么我家尽出极品男人？三姑家的两个孩子，也都是上得厅堂，下得厨房。在我眼中，“极品”并非指位居高官、傲居商海，而是指一个人能认真工作，努力顾家，善良理智，有责任感，有正经爱好，无不良嗜好，日子过得有滋有味。

老一辈人更喜欢听话、懂事、嘴甜、会来事儿的孩子，但随着社会的发展，人们的观念也在逐渐改变。这几年，有个心理学名词——讨好型人格——进入人们的视野，那种为迎合讨好别人而忽略自身的感受或违背自己意愿的性格对孩子本身并无益处。

不要轻易给一个人的未来下定论，笃信成长的力量，未来可期，刮目相待！

扫码收听

这丫头，我喜欢

2006年，《的哥哈喜喜》开播后不久，片尾的演职员表中出现了一个新名字——欣然，此名在片尾一挂就是十七年。欣然，本名杨晓慧，我们都叫她晓慧。

与晓慧相处得越久，就越喜欢她。这种喜欢源于发自内心的欣赏。晓慧大学毕业后到交通广播被分到《的哥哈喜喜》剧组担任场记。因为一口地道的固原方言，很快在剧中出演了哈喜喜家小区车棚的看车人小杨。这个角色在剧中没少受到哈喜喜的关照，成了夏莉莉的假想情敌，给剧情增色不少。二十岁的小姑娘把一个领着孩子从农村到城里讨生活的离异女性的柔弱怯懦、谨小慎微表现得淋漓尽致，拿捏得恰到好处，深得“哈迷”们的喜爱。

不久，她开始跟台里的录音师学习制作。广播剧的后期制作从技术层面来讲并不难，无非就是熟悉软件的操作，难的是要有一定的艺术感悟力和创造力，还需一定的音乐素养和积累。要理解导演的创作意图，根据不同场景和演员的表演添加音效，展现画面和人物动作，还要在恰当位置加入适当的音乐、歌曲营造气氛、渲染情感，技高者可为整个剧集锦上添花，起到画龙点睛之效。没想到晓慧不仅上手快，很快把两个导演从监审环节中解放出来，而且做事有条不紊，非常靠谱。

她在音乐与歌曲的选择上常常另辟蹊径，却又与剧情相得益彰，出人意料的喜剧效果让我们直呼绝妙。记得有一集里，夏莉莉更年期，和哈喜喜频频发生口角，事态发展到夏莉莉要出家的地步。哈喜喜听闻后心急如焚，跑去寺院找到了心灰意冷、准备落发为尼的夏莉莉，此时，电视剧《红楼梦》中的插曲《葬花吟》悠悠扬起……哎哟，妈呀！太有意境和感觉了！

就这样，一个学中文的女孩子一头扎进音频制作里十七年，不曾间断，乐在其中。

后来晓慧又主持了一档音乐节目《新锐排行榜》，也做得风生水起。这时我才知道她大学就很喜欢音乐，尤其钟情摇滚，还组建过自己的乐队。原来如此，没有经久的累积，如何能信手拈来？

晓慧的记忆力超好，是《的哥哈喜喜》剧组里的“活字典”。剧里出现过的角色、演员说过的话她都像刻录机一样录入脑中。从二舅、三姨妈叫啥，有几个孩子，到夏莉莉家在几号楼几单元都烂熟于心，大多随口就能说出。遇到陌生的问题，有心的她也有应对之策，立刻从包里翻出小本查找，让我们两位编导特别省心。

这个工作中的机灵鬼，工作外却是个傻白甜，无任何心机，从不多事，随和而有教养。

很喜欢她工作时自虐般的严谨，这点我们如出一辙。我俩一起做广播剧，那就是“自虐”加“互虐”。

我们做广播剧后期的模式是：录好之后晓慧独立制作第一遍，第二遍我俩一起边听边改，第三遍完整听一遍后再做调整，第四遍她一人检查完最后合成。

第二遍是我这个处女座百般挑剔的环节。这段音乐不给力，烘托不了角色的悲痛与绝望，必须换；这个风声不对，冬天的风声中不该有树叶的哗啦声；这段话的后两句是他转身走向门口时说的，音量要逐渐调小。第三遍我也不会闲着，比如：这段话入得早了，往后拉一点；那个哗啦声不要压着人物对话，听不清，放在气口中间，声音调大点；这段语言节奏太慢，把气口剪剪，弥补一下。

有些时候我都觉得自己像个事儿妈，偷偷打量她的反应，只见她双眼盯着显示屏，一双巧手在键盘上上下翻飞，毫无半点不满与厌烦。我放下心来，终于可以继续毫无压力、肆无忌惮地“挑刺”了。常常会有这样一幕：在夜幕沉沉时过完第三遍我打道回府，留她苦熬第四遍。第二天早晨，我会在微信里看到她半夜的留言：昨天那段音乐我觉得还是不理想，回来又找了一段，你听听，要是感觉比那段好，我一会儿去单位换上。这样的队友谁不爱？！

一种艺术形式的呈现向来没有最好，只有更好。而我们也常常在辛苦付出后，共同感受尽己所能、力求完美后的舒畅与成就感。想想有的

我和晓慧一起制作广播剧

合作者一提要改动，不是百般寻找借口，就是由内到外显露出不耐烦。我只想说一句：“没有对比，就没有可爱。”

还喜欢晓慧懂得拒绝别人，知道自己想要什么、该干什么。我说的这个别人就是我。我曾两次被她直截了当、不留情面地拒绝。一次是台里有意培养广播剧创作的后备力量，我找她谈话，希望她能跟我们学习编剧导演，从幕后转到台前。她说她没这个想法。我给她分析：这么多年的积累，她是最佳人选，应该很快能担此重任，另外，从未来发展和个人收入上都是不错的选择。她却坚定地告诉我：不了，姐姐，我就喜欢后期制作。撑得我无话可说。第二次是台里的科级干部竞聘上岗。当时任广播剧部主任的我已超过规定年龄，我劝她报名参加，将来负责广播剧部的管理工作，她还是以喜欢后期制作和主持节目为由拒绝了

我。我并没有因为她的拒绝而心生不快，当今随处可见的刻意讨好、屈从献媚与追名逐利才会让人心生鄙夷。

这丫头在我眼里也有不少“缺点”。笑点低，剧里的一个包袱能让她独自在制作间里抱着肚子蹲在地上笑上二十分钟。她还爱吃零食，据说她家里有专门放零食的大柜子，里面食满为患。交广的同事都知道饿了馋了找晓慧，她的包里总有能让你大快朵颐的各类新奇零食。雪糕她一次能吃两三个，看得我从嗓子凉到肚子。她爱打游戏、爱追剧，我俩出差，夜晚她趴在床上又是游戏又是剧，一整整到半晚上。但瑕不掩瑜，我就是喜欢这个通透自我、特立独行的丫头。

扫码收听

另一个『女儿』

《的哥哈喜喜》是一档草根节目，从节目定位、素材选择、角色设计，到语言风格、创作方式、演员阵容，都力求平民化、大众化。尤其是在第三季，除了两位主演，其他演员均来自社会各行各业，有曲艺演员、出租车司机、表演爱好者、婚庆司仪、退休文艺骨干……

我们的剧组就像一个铁打的营盘，各色人从这里进进出出，有因好奇尝试后一闪而过的，有无比热爱矢志不渝的。日复一日的大浪淘沙后，几个主力演员扛起了配角、群演的大旗，杨艳玲便是其中一位。

2014年，剧组为培养编剧、选拔演员，办过一期培训班，报名的多是二三十岁的年轻人。起初接到杨艳玲的咨询电话我以为她是帮孩子报名，当电话那边略显苍老和沙哑的声音迟疑地告诉我是她自己想

杨艳玲（右二）在广播剧录制现场

报名时，我为之一震。当觉察到我的反应时，她变得更加吞吞吐吐，我迅速做了调整。其实我吃惊的是许多中年女性已无心学习，大多沉浸于为家中老小的无私奉献中，谁还会花时间和金钱去追求这看似无用之物。那一刻，我不禁心生敬意。

培训班里她是年龄最大的学员，了解了她的情况后，更觉此举的非凡和果敢。杨艳玲从小被送给了亲戚，成家后前夫又病逝，家里有两个正在上学的儿子。她种过地，养过鱼，现在住在城郊农村，无房，无固定职业。她来学习，并非条件优渥的全职太太无事可做时的爱好或消遣，一千六百元的学费对于她来说显然是笔不小的数目，她一定经历过激烈的思想斗争。看着她瘦小的身影和脸上岁月的痕迹，我对自己说，就凭这点，得帮帮她。

她成了《的哥哈喜喜》中的“小陈”、“刘奶奶”的身边人。角色完全是根据她的经历、性格和语言特点量身打造的，对她来说难度应该不大。但是生活经历带给她的怯懦成了她最大的障碍，话筒前的她紧张得甚至会发抖，还有因年龄偏大造成记忆力退化，导演说的戏她常常记不住。考虑到她的情况，大家给了她更多的时间，慢慢地，她的驾驭能力越来越强，“小陈”一角得到了听众的认可，她也逐渐自信起来，开始尝试其他角色。她的成长大家有目共睹，很快成为剧组的固定演员。后来因为录剧时能在录音间坐得住，她又成了剧组的场记，记录起来特别认真负责。

一次，她的举动吓了我一跳。那天录完剧天色已经黑透了，我们一起下楼时我说：“搭我的车吧，我把你带回去！”她推辞说累了一天了，让我早点回家。我知道，她是怕给我添麻烦，便对她说：“没事，拐个小弯，一脚油门的事。”她沉默了片刻，突然说：“老师，我觉得你像我妈妈！”我以为在没有窗户的录音间整整待了一天，闷得她开始说胡话了。我说：“我有那么老吗？”“你对我这么好，只有妈妈才会对孩子这么好！”我愕然，不知该说什么，回了一句：“那好吧！”

就这样，我有了另一个“女儿”。

我心里明白，她一直对我心怀感激，不管我遇到什么事情，她总是尽己所能帮助我。其实细想想，自己真没做什么，她却在心里记得这么清楚。就这样，在双向的给予中我们感受着彼此的温暖。

也许她并不知晓，我从她身上也汲取了许多精神力量。生活如此艰辛，她依旧追逐自己的梦想；现实如此残酷，她依然期待芳草满地。

她喜欢朗诵，刻苦练习，努力克服方音，登上舞台展示自我；她喜欢写诗，常常在朋友圈里秀自己的大作。我问自己，如果我是她呢？我不敢坚定地回答。

家道虽清贫，精神却丰盈。在我眼中，这才是真正的富有。

后来，她在城里租了房，除了录剧也会去打一些散工，生活逐渐好转，脸上的笑容也多了起来。如今她的两个儿子已大学毕业，去年，她又在城里贷款买了一套并不大的二手房，有了自己真正意义上的家。多年来看着她的变化，真心为她高兴，希望她越来越好。

VX700S

半红半绿

静影沉璧，波澜四起
凄风冷雨，虹销雨霁
姹紫嫣红，绿草如茵
冷暖交织，悲喜交加
半红半绿，便是人生
不负韶光
走过山重水复流年
笑看风尘起落人间

扫码收听

如果有前世

前世真的存在吗？

科学认为人的前世与灵魂并不存在，而一些人则持不同观点。不久前，看到一篇澳大利亚儿童自称是英国戴安娜王妃的报道，今天又刷到国际著名神探李昌钰的视频，讲述自己前世是个和尚。看完这个视频我想了想，假如有前世，我是做什么的呢？

不假思索的第一个答案是——园丁。

一定是园丁，因为我对土地如此眷恋，对花木果蔬钟爱有加。从童年起就是如此，大概我前世酷爱自己的职业，无法自拔，今生作为喜好，再续前缘。

十五岁之前我一直生活在一个工厂大院里，我们居住的平房和周围的农田之间有一片荒地。那时物资匮乏，经济拮据，邻居们便纷纷开

门前小院繁花似锦

荒，围起一块地就成了自家的小菜园。

我家那排西把头的张阿姨家就是个种菜大户。因为张阿姨和我妈是闺蜜，所以两家来往频繁。张阿姨和我妈经常一起交流种花、烹饪、织毛衣、裁剪缝衣之道。张阿姨的儿子跟我是同班同学，小名老权。他姐叫小红，虽然大我几岁，但我们是好朋友。老权的爸爸是个种菜能手，他家的菜地大概有百十来平方米，从规模到围栏，再到蔬菜的品种和长势都令人咂舌。

一到季节，红色、黄色的西红柿，鲜嫩的黄瓜，还有蚕豆、玉米、毛豆、向日葵、萝卜……都让我垂涎三尺。因为我出入小红姐家频繁，所以隔三岔五地能打打牙祭，时不时还能带回家一些。

一天，我帮小红姐到菜园里摘菜，看着枝头沉甸甸的果实，和菜

篮里诱人的色彩，我艳羡不已，跑回家问我妈："咱家为什么不种菜？"

我妈反问："咱家谁是个种菜的？"

是呀，经常看到老权爸爸烈日下在菜园里劳作。我妈身体不好，肯定干不了；我爸整天不是在大礼堂吹拉弹唱，就是在篮球场上大显身手，要不就整一帮人在家里舞文弄墨。所以我家门前只有一个半米宽、三米长的小花池，种点牵牛花、地雷花、凤仙花之类的，没一个能放进嘴里的。

后来，有了自主选择权后，我买房只选两种房型：顶层复式带露台、多层一楼带小院，房型、位置、物业等都不是考虑的重点。我现在住在顶楼，但起初买房时订购的是一楼西把头的房子。人们买房都不愿要靠边房，而我却义无反顾地选择了西边第一家，原因就是靠边的房子院子大。似乎买房就是为了院子，而不是为了自己住。

我憧憬着未来的小院林木蓊郁、果蔬飘香，可交房时却遭当头一棒，我发现主卧墙外有一个有线电视的配电箱，正对床头位置，也就是说每天至少有八小时的漫漫长夜，对着我头顶的就是一墙之隔的电子设备。电话沟通后被告知无法移动。虽然不知道里面究竟安装的是什么，会对身体产生什么影响，但权衡再三我还是觉得健康地活着比院子更重要。和开发商沟通，一楼其他小院要么已有主，要么狭小、不规整，无奈，我只能退而求其次选择了顶楼。室内的房型更加理想，电梯房能让我一直住到年迈，前后两个露台依旧能让我过把种植瘾，也是不错的选择。

可是，拥有小院的心愿依旧未了。几年后，爸妈想换房，我毅然说服他们放弃高层的新房，选择了一楼带小院的二手房。

过户手续办完的那天，我在心里对自己说："姐终于成为有露台、有小院的人了。"志得意满，仿佛此生夙愿已了。

还有另外一种可能，前世的我应该是个裁缝。倒不是说我对裁剪缝纫有多么热爱，主要是惊诧于我对它的轻车熟路，用"一点即通"和"易如反掌"两个词来形容也不为过。

如今的女性会去学茶艺、花艺、舞蹈、绘画……提升自己的修养和品位，20世纪80年代末的女性则选择到裁缝班学习，追赶潮流。当时人们对服装美的追求受制于两点：一是宁夏地处我国西北内陆，成衣款式少，想引领时尚很难；二是成衣价格高，当时人们的工资收入低，消费不起。大街上有很多裁缝铺来料加工制作衣服，但手工费也不便宜，所以一些女性就自己动手，丰衣足食。

我的姑姑当时就报了裁缝班，我在她学习快结束时才开始拿起裁剪书琢磨，两天工夫就在我妈的协助下穿上了自己裁剪缝制的一步裙。当然，上拉链和腰头这两道烦琐的工序是由我妈完成的。我的姑姑毕业后许久都不敢裁剪布料，这让我有点难以置信，这有什么难的！书上有图，测量后计算好，照猫画虎，留好缝头就可以了。后来才知道我虽觉着简单，但很多人都搞不定，有把方向搞反把整个衣服后片剪成两片的，有没留缝头做好后太瘦穿不进去的，有把裤子前后两片剪成一样的，还有袖子弧度和袖笼尺寸差距太大缝不到一块的……最后面料直接报废。这些初学者容易出的错我几乎没有碰到过。我姑姑愤愤不平地说

道："科班的比不上野路子的。"我告诉她秘诀就四个字：胆大心细。

其实我对自己的快速成长也有些纳闷，为何对制衣如此轻车熟路？从最简单的裙子、背心、裤子、衬衣，到西装、大衣、旗袍、礼服，一路畅行无阻，所向披靡。记忆最深刻的一次是朋友宋晓莉从上海带回一件特别漂亮的全挂里西装，想让我照原样给她做一件。那时候的西装最多做个半挂里已经不得了了，全挂里我也是头一次见。为了探寻里面的制作工艺，我从里料的侧缝处找到明线缝合口，拆开后将整个衣服翻过来，把里面的制作工艺仔细研究了一番，又按照原样复原。几天后，一件同款不同色的西装出炉了。当时有朋友说："你真聪明，感觉什么样的款式都难不倒你。"我心想："那也得看干啥，学英语时我就是个弱智。"

工作后，业余时间少了，再加这时满街的成衣也给了人们更多的选择，我的裁缝生涯就这样随着环境的变化和人们消费方式的改变而淡出了生活。

我究竟是一个喜欢园艺的裁缝，还是喜欢裁缝的园丁呢？这并不重要，每个人禀赋各异，找到自己最擅长、最热爱的事情，并为之努力，为之付出，定会有所收获。

扫码收听

父亲『马老』

当下，常有人会被贴上“官二代”“富二代”的标签，我和这两个词都不沾边，顶多算“半个艺二代”。之所以说“半个”，是因为我爸虽热爱艺术，但直到四十多岁才正式调入银川市文联工作，先当编辑，后成为一名专业作家。

毕业于新疆工学院的他起初在工厂工作，那时候，人们叫他马师傅。至今我还记得，年幼时常常在车间里看到他从炉子里拖出烧得通红的钢块然后放进装满油的池子里，我至今也不明白他这么做究竟是为了什么。大概是我当时太小，没想起来问，后来我长大了，他也从车间调到了生产科，便再也没有了探寻的机会。进入文艺界后，人们称父亲为“马老师”，若干年后，这称谓又被精简了，成了“马老”。

虽然“马老”一直沉浸在文学艺术世界里，疏于对下一代的艺术培养，但从小到大耳濡目染，我仍然受到了潜移默化的影响。我从未学唱过苏联歌曲，却莫名其妙地会唱《喀秋莎》《莫斯科郊外的晚上》《三套车》……这些歌曲流行时我只有几岁，仔细一琢磨，是因为“马老”当时上的是中苏合办的学校，他随时随地都会在我耳边引吭高歌，我就这样被灌耳音灌会了，到现在去唱歌时我都会点一首《纺织姑娘》。

年轻时的“马老”爱好广泛，能写会画，能歌善舞，可以称得上是全才。我脑海中至今有他在工厂的会议室里给一群年轻人编排藏族舞蹈《洗衣歌》的画面，一个小伙，一群姑娘，一人端一个搪瓷脸盆；大礼堂的舞台上他和一群人组成乐队，伴随着他们演奏的《步步高》，台下是密密麻麻、乐此不疲跳着交谊舞的大人，和来回乱窜的孩子；县城电影院的门厅里，他在画大幅的电影海报，而我的特权是可以随意在电影院里来回晃悠；还记得他是厂里男篮的主力、女篮的教练；还有拿着诗稿的文艺青年簇拥在我家局促的外屋畅谈正欢的镜头，以至于我后来见诗就想远离……写到这里，我突然有些自卑，与“马老”相比，差距

年轻时的“马老”

太大，自愧不如啊。

“马老”虽无意栽培我，但对我的艺术梦想却尽心成全。高三时，班主任在班里宣读了通知，北京广播学院（现在的中国传媒大学）播音主持专业招生，想去的同学可以报名。看到班里有四个同学举手，我也迟疑地举起手，老师看了我一眼说：“你不行，别去了。”郁闷的我回家把这事儿告诉了“马老”，“马老”坚定地告诉我，你明天去找老师，就说“老师我想去试试，我爸同意我去。如果老师不同意，我去跟她说”。第二天我鼓足勇气怯生生地跟老师一说，老师竟然爽快地答应了。结果我们同去的五个人只有我坚持到了最后一关，到电视台录了像，寄到了北京。虽然最终还是被淘汰了，没有拿到专业考试合格证书，但从那以后我有了目标，之前一直对未来迷茫的我有了梦想——当播音员。现在想想也不能怪老师，那时我这方面的潜质确实没有显露，一见生人就说不出话来，感觉喉咙像被什么卡住了。但“马老”当时的鼎力相助真的是雪中送炭，否则我此生必与此职业无缘。

此后在我为之奋斗的岁月里，“马老”也是倾全力支持，为我找了多位各个领域里的翘楚，对我进行了艺术方面的专业启蒙，让我受益良多。

我的职业成为改变我们父女社会身份的节点。之前我一直生活在“马老”的名人光环下，无论走到哪里别人介绍我时都会说：“这是马乐群的女儿。”十有八九的人都会说：“噢，我认识你父亲。”成为主持人后，特别是在《的哥哈喜喜》中出演了“夏莉莉”一角后，知道我的人越来越多，无论“马老”走到哪里，人们都会在介绍后面加上一句

如今的“马老”

“这是夏莉莉他爹”。不过“马老”对此似乎并不介意，反而有些受用。在我看来我们父女俩顶多算旗鼓相当、平分秋色吧。

如今年过八旬的“马老”依旧活跃在文艺界，尤其是近些年时不时上台朗诵自己写的诗歌，或是坐在台下成为各种语言类比赛的评委，或是被请去讲授语言艺术表演相关的课程。闲时在家会画画油画，撰写几副楹联，到小院浇浇花草，打扫庭院。

让我欣慰和自豪的是，“马老”如今依旧精神矍铄、快乐潇洒，饭桌上喝上二两就会在众人的怂恿下激情满怀地朗诵李白的《将进酒》、岳飞的《满江红》，或者来一段年少时说过的山东快书，然后在众人的掌声和赞许声中心满意足地端起酒杯，豪迈地一饮而尽。

扫码收听

造园记

对于酷爱园艺的园丁来说，最大的遗憾是没有自己的地盘，最大的幸福是有了属于自己的一片天地。无论大小，只要有土地便可。在拥有了自家楼顶那不到二十平方米的露台和父母家九十来平方米的小院那一刻，我对自己说：“来吧！姐妹，大显身手吧！”

我家装修时，有朋友劝我：“宁夏风沙太大，把露台包成阳光房吧。”周围邻居也是这么做的，我却摇摇头，说：“不！我一定要让家里有一块抬头就能看见蓝天的地方，让我的花花草草们随时沐浴在阳光下。”朋友说：“阳光房也可以种呀！”我回答：“你懂什么，没有紫外线的直射，又不通风，植物怎么可能长得好！”我甚至劝说与我家露台相连的邻居放弃阳光房，两家共同打造一片敞亮通透的楼顶种植园。尴尬的是，人家并未理睬我的建议，还是包成了阳光房。我无奈，人各

有志吧。没想到邻居家在阳光房里建的花池比我家的还大，不过意料之中的是，如今那里面只有干巴巴的黄土和一些干枯的枝叶，不见一丝生机。

楼顶的露台既要种花种草，还要有人的活动空间，设计起来实在是捉襟见肘。只能做完防水设施后，沿着墙面做了一个“L”形花池，墙上固定了蓝、白两色地中海风格的网状花架，顶上做了一排防腐木的攀爬架，配上可以来回挪动的花盆，一座布局合理、结构立体的露台小花园便应运而生了。这几年工作、家务繁忙，虽疏于打理，但月季、铁线莲和吊盆中的各色牵牛花，依旧在春夏时节次第盛开，让清晨或黄昏在此停留片刻的我心花怒放。

相比之下，父母家的小院因空间大，设计起来相对容易施展，但小院的规划同样耗费人的心神。为此我又去书店抱回一摞书，比如《家庭庭院的设计与布置》《庭院屋顶种花与景观设计》《花园设计的100个灵感》《家庭庭院的植物选择与搭配》。规划不同的分区，种植不同种类的植物，既要考虑植物的生长习性和特点，又要考虑院子的景观布局。

时不我待，小院一完工，我便迫不及待地开种，这几年陆续在小院种了葡萄、山楂、樱桃、苹果、石榴、枣、桃、西梅、无花果等果木，月季、铁线莲、绿萼梅、绣球、蔷薇、紫藤、四季玫瑰、凌霄、菊花、鸢尾、石竹等花卉，金银花、藿香、艾草等中草药，还有黄瓜、辣椒、茄子、西红柿、菠菜、芹菜、大葱、丝瓜、豆角等蔬菜。如今的小院，春有繁花，夏有鸟鸣，秋有果香，冬有飞雪。与父母一同在小院欢喜忙

如诗如画的小院

碌，看四季流转，观万物循生，怡然自得。

有人认为，园丁的生活诗意且优雅，如同在短视频中看到的：穿着飘逸的白色长裙，赤脚走在草地上，顺手剪下几枝美美的花朵插入花瓶，坐在花园的秋千上品一杯咖啡或红酒，闻百花沁香，享春风拂面。理想很丰满，现实很骨感。同为园丁，我常常穿着旧衣旧鞋，戴着一顶破草帽，或弯腰，或蹲在园子里挥汗如雨，忍受蚊虫的叮咬、植物的刺伤、烈日的炙烤和凛冽的寒风。

园丁的生活充满了喜怒哀乐。捷克作家卡雷尔·恰佩克在《园丁的一年》里就生动地描述了自己在花园里的快乐幸福时光。我最喜欢的章节是“园丁的八月”，这章生动地刻画了园丁外出度假，请亲友照看花园时的种种心态，描写可谓入木三分！我在这章看到了自己的影子。

因为照料园子，喜欢夏天的我却爱上了春天。早春，我的主要情绪是着急，“哎呀，我的铁线莲和绣球为什么还不发芽，不会是死了吧？”“菜种下地一周了吧，怎么还没出来？”“气温怎么还这么低，快点暖和起来，让我的月季早点出花苞吧！”“什么？要下雪？哎呀，我的果树刚开花，会冻坏的，今年又没果子吃了！”不久又转为

喜悦，“呀呀呀，快来看，发芽啦发芽啦！”恨不得喊遍整个小区。“啧啧啧，密密麻麻的，看来今年的月季又要开爆了。”“哎呀，我以为这棵要死了，它竟然活了，还长得这么好！宝贝，加油！我看好你哟！”“看看看，西梅和桃结了这么多，快上肥！”

春末夏初时的小院，百花竞放，群芳争艳。邻居说，这院子是小区最亮丽的风景，不少路人都会驻足欣赏片刻；小孩儿走到这里也会拉着大人手走进院子咿咿呀呀的；还有摄影师背着“长枪短炮”拍个不停。

宁夏夏天的烈日对花花十分不友好，此时，我情绪的主旋律是忧心忡忡，“快快快，赶紧搭上遮阳棚，这几棵叶子又干了。”“月季又生虫了，可恨的蚜虫、红蜘蛛，赶快打药，杀杀杀！”自从有了露台和小院后，我和我妈都爱上了下雨。高温和暴晒常让我悲从中来，去年我家露台上的十来棵绣球悉数牺牲，两百多元一株的藤冰山在开了一季冰清玉洁的繁花后香消玉殒。有朋友说：“你花养得真好！”我开玩笑说：“不，是我买得勤，花死个不停，我买个不停。”

秋日里充满了期待和丰收的喜悦，蔬菜和果实是此时的主角。看着挂满枝头的肥美果实，品尝着大自然的馈赠，享受辛苦付出后的回报，人生好不快意。当然有时也会失败，面对枯萎和绝收，早几年我们还充满沮丧和懊恼，后来便能坦然地面对发生的一切，正是这种无法预知的变数，让平淡的生活充满了跌宕起伏，这正是园艺的乐趣所在。

冬日，是审视和规划的季节。每到这个季节，我都会发现园子有不中意之处，需要来年去折腾和调整。这里需要一个花架，那里需搭建一个拱门；这棵要移走，那里缺一棵爬藤。思考最多的问题是：怎么能

门前小院，别有洞天

在有限的范围拓展更多的空间。朋友于荣买了带院的新房，请我帮她设计小院。我根据以往的经验，悉心画了规划图，细致到对爬藤、灌木、乔木、矮小的植物进行了分类规划。房子装好后我去参观，却发现我最关注的院子里大片的土地被硬化了，我心疼不已。朋友问我："怎么样？"我心中涌出四个字：暴殄天物。

一花一草一洞天，半红半绿此生悦。

在我眼中，平凡的土地神奇而伟大，能让一粒小小的种子生根发芽、开花结果，能让每株植物充满魔幻。细心观察，它每天都能让你惊喜地体会到生命的脉动和力量。

"偶得幽闲境，遂忘尘俗心。"一方露台，一个小院，能让你远离浮躁喧嚣，享淡然闲适，体味生活的富足与丰盈……

扫码收听

老队友

我是个闲不住的人，没事也要找点事儿折腾折腾，这点估计是受了我妈的影响。记忆中她很少气定神闲地坐在沙发上看电视，总是在家里的各个角落忙碌着。东西要归置到位，房间要一尘不染，衣服要清洗干净，都收拾妥当了，那就整点好吃的吧。在这些方面，我俩如出一辙，眼里总有干不完的活儿，心里总有还没实施的计划，也因此成了生活中志同道合的“队友”。

我是穿着我妈亲手做的衣服长大的，不光因为那时商店里有着长长的布料柜台，少有成衣销售，还因为我妈手艺确实不错。凡是出自她手的衣服，做工精细，还颇有设计感。关于衣服，我最早的记忆是一件短款连衣裙，上半身是白色圆领，属无袖简约款，胸前绣了一只可爱的卡通小鹿，下半身是藕荷色波点图案的褶皱短裙。这条裙子放在四十多年

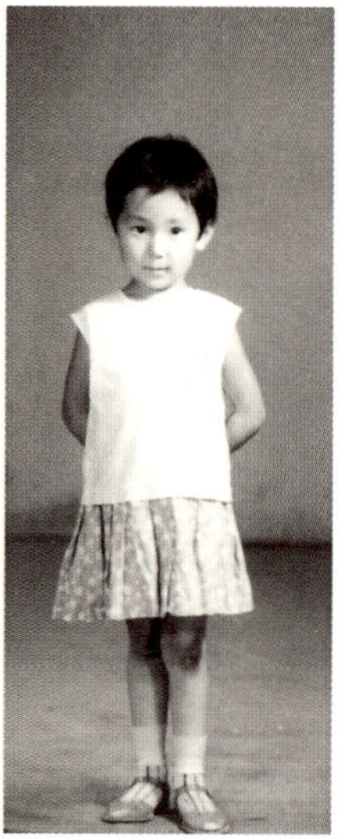

幼年的我穿着妈妈做的裙子

后的今天依旧不失时尚。冬天，大家都穿着厚墩墩的棉袄棉裤，我穿的是我妈做的浅棕色人字呢小大衣，里面缝了丝绵内胆，还用黑色和橘色毛线编织了毛领和袖口，有型又暖和。我妈在做衣服方面是全才，裁剪、缝纫、编织、刺绣、包边、盘扣样样精通。

高中毕业后，我在我妈的指导下学习裁剪缝纫，很快就可以一起并肩作战，一同选择面料、款式，讨论板型和制作工艺。后来又各取所长，我主攻裁剪，我妈主打缝纫。肩袖和领子这些关键部位的制作是她的专长，我至今望尘莫及。还有钩针编织和盘扣制作，是我一直没有触及的独门绝技，我总说有空了要学学，说着说着我也人老眼花了，最后颈椎问题的困扰让我彻底断了这个念想。但和“队友”一起把一块块布料变成一件件美衣的记忆，成为脑海中难以忘却的美好瞬间。

小时候家里经济拮据，父母的工资要精打细算才能支撑到月底。即便如此，我妈在吃上还是很讲究的，不是吃的食材有多贵，而是在花样上别出心裁。用我姑姑的话说，我妈把我们的嘴惯刁了；用现在流行的说法，我被我妈养成了一个吃货。很多吃货都爱烹饪美食，以满足自己的口腹之欲，我便是其中一位。

高中时我就开始折腾美食，今天在新华街吃了个孜然牛肉夹馍，回家便开始给我爸拉单子：牛肉、青椒、洋葱、豆腐干、辣椒面、孜然

粉、白饼子。食材备齐，挽起袖子上，我妈就成了场外指导。哪天在商都吃了个炒疙瘩，回去就开始跟我妈一起和面、揉面、擀面、切面，疙瘩煮熟，放凉水中备用，配菜切丁，下锅翻炒，出锅装盘。请同学和亲戚一起品尝，不亦乐乎。工作以后，更是一发而不可收，各种烹饪工具、食材、调料悉数买回家，塞满了厨房的柜子。中餐西餐、小食正餐、甜点饮品，想吃的但没做过的都想试试。在家休息时，感觉自己待在厨房里的时间比睡觉时间还长，熬果酱、灌香肠、山楂冻、千层饼、坚果糯米糕、锡纸烤鱼、红薯芝士、芒果班戟、酱汁焖锅……幸好家里人都属于不易胖体质，否则后果不堪设想。而我妈，一直是我探寻美食之路上的支持者和陪伴者。

从有记忆起，家里的窗台上就有花，那是我妈养的绣球、吊兰、君子兰、仙人掌、倒挂金钟、令箭荷花。这么多年了，从平房到楼房，从露台到小院，我妈从一头青丝到满头银发，这习惯从未改变过，而我一直与她为伴，甚至有过之而无不及，我俩是一对狂热的爱花分子。

春天是园丁最忙碌的季节。前几年，我和我妈的主要工作是买花、种花，花市买、网上

"老队友"近照

买、苗圃买、基地买，看到花就流连忘返，不忍离去。女儿常说，我妈和我姥姥一看见花儿就走不动了。这两年，我家露台和父母家小院已经“花满为患”。每次购花，我妈说得最多的就是“少买点，别买了，没处种了”，但我买买买的节奏依旧不变。老队友会给我下各种命令，买土、买肥、买药、买菜籽、买菜苗、买花架、买绑绳、买工具……春天的繁花似锦过后，看着满眼的绿色，我俩又开始琢磨：这个微型月季株型小，不适合靠着栏杆，还是移栽到路边的位置层次感更强；紫藤长势太疯狂，放在窗边有些凌乱，挪到院外去爬成拱门吧；这里改种两株粉色龙沙宝石，春天时月季花墙会很美。

前不久，家人吃饭时提起我养宠物的事儿。我妈说，她算了一下，我前前后后养过十三只猫。听了这个数字，我吓了一跳。说是我养，实际上是我玩，大部分的清洁、喂养工作都是老队友来承担的。五十多年了，我妈真的像一个优秀的队友，陪我一起感受生活的苦乐，和我一起尽享生活的馈赠，与我一起经历风雨和彩虹。

“一蓑烟雨任平生，也无风雨也无晴。”如今，这位年过八旬的老队友依旧每日忙碌，晨练养生，莳弄花草，造席酿酒，怡然自得。步履轻盈，颜面红润，气色比我还好。常有人感慨：“我们到她这把年纪，也能有如此状态就心满意足了。”如此一夸，老队友更是满心欢喜。被人当作榜样，谁会不心花怒放呢？！

扫码收听

疯狂一回

我不喜欢开车。别人嘴里的驾驶快乐和饮酒乐趣，于我而言都是不得已而为之，前者是为了出行方便，后者则纯属社交所需。

我也不喜欢冒险刺激类活动，别说蹦极、滑翔，就是游泳，学了多年至今仍不会换气，一下水就感觉寒冷紧张，最后想想还是算了，别折磨自己了。

就我这样一个循规蹈矩的人，却在前不久疯狂了一回，带着家人来了一场说走就走的旅行——自驾游成都。这对很多人来说真的不算什么，别说成都，就连海南、西藏也不在话下，可对我这个总共没上过几次高速，开车最远只到过一百多公里外盐池县的中年妇女来说，自驾游成都真的是个不小的挑战。更何况只有我一个驾驶员，车上坐的是年过八旬的父母和未成年的女儿。

为何如此疯狂？不为别的，只为"花"狂！

最美人间四月天。一天清晨，我妈转发了一条视频到家庭微信群。视频是"海蒂的花园"发布的，上面写道："花园节即将来临，游园看千万朵玫瑰盛开。"这里需要给大家普及一下，"海蒂的花园"以主人女儿的名字命名，坐落于四川省成都市双流区。花园的主人人称"海妈"，性格爽朗、自然可爱，在视频里她常常发出毫无遮掩和修饰的魔性笑声。海妈原是一名电脑销售员，后来将爱好变成事业，创业十四年，搬家十四次，最终打造出三千平方米的梦幻花园，成了粉丝百万、销售过亿的园艺大咖。从不追星的我曾静候在淘宝直播间抢购她签名的花园手记——《海蒂的花园》，不仅是因为我是她淘宝店铺的老顾客，更重要的是她不做作的真性情吸引着我，笑对生活磨难的个性更让我学到了坚韧与执着。

既然我妈想去看海妈的花园，那就满足她老人家的心愿，我回了三个字："走，看走！"

我们常常会一时兴起作出类似的举动，但多数时只是说者说说、听者听听而已，可这次我是当真了，其实是我最想去。遥窥海妈的花园已经很久了，每年四月都心痒难耐，何况成都的火锅、大熊猫、春熙路、太古里都对我有着十足的吸引力。

怎么走？商量时有分歧，我一提自驾，爸妈都反对。我妈说："你那水平行吗？又没跑过远路。太远，一个人太累，不行不行！"我爸说："就是，开车也不安全。你累，我们坐着也累，咱们坐飞机去，别怕花钱！"我心想："这跟钱有什么关系呀！想省钱就不出门了，我考

虑的是你们的年龄和体力问题，带着行李在机场、酒店和景区间奔波，我这中年人都疲惫不堪，何况你们！到那里还有精力游玩吗？自驾游司机虽然累，但不用提行李，到哪里都能直达门口，确实有诸多方便之处。”深思熟虑后我提出买一个电动轮椅带上，二老一听就炸了：“我们腿脚都好，用不着那个。”我说：“出门游玩和到小区门口买个菜完全是两个概念，别说你们，我现在出去都想坐轮椅。”见我说得有道理，加上这些年对我决策上的信任，他们不再坚持。

三天后，一车，一轮椅，四人，三个箱子，我们出发了！

虽然做了充分的思想准备，但高速公路上驾驶还是让我倍感紧张。一路大车多、隧道多，还遇到了雨天和团雾，开着开着还犯迷糊，进服务区睡一觉醒来继续。使命在肩，我告诉自己，不着急、不赶路，开到哪里算哪里，总之，安全第一。一路前行，我感慨祖国真大真美，但路咋这么长！

车行两日抵达成都，之后快乐的旅行开始。确定行程，订门票、酒店，安排用餐，我依旧忙得不可开交。美食自不可少，皇城坝、牛不比的火锅、天方楼的川菜、烤匠麻辣烤鱼、九鼎的牛肉面、花椒冰淇淋……武侯祠、锦里、宽窄巷子、省博物馆、人民公园、春熙路、太古里、熊猫基地、青城山、都江堰、三星堆……细数起来真去了不少地方。

此行也有遗憾和惊喜。时间有限，赶到杜甫草堂时，刚过入园时间，只能怅然离去。找地儿吃饭时偶遇钟书阁，其视觉冲击让我目瞪口呆，久久不忍离去。在熊猫基地，承受近两小时排队之苦的我们还是远距离地看到了网红大熊猫“花花”和其他熊猫憨态可掬的萌样儿。青城山山高路陡，两位老人家准备放弃之时，手持滑竿的挑夫们如天降神兵，让我们顺利到达了山间月城湖，乘坐观光缆车到达了老君观，不虚此行。

海妈的花园许是因为搬迁的原因，并没有想象中的震撼，品种不少，规划凌乱，规模有限。用我妈的话说：“这哪是花园，就是一个花卉销售基地！”但在熊猫基地附近无意搜到的漫花庄园，让我们不虚此行，志得意满。百米长的月季花墙，成千上万朵粉龙争奇斗艳，两米多高的月季花柱蔚为壮观，月季拱门长廊、大片顺坡种植的矮生花草，五彩斑斓，美不胜收，置身其中恍若仙境，无法用语言和文字描绘它的美。

老妈与万千花朵

因带着老人，无法确定出游计划，并没有预订三星堆博物馆的门票，住到附近酒店才发现，第二天的门票早已抢空。眼看就要错过，情急之下，抱着试试看的心态联系了四川台的宋锦燕老师寻求帮助，没想到居然成功了。我们终于走进了这个被称为20世纪人类最伟大的考古发现之一的神秘之地，目睹了青铜立人、青铜神树和金杖这些独一无二的旷世杰作，让此行的最后一站完美收官。

朋友们听闻我的疯狂之举后都说我胆大。其实我心悬一路，担心自己年久失修的颈椎和老腰半路出故障，担心高龄的父母舟车劳顿途中突然身体欠安，担心旅途当中的各种未知。然而，一切顺利，所有的担心并未发生。

人生不也如此吗？有时我们可能会被一些低概率的事情吓到，忧心忡忡，瞻前顾后，最终遗憾放弃。

有时候，有些事，把握就拥有了，犹豫就错过了。

人生能有几回疯，疯它一回又如何？

扫码收听

她比我棒

在手机里刷到这样一条视频，一个小孩写作业时被家长训斥，质问他不好好学习以后怎么办，知道后果吗？孩子没回答，反问："你知道世界上的笨鸟有几种吗？"家长答不上来。孩子说："笨鸟有三种，一种是先飞的；一种是嫌累不飞的；还有一种是最让人讨厌的，就是自己飞不起来，就在窝里下个蛋，让下一代使劲飞的。"

看完后我不禁哈哈大笑，这条视频道出了多少家庭教育的尴尬与无奈。回想一下自己小时候，与女儿相比，发现她比我棒。

女儿比我懂事。小时的我是个多事的主儿，稍不如意，便会大闹天宫。那时买肉凭票，很久才能吃到一次肉。对我这样的馋猫，我妈也是想尽了办法，炒茄子时将茄子把儿一并放进去，我啃茄子把儿如同啃鸡腿一般，在我的心目中，茄子把儿就是我的专享美味。一次过节去亲

戚家做客，饭菜上桌，我看到了炒茄子，便嚷着要吃茄子把儿。亲戚不知我有如此喜好，茄子把儿早被倒进了垃圾桶。我哭起来，嘴里一直喊着“我要吃茄子把儿，我要吃茄子把儿！”闹得大家莫名其妙。我妈说明情况，大家都笑了。今天有辣子鸡，还吃什么茄子把儿，随后把大鸡腿递给我，我却执拗地不要，没完没了地闹着就要茄子把儿，谁哄都不行。最后我妈尴尬得不行，看实在控制不了场面，暴揍我一顿才平息了事端，但那天的饭被我搅和得都没吃好。

女儿从小到大都没有我这种不讲理的情况，乖巧懂事、有分寸，与人相处友善随和，遇事和她沟通也很容易，所以一岁以后我就经常把她带在身边。至今外地的一些广播剧同行还会问到她，说还清晰地记得几

我和女儿

年前在广播剧年会会场里，那个两耳不闻身边会、一心只顾写作业的小姑娘。和她一比，我小时候该有多不省心呀！

后来，她慢慢长大，思想越发独立和成熟，现在在很多事情上我开始向她学习。一次在医院排队，我手里的一张面巾纸掉到了地上，我害怕会沾上细菌或病毒，犹豫要不要捡起来。女儿立刻俯下身，我赶紧说：“脏！”她却毫不犹豫地捡起来扔进垃圾桶。还有一次，社区为了照顾学生，允许他们不排队，直接到队伍的最前面，她却宁可放弃也不愿插队，让我又着急又佩服。她会在公共场合提醒我声音小一点儿。在餐厅吃完饭我也会和她一起把桌上的骨头、面巾纸等扔进垃圾桶，把椅子归位。都说孩子是大人的一面镜子，而我们成了彼此的镜子。

女儿的原则性比我强。一天晚上，女儿正在写作业，一个和她要好的同学打来电话：“艺馨，作业写不完了。你的英语作业写完了吗？把答案发给我呗！”女儿冷冰冰地说：“你不知道我从来不让别人抄我的作业吗？”电话那头犹豫片刻说：“哦，那好吧！”对方挂了电话，我有些担心这样会不会影响她的同学关系，和她探讨这个问题，她却一副无所谓的样子。我告诉她，这么做是对的，让同学抄作业，现在看是在帮对方，长远看则害人不浅。有意思的是，第二天晚上，那个同学又打来电话跟她聊天，仿佛昨天的事儿从未发生过。我感觉自己的担心有点儿多余，即便同学记恨她“见死不救”又怎样呢？她的“一根筋”可比无原则和无底线的塑料花友谊可贵得多。她对班里同学抄作业的现象深恶痛绝，对自己严格要求。有些练习册的答案老师没有收，她遇到作业多时宁可写不完也不会去抄答案，如果换作是我，怕是做不到。

女儿的学习能力远超我。虽说数学不怎么开窍，但其他课程都还不错，听课效率高，记忆力也好，就是作业写得太工整，太耽误时间，我总担心她休息得太晚睡眠不足。英语是我的软肋，我一直担心女儿要是遗传了我可就麻烦了，还好，她学得很轻松，让我长舒了一口气。女儿上六年级时写了一篇名叫《赏花》的作文（附文后），里面引用了不少与花有关的古诗词，还讲述了一个与赏花有关的哲理故事，升华了文章的主题，我觉得写得特别好，就和她一起投稿到了《天天爱学习·作文》杂志，不久还真发表了，女儿甚是开心。想想我这么大时写得酸不溜丢的幼稚句子：我长大了想当个画家，像神笔马良那样画出很多食物和木柴，送给卖火柴的小女孩，让她不再寒冷和饥饿……没有对比就没有伤害，和女儿的文笔一比，实在是汗颜。

内卷时代人不由自主被裹挟其中，焦虑不已，我们往往盯着成绩，而忽视了孩子身上的闪光点。电视剧《人世间》中的一段话足以让我释怀："孩子若是平凡之辈，那就承欢膝下；若是出类拔萃，那就让其展翅高飞。"接受孩子的平庸，就像孩子从来没有要求父母一定要多么优秀一样。接受父母的平凡，接受子女的普通，认真踏实对待生活，心中有光，家人安康，就是幸福的人生。

贴心小棉袄

赏　花

张艺馨

人人都爱赏花，有时，看到花儿随风摇曳，人们就会不知不觉地停下。看着花儿在风中舒展自己的身体，尽情地跳着它们最擅长的舞蹈，再忙的人也会沉醉其中，心情好转，有时还会从中得到启示。

古人被花所迷，爱花之情有迹可循。"晓看红湿处，花重锦官城"，杜甫看到淅淅沥沥的小雨打在叶片上，就想到明日红湿之处必是花团锦簇；"接天莲叶无穷碧，映日荷花别样红"，杨万里路经西湖，

只是轻眺一眼，便迷上了西湖荷花；“不要人夸好颜色，只留清气满乾坤”，王冕赞美墨梅的高尚品格；“不是花中偏爱菊，此花开尽更无花”，元稹爱菊，也是因为从花瓣间悟出哲理……因为赏花，诗人们创作了许多千古名句，让我们从这些诗句中感受到花的美好。

赏花，不受年龄和身份限制，任何人都可以赏花。而且，从赏花可以看出一个人的品位。有这么一个故事：

一户人家的院子里种着梅花。冬天到了，梅花盛开，主人在院子里欣赏美丽动人的梅花，心里十分高兴。恰巧这时，门外来了一个乞丐，请求主人给他点饭吃。主人马上从屋里端出一些热腾腾的饭菜，还让乞丐进入院子吃。乞丐感动地连声道谢。乞丐很快吃完了饭，对主人说：“谢谢您，先生，您家不仅饭菜香，梅花也很香！”主人送他出了门，很是惊讶：乞丐也会赏梅吗？为什么自己从来没有注意到梅花的香气呢？他慢慢地走近梅花，轻轻地嗅了一下，一股梅香扑鼻而来。

这个乞丐，就是会赏花的人。

我家的院子种满了花，行人路过这里，都会放慢脚步，甚至驻足细嗅，赏一赏满院的似锦繁花，嘴里忍不住感叹：“哇，好美呀！”

赏花，让我们的生活变得更美好了！

声海论道

道，是构成天地万物的本原，在变与不变中平衡、盘旋。行业之道，亦是如此。它是方法与本源的深入，是境界与途径的探索，更是求同存异与海纳百川的执着……

声海论道

践行『四力』讲好脱贫攻坚的中国故事

——以广播剧《闽宁镇》《黄河水甜》创作为例

宁夏西海固地区被联合国认定为“最不适宜人类生存的地区之一”，被国务院确定为国家重点扶贫地区之一。西海固是宁夏脱贫攻坚的主战场。

20世纪90年代，国家启动“八七”扶贫攻坚计划。中央领导多次深入西海固地区实地考察调研，最终，一个利用黄河两岸尚未开发的连片土地，扬黄河之水建设百万亩灌区，将不具备生产生活条件的山区的人口迁往灌区，从根本上解决贫困问题的伟大构想诞生了。

1997年4月，时任福建省委副书记、福建对口帮扶宁夏领导小组组长习近平带队考察了宁夏永宁县一个叫玉泉营的地方。闽宁两省区领导协商：在玉泉营建立一个移民示范村，命名为“闽宁村”。一场跨越

广播剧《闽宁镇》海报与工作照

2000多公里、历时20多年的闽宁协作由此展开。2001年12月，闽宁村更名为闽宁镇。如今，闽宁镇已陆续接纳了来自宁夏西海固地区的6.6万名移民，让他们摆脱了贫困。优势互补、互惠互利，长期合作、共同发展的“闽宁模式”，成为我国贫困地区通过对口扶贫协作走向全面小康的成功样板。2020年7月，中宣部授予闽宁对口扶贫协作援宁群体“时代楷模”称号。

在生态移民、闽宁协助、精准扶贫、乡村振兴的实践中，涌现了大量生动感人的故事和平凡而伟大的人物，成为广播剧艺术创作的富矿。为全面反映脱贫攻坚战役喜人成果，展现扶贫工作中取得的伟大成就和

成功经验，福建省广播影视集团、宁夏广播电视台等单位联合打造了反映闽宁协作、脱贫攻坚的3集广播连续剧《闽宁镇》，讲述了闽宁镇从“天上无飞雀，地上不长草，风吹沙石跑”的荒芜之地，发展成为天蓝水绿、民富安康的特色小镇的故事，获得了中宣部第十五届精神文明建设“五个一工程”奖。

1994年12月，宁夏扶贫扬黄灌溉工程立项并被列入国家“九五”计划，吴忠市红寺堡区成为这一工程的主战场、全国最大的生态扶贫移民集中安置区。经过20多年的开发建设，红寺堡区总人口已达23万，2020年3月实现脱贫摘帽。2020年6月，习近平总书记赴宁夏考察调研，来到吴忠市红寺堡镇弘德村，了解当地推进脱贫攻坚情况。

宁夏广播电视台广播剧创作团队创新广播剧创作传播方式，以吴忠市红寺堡区的开发建设为蓝本，创作了7集微广播剧《黄河水甜》，用决战荒原、走出西海固、罗山欢歌、康庄大道、枝叶情、风从东方来、风劲扬帆7个篇章展现了20多万宁夏南部山区贫困人口，实现脱贫致富的难忘岁月和历史瞬间，唱响了“共产党好、黄河水甜”的主旋律。同时以音频视频、图文等形式，通过微信、微博、电视实现了全方位的立体传播，传递了决胜全面建成小康社会、决战脱贫攻坚的好声音、好故事。

好故事、好作品的标准是什么？有思想、有温度、有品质！怎样才能创作出真正的好作品？笔者认为，需要切实履行宣传思想工作者的职责，牢记使命、扎根基层，增强脚力、眼力、脑力、笔力，在学习与思考中探索创作。

一、练脚力，好故事永远在基层

生活是艺术创作的源泉。一部好的广播剧，一定是用脚步丈量出来的。在路上，才能真切感受到时代的脉动；到基层，才能挖掘出鲜活的故事。扎实的脚力才能见实情、动真情。

《闽宁镇》创作团队为更好地诠释作品，导演打破以往根据剧本导戏的常规，提前介入剧本的策划与创作，与编剧、制片人一起多次深入宁夏西海固地区、闽宁镇和福建南平体验生活，采访参与帮扶的福建干部、主管扶贫工作的闽宁镇干部、当地移民、扎根闽宁镇的闽商代表等。一系列扎根基层，下沉到脱贫帮扶一线的采访，让创作团队有了更深切的体会，抓住了更多扣人心弦、感人至深的故事素材，坚定了大家打磨出思想精深、艺术精湛、制作精良的作品的决心，为该剧的艺术创作奠定了坚实基础。

《黄河水甜》的创作者拒绝看材料写剧本，千方百计寻访参与红寺堡开发的建设者、亲历者，走遍红寺堡5个乡镇，在田间地头、百姓家中、扶贫车间、养殖合作社来回奔波，和村干部、第一书记、致富带头人、建档立卡贫困户零距离接触，挖掘到每一个人物背后鲜为人知的故事和闪光点，积累了丰富的创作素材。正是凭借脚力采撷到的生动故事，使创作者心灵深受震撼，得到了灵魂的洗涤和精神的净化，并义不容辞地传播这些动人故事和弘扬伟大精神。

深入生活、磨炼脚力是每一个创作者积攒力量的过程，会让你底气十足。走下去，不荒废脚力，才可能创作出接地气的作品。

二、明眼力，“火眼金睛”抓准题材，选对素材

广播剧创作的第一步要明确“写什么”，确定选题是基础，更是难点和重点。题材好不好，关键看眼力。心明眼亮才能选好故事，将社会主义核心价值观渗透到作品中。

以脱贫攻坚为主题的题材众多，要锁定最具典型性、时代感的故事并非易事。经过精心策划，反复讨论，创作者们决定以宁夏银川市永宁县闽宁镇为蓝本，创作3集广播连续剧——《闽宁镇》，讲述西海固地区一个普通的小村庄——海原县曹洼乡喊水村村民在党和政府的关怀下，在福建援宁干部的帮助下，完成移民搬迁、走上致富路、过上幸福生活的故事，艺术地再现闽宁各级政府在西海固移民工作中付出的努力和取得的成就，塑造扶贫干部生动感人的艺术形象。

在《黄河水甜》的采访中，一封退保申请书进入了编剧的视野。有人想尽办法成为建档立卡户，享受各类优惠政策，申请人王克银却主动退出低保。一番跟踪采访后，一个抚养3个失去双亲的侄子侄女并在贫困线上挣扎的人物，在日子好后主动退保并回馈社会的鲜活故事被挖掘了出来，彰显了脱贫路上普通人物的光辉形象。

投身时代洪流，关注民生时事，多观察、多思考、多积累，做个有心人，才能创作出有高度、有深度、有温度的作品。

三、强脑力，用创新思维提升作品质量

打造一部广播剧精品力作要从题材选择、剧本创作、音乐制作、演播录音、制作合成等各个环节动脑筋、下功夫。比如，剧本怎么写？如何从小切口反映大主题，如何以小角度讲明大道理？如何让音乐的创

作更具特色、更贴合剧情？《闽宁镇》广播剧中四段紧扣情节的宁夏花儿，以强烈的地域特色成为全剧的亮点，荡气回肠的旋律和直击心灵的歌声提升了整部作品的艺术效果。

《闽宁镇》制作完成后，先后在中央广播电视总台央广中国之声广播频率、福建广播影视集团、宁夏广播电视台等多家媒体播出，并在“学习强国”学习平台、海博TV、宁夏交通广播微信平台等新媒体播出。

在制作《黄河水甜》时，采用棚内拟音和实景录制相结合的方式采集音效素材。第一集《决战荒原》，为了录制出扬黄灌溉工程建设者夜宿工地、帐篷被风沙吹走、满嘴是沙子的效果，拟音师用多种材料反复试验，最终用白砂糖达到了相似效果，为剧集的呈现锦上添花。

脑力是思维的能力、思考的能力。勤学善思、明辨笃行，才能使作品有新意、有魅力、有感召力和穿透力。

四、磨笔力，倾力打造精品力作

好作品离不开好剧本，好剧本定要反复打磨，精雕细琢。为打造精品，《闽宁镇》创作团队五易剧本，并举行了专家论证会，广泛听取各方意见和建议，对核心故事进行了反复修改。录制合成后，又召开作品审听会，对完成的剧集反复斟酌并再次进行修改，力求将《闽宁镇》打造成为集思想性、艺术性、欣赏性于一体的优秀作品。

在信息传播样式与传播渠道日益多元化的融媒体时代，微广播剧成为不少主流媒体运用的叙事方式与宣传模式。它以新闻事件为基础，以情景再现为手段，追溯重构原现场，凭借短小精悍、情节紧凑、生动

鲜活的特点，带给听众更佳的听觉体验。但在短短的十多分钟内如何让故事完整又情节曲折，这并非易事。《黄河水甜》的创作者在创作手法上力求创新，对叙事方式进行了多元化的探索，采用了倒叙闪回、时空嫁接、虚实结合等方式，巧妙架构故事、展现矛盾冲突，运用民歌、花儿、秦腔、快板等多种艺术形式，将思想性、艺术性、教育性融为一体，起到了画龙点睛之效。全剧的大结局是第七集《风劲扬帆》结尾，当年扬黄灌溉工程建设总指挥重回红寺堡，与老支书一起回忆扬黄泵站试水时的欢庆场面，感慨荒原巨变、国富民安，再次抑制不住内心的喜悦扭起秧歌，不仅做到了首尾呼应，也避免了直白、铺排和空泛，将剧情推向了高潮，唱响了“共产党好、黄河水甜”的主旋律。

五、结语

正是秉持为民情怀，始终坚持践行“四力”，不断掌握新知识、熟悉新领域、开阔新视野，《闽宁镇》《黄河水甜》的创作者们用声音呈现了决战决胜脱贫攻坚战役中一幅幅生态移民脱贫、特色产业兴旺、美丽乡村振兴、科技兴农富民的动人画卷。只有深入生动的历史变迁中感受奋进的力量，才能不断挖掘出事实之真与艺术之美，不断向思想精深、艺术精湛、制作精良的创作目标靠近，打造出紧扣时代脉搏、弘扬主旋律和社会正能量的好作品，真正做到讲好中国故事，传递好中国声音。

（此文2020年10月发表于《中国广播》杂志第328期，收入本书时有改动。获得2020年度宁夏好新闻奖新闻论文二等奖）

宁夏有个『哈喜喜』

2006年5月1日，宁夏广播电视台交通广播的电波中出现了一个全新的节目——大型系列广播方言情景喜剧《的哥哈喜喜》，它以一对开出租车的半路夫妻哈喜喜和夏莉莉为主人公，围绕百姓生活，将社会新闻、百姓关注的热点事件和交通法规、交通常识融入剧中，以轻松自然、诙谐幽默的风格，展现都市众生百态。因用宁夏坐唱（宁夏特有的一种曲艺表现形式）创作的主题歌、原汁原味的地道方言、就地取材的百姓故事，以及接连不断的笑料包袱一下子抓住了听众。《的哥哈喜喜》迅速走红、妇孺皆知，每天按时收听节目成了不少百姓生活的一部分，开播不到半年，就跃居宁夏广播电视台广播节目收听率榜首，剧中的主要演员也成了听众心目中的明星。

《的哥哈喜喜》开播近10年来，共编创播出1800集，先后获得中国

广播剧研究会专家评析超长剧金奖和银奖、中国广播电视协会综合节目二等创优节目和二等创优娱乐节目奖、宁夏回族自治区第八次文学艺术奖广播剧一等奖。作为一档日播广播剧节目，为何能长盛不衰并历久弥新呢？这是许多广播同行特别是广播剧创作者经常问到的一个问题。作为该剧的编剧、导演和主演，在这里和大家一起回顾走过的创作道路，分享一下创作心得，或许能够对同行有所启发。

一、浓郁的地方特色让节目更接地气

广播节目的受众具有地域性特征。作为以方言为主要演播语言的广播情景喜剧，《的哥哈喜喜》在节目包装、角色名称、人物语言、歌曲音乐的选择上处处体现了鲜明的宁夏地方特色。

“一二三四五六七，说一个的哥叫哈喜喜，七六五四三二一，他的个婆姨就叫夏莉莉，酸甜苦辣一台戏，听听别家咋显意。”

这是《的哥哈喜喜》第一季的主题歌，是根据宁夏坐唱曲调编写的。坐唱是宁夏的一种曲艺形式，即两个人每人拿一个乐器坐着表演，其中有对白，有演唱，语言多为宁夏银川方言。这首歌歌词通俗易懂，旋律优美，朗朗上口，在宁夏广为传唱，上到耄耋老人，下到幼儿园的孩子都能哼唱几句。在2014年10月推出第三季剧集时，团队重新创作了主题歌，增加了片尾曲，词曲都融入了时尚元素，加入了民间风味很浓的说唱，让主题歌既保留了地方特色，又颇具时代感。

男主人公姓哈，“哈”姓是宁夏的代表姓氏之一，“哈喜喜”这个名字本身具有浓厚的喜剧色彩，贴合节目风格。女主人公名叫夏莉莉。

录制《的哥哈喜喜》

节目开播时，宁夏出租车中“夏利”汽车占五成以上，夏利车成为宁夏街头一道亮丽的风景。我们取“利”的谐音字“莉”，叠词是“莉莉”故女主人公名叫“夏莉莉”。剧中其他人物也尽量选择本地人常用的姓名，这无形中就拉近了与听众的距离，故事就如同发生在亲朋邻里之间一样。

《的哥哈喜喜》中的语言也以宁夏银川方言为主，兼容宁夏各地方言。宁夏土话、民谚、俗语和俚语的巧妙运用，让很多用普通话无法表达的情感、态度和风土人情展现得淋漓尽致。例如，拿着改锥上坟——修（羞）你们家先人呢，让人听后忍俊不禁，后来成了很多听众开玩笑的口头禅。又如，“婆姨汉子，香油罐子”，原是描述夫妻亲密关系的俚语，经过节目的运用而广泛流传，变成了许多夫妻日常的调侃。

二、独特的创作方式让节目更具生命力

相对于其他类型的广播节目，广播情景喜剧的编创过程更为复杂、制作周期更长。《的哥哈喜喜》采取录制播出的方式，每周5集，每集时长18分钟左右，编创任务十分繁重。为了保证节目不断档，节目组开创了无剧本即兴编创演播的方式。在录制前，编导、演员根据搜集的素材讨论主题，然后根据剧情的发展和人物关系确定故事、设计情节。录制时由编导把控故事发展的脉络、讲解剧情台词，演员根据场景和角色性格即兴演播，出现问题随时叫停并进行调整。

这种与以往广播剧截然不同的创作方式，听上去似乎并不完美，但有诸多优势。首先，缩短了节目的创作周期，让剧集具有了新闻性和时效性。比如，前一天结束的一场世界杯比赛的比分、明天要暂时封闭的一条道路信息都可能出现在今天的剧集当中。其次，演员没有剧本的限制，既有了更多自由发挥的空间，也通过这种历练提高了演播能力。再次，实现了创作方式的简单化，在保证剧集正常播出的同时，减少了人力和财力的投入，实现了节目的低成本运作和可持续发展。

敞开大门办节目，让节目成为草根舞台，是《的哥哈喜喜》创作方式上的又一创新。如何保证创作素材的源源不断？除剧组从大量的社会新闻当中搜集素材，很多热心听众主动为节目提供素材和故事线索之外，剧组也面向社会公开征集生活故事，这不仅增强了节目的互动性，缩小了与听众的距离，也使得《的哥哈喜喜》总有讲不完的新故事、好故事。不少听众反映，该剧的故事就发生在他们的生活中，剧中的人物犹如他们的浓缩和再现。剧组演员除少数是宁夏广播电视台交通广播的主持人之外，其他都是非专业的。剧组不断吸纳方言演绎人才的加入，先后有10多位的哥出马扮演角色，成功塑造了一群真实鲜活、深入人心的人物形象。“从群众中来，到群众中去”，成了《的哥哈喜喜》创作实践的原则。

三、内容为王，让听众欲罢不能

在宁夏，《的哥哈喜喜》是出租车司机最爱听的节目之一。因为节目演绎的是他们的酸甜苦辣，为他们枯燥单调的营运生活带来了无限乐趣，有时候也成为他们和乘客交流的共同话题。有的乘客在出租车上收听到《的哥哈喜喜》，到达目的地后不愿下车，哪怕多付车费，也要听完再下车。私家车主也被其跌宕起伏的故事、曲折动人的情节、鲜明的人物形象、明快的节奏所吸引。即使职业与交通没有任何关系的受众也爱听《的哥哈喜喜》，他们说：“节目涉及各行各业，联系着千家万户，听了懂道理，长见识，提素质，又让人笑得不行，谁不爱听呀。”

有同行这样评价：“《的哥哈喜喜》成功地架构了以百姓生活为主体的新闻故事。”节目取材于现实生活，每集用3—8个角色、4—6个场景讲述一个故事，每个故事阐释一种社会现象，看似信手拈来，实则煞费苦心，既要有时代感、有新意，又要真实自然、富有生活气息；既要弘扬正能量、鞭挞假恶丑，又要避免“高大全”、脱离实际生活；既要幽默搞笑、包袱不断，又要避免庸俗、低俗、恶俗；既不能生硬说教，又要让听众在轻松愉悦中深思，捧腹大笑后得到启迪，达到缓解疲劳、

放松心情，营造和谐的初衷。为了使故事饱满真实，创作团队将大量的素材和元素融入故事场景和人物语言当中，大到国家政策法规，小到安全常识、生活提示，力求达到思想性、艺术性、娱乐性的统一。

朱宝贺与董旸在《广播剧编导教程》中说：“语言是构成广播剧剧本的主体因素，写好剧本的语言对于广播剧作者来说是头等重要的工作。”《的哥哈喜喜》虽然是无剧本创作，但并不表示剧本压根不存在，而是存在于编导的脑海中。剧中人物的语言设计秉承“性格各殊、谈吐各异”的原则，根据角色职业、年龄、经历、生活环境、习惯爱好等塑造了鲜活生动、个性独特、辨识度颇高的人物形象。

《的哥哈喜喜》颠覆了宁夏人对当地方言的态度。宁夏首府银川是个典型的移民城市，20世纪50年代大量支宁知青的到来，让当时的本地年轻人对自己的乡音产生了自卑感，部分人摒弃了本地方言开始学说普通话。《的哥哈喜喜》的播出让他们对宁夏方言有了全新的认识——原来宁夏话这么有趣！没事咱也说说家乡话呗。殊不知，我们并没有将生活中的方言全部照搬上场。作为一种语言艺术，必须体现艺术美感。精心设计的语言，加上演员独特的音质和扎实的语言功底，发掘出宁夏方言的独特美感，让听众在节目中感受银川方言的魅力。例如，剧中女主角一口地道的银川方言将坦率直爽、泼辣又善良的夏莉莉一角塑造得活灵活现，让人过耳难忘。《的哥哈喜喜》在运用银川方言的同时，恰到好处地融入了各地方言和普通话，不仅本地人百听不厌，外地人听后也能产生共鸣。

四、人物的成功塑造成就了多位土地明星

《的哥哈喜喜》得到听众认可的又一法宝是人物设置上的独具匠心。男女主人公是一对二婚夫妻，本身就存在着众多的矛盾和冲突。他们的职业是出租车司机，车厢虽小却人来人往，成为展现众生百态的生活舞台。一群性格迥异的人物在剧中你方唱罢我登场。男主角哈喜喜幽默诙谐，对待生活积极乐观，踏实本分，信守承诺，富有爱心和正义感，乐于助人，爱面子却又怕老婆。女主角夏莉莉泼辣、干练、精于算计，爱占小便宜怕吃亏，但也善良、真诚、热爱家庭。围绕男女主人公剧中又衍生出他们的亲朋好友、邻里同行等众多角色，或憨厚呆萌，或狡诈阴险，或冷峻孤傲，或热情似火。有常在剧中出现的固定角色，也有根据剧情需要随时添加的临时角色。个性突出、表演到位的演员会留在剧中加重戏份，而留不下深刻印象的角色则会慢慢淡出……

荧屏上的人物形象让观众记住不难，但电波里的人物形象能给听众留下深刻印象却并不容易，然而《的哥哈喜喜》做到了这点。不仅如此，剧中的哈喜喜、夏莉莉、刘奶奶、夏蛋蛋、江发财等成了本土明星。2014年《的哥哈喜喜》剧组还登上了宁夏春晚的舞台，方言小品《全家福》赢得了满堂彩。2013年10月，宁夏公共频道推出了一档民生新闻节目——《哈喜喜扯磨》，剧中的男女主人公成了节目主持人，在电视上用方言说起了新闻。节目播出后，收视率稳步攀升。

2014年，习近平总书记在文艺工作座谈会上发表重要讲话，指出：“优秀的文艺作品，最好是既能在思想上、艺术上取得成功，又能在市场上受到欢迎。”习近平总书记还强调：“要把满足人民精神文化需求

《的哥哈喜喜》录制现场

作为文艺和文艺工作的出发点和落脚点，把人民作为文艺表现的主体，把人民作为文艺审美的鉴赏家和评判者，把为人民服务作为文艺工作者的天职。”《的哥哈喜喜》正是创作者们朝着贴近时代、贴近群众、贴近生活的方向探索的结果。

《的哥哈喜喜》剧组愿与全国各地的广播剧创作者一起，为人民创作，以人民为中心，不断塑造人民形象，生产出更多脍炙人口、群众喜爱，集思想性、艺术性、观赏性于一体的优秀作品。广播剧的明天一定会更加美好！

（此文2015年9月发表于《中国广播》杂志第267期，收入本书时有改动。2016年获得第十届中国广播剧研究会广播剧论文评析二等奖）

方言广播节目主持技巧探析

随着社会的发展，信息技术飞速发展，听众文化需求日益多元化，广播人开始思考节目模式和内容创新。方言节目出现在广播频率中，可以说是普通话主流节目的调剂和补充。方言节目，即主持人在节目中全程使用方言表达的一种节目类型，包括说新闻、讲故事等。这类节目将方言与本土文化相结合，很快因平民化、生活化和娱乐性得到了听众的喜爱和认可，同时也受到市场的青睐和追捧，实现了社会效益和经济效益的双赢。例如宁夏交通广播的《的哥哈喜喜》、贵州交通广播的《我是柳叶眉》、湖北交通广播的《好吃佬》、陕西秦腔广播的《西安乱弹》、福州左海之声的《阿肥来了》等等，成为当地广播频率中收听率排名居前的品牌节目。

随着这些方言节目的热播，一批方言主持人迅速走红，有的甚至成

直播工作照

为听众心目中的明星。究其原因，首先，方言广播节目迎合了听众求新求变的心理需求，给人耳目一新的感觉，很快引起了听众的收听兴趣，无形中提高了听众对节目和主持人的关注度；其次，主持人在节目中说方言，突破了普通话节目的严肃和正统，得到了听众的语言认同，获得了快乐的收听体验；再次，一些字词和语句用方言表达更为准确到位、生动形象，增强了节目的可听性，同时也给主持人提供了更大的展示空间，主持人的个人魅力得到了淋漓尽致的发挥，听众印象深刻。

一、适度巧用方言，实现有效传播，完成传承使命

方言广播节目与普通话广播节目的最大差异就是方言的运用。方言节目受欢迎是因为方言贴近生活，具有很强的感染力，契合了本土听

众的心理需求，得到了听众的文化认同，通过通俗易懂、诙谐幽默的语言演绎故事，听众在感受方言之精妙的同时，更容易领会节目传递的精髓。方言节目能够以普通话不具备的独特魅力，自然而然地拉近与听众的距离，达到较好的传播效果。

关于方言广播节目，现在有两种截然相反的观点：一种认为它不符合广播电视节目播出的相关法律法规，与国家推广普通话的政策相矛盾，无法实现大众传播；另一种认为只要说方言节目就一定能火，方言节目是广播再次振兴的“秘密武器”。笔者认为，应理性辩证地看待方言广播节目，正如徐洁所说：“方言类节目不是洪水猛兽，但千万不能把方言类节目当作提高收视率的灵丹妙药，要警惕大众媒体滥用方言。”

对广播节目管理者来说，控制方言节目在全天节目中的数量、占比、时长尤为重要。

作为方言节目的主持人，首先要明白大众传媒中普通话的主导地位，把握方言传播的“度”，不能忽略受众的收听感受，为了用方言而使用方言，要让方言、节目实现有机融合。单纯使用方言，过度沉浸于地域语言，外地听众会有收听障碍，有悖于当今开放、包容和共享的时代精神。适量、适度、巧妙地使用方言，将“小众”变成“大众”，方能达到良好的沟通和传播效果。例如可以本地方言为主，同时穿插其他多种较流行的方言，打破节目的地域限制，让更多听众找到熟悉的声音。路况类的资讯完全可以使用普通话播报，实现有效传播。而对方言节目中的一些生僻字、语句，如果主持人能够用普通话给予适当解释，

无疑会提高外地听众和不精通方言的本地人的融入感和代入感，提高他们收听和学习方言的兴趣，同时也有利于普通话的普及。

宁夏交通广播的方言情景剧《的哥哈喜喜》2006年开播，至今已播出14年、2800多集，之所以取得如此成绩，是因为在语言的运用上有其独到之处。《的哥哈喜喜》以银川话为主，同时根据剧中人物的身份、性格融入了宁夏其他地方方言，和在全国流传甚广或周边省区的方言，如东北话、陕西话、山东话、北京话、天津话等，偶尔还会涉猎粤语、四川话、上海话等。而剧中执法人员、公务员一般则使用普通话，因为这更符合人物身份和生活场景。不同韵味的方言，不仅为节目增添了别样的色彩，也吸引了不少外地听众，并成为他们学习宁夏方言的“教科书”和了解宁夏地域文化的窗口，较好地传承、保护了地域文化。

有些节目以方言为“外壳”，迎合部分听众求新求异心理，片面追求收听率、利润率，这种竞争策略无异于杀鸡取卵。如果单纯依靠方言这一语言形式，而忽视了节目内容的深入挖掘，节目或许能获得一时的社会反响，但是无法保持持久的生命力。任何语言形式的广播节目都不能忽视其舆论引导功能和导向功能，都不能忘记提升节目品质和质感，传播正能量。无论何时，内容都是节目立足的根本。

二、“内容为王”，挖掘内涵价值，彰显职责担当

如果说节目的语言是吸引听众的“皮囊”，那么内容则是留住听众的“灵魂”。如今，广播节目大多是采、编、播一体的运作方式，主持人同时是节目的编辑、记者，因此，把好内容关的重担落在了主持人肩

上。主持人要从节目内容的选择、选材的编辑、内涵的挖掘、文化品位的体现等多方面下功夫，体现“内容为王”的要求。

方言节目主持人要理性看待收听率，处理好收听率、媒体社会责任之间的关系。方言节目不能为迎合少数人的不良心理需求，片面追求收听率，将媒体的社会责任抛之脑后。宁夏交通广播的《的哥哈喜喜》节目从开播到现在，严格执行“三俗”词汇一律不用的规定，不仅没有影响节目的收听率，反而得到了听众的认可，这说明完全可以用好方言节目宣传阵地，提升节目品位和社会价值，实现雅俗共赏、寓教于乐、针砭时弊、弘扬正气的目的。

贵州广播电视台交通广播的微生活剧《我是柳叶眉》是一档形式与内容实现完美结合的方言节目，它以主人公柳叶眉和小伙伴们的搞笑生活方式呈现。大到国家政策法规，小到安全常识、生活提示，被巧妙地融入节目中，让听众在轻松愉悦中深思、在捧腹大笑后得到启迪，达到缓解疲劳、放松心情、寓教于乐的目的，实现了思想性、艺术性、知识性、娱乐性的统一。《我是柳叶眉》剧组制作了交通安全系列节目《速度与激情》《除雾》《遮阳板的小秘密》等，用贴近生活的方言将交通安全知识融入故事中，提醒听众爱护生命，遵守交通法规，科学使用车内设施，彰显了媒体的职责与担当。

三、去粗取精，挖掘、演绎方言艺术之美

广播节目不论形式与内容如何变化，最终都要通过主持人的语言传达给听众。而方言本身具有两面性：一方面，方言承载着地域的

民俗习惯和文化传统；另一方面，方言中有不少俚语、俗语存在“三俗”情况，主持人选用方言表达，必须去粗取精，注重媒体的社会责任，避免滑向品味低俗之列，损害媒体公众形象。要仔细甄别，摒弃其中的糟粕，过滤掉这些不良用语，充分挖掘并展示其精华和特色。只有经过过滤的节目，方言才会在听众中流行开来，从而起到寓教于乐的积极作用。

方言节目的主持人一定要会说方言，但会说方言的人未必能胜任广播方言节目的主持。广播节目主持是语言的艺术表达，艺术创作就必须有艺术美感，方言的表达也不例外，同样需要主持人具备主持技巧。有的方言节目主持人只注重对方言的搜集和使用，而忽视了科学方法的应用，其实说方言和说普通话一样，也要用科学的发声方法去控制口腔和气息，做到吐字清晰、字正腔圆；同样也要通过重音、停连、语气、节奏这些外部技巧，体现语言的韵律美；同样也需要对象感、内在语和情景再现这些技巧，做到情、声、气的完美结合。宁夏交通广播《的哥哈喜喜》节目的热播，改变了听众对宁夏方言的印象和态度，不少听众说，原来不好意思说方言，觉得土，现在说方言则成了时尚。究其原因，是主持人对方言进行了艺术化的提炼和升华，发掘并传递了方言的艺术美。其中彰显个性的特色表达和演绎手法为节目增色不少。“演绎是指主持人通过其丰富的生活语言来再现现实生活的场景，精彩的演绎往往是方言节目的一个亮点。”[1] 这就要求方言节目主持人具备一定的

①汪成江.广播方言节目之我见[J].群文天地，2009（11）.

表演素养，彰显方言的淳朴之美。

在广播方言节目中，主持人作为节目的策划者、实施者，从节目的形式、内容到语言表达技巧，必须以较高的职业素质、文化品位和艺术修养，严格掌控，趋利避害，用自己的人格魅力和精湛的表演感染听众，打造出符合时代价值、健康、有格调、有特色的优秀方言节目，使之具有强大生命力和影响力，走上良性发展之路。

（此文发表于《丝路视野》
2019年4月下旬刊，收入本书时有改动）

小议广播剧如何闯市场

广播剧是艺术性较强的一种广播节目形式。20世纪90年代以前，曾是广播剧辉煌的时代，后来，随着时代的发展，广播剧越来越少。1996年广播剧被纳入中宣部精神文明建设“五个一工程”奖评选项目，之后，广播剧又迎来了一个崭新的发展时期，出现了一大批思想深刻、艺术精湛的广播剧精品，然而，现实中广播剧一直游离于市场的边缘。

究其原因，笔者认为有三点：

一是广播剧成本高，经费不足，没有产出。相对于新闻、专题、音乐等类型的广播直播节目，广播剧需要投入大量的人力、财力，如果没有充足的资金保障，难以形成规模化生产，数量有限的作品也就无法实现常态化播出。

二是只为评奖，作品样品化。广播剧的发展虽遇到瓶颈，但评奖时却并非一片沉寂。市场化的今天，广播剧同样要面向市场，适销对路的产品。如果没有商品意识，就没有市场竞争力，无法被听众和市场认可，再精美的广播剧也只能束之高阁，繁荣广播剧恐怕也只能成为空谈。

三是广播剧创作队伍不稳定，人才流失严重。广播剧市场化运作不佳、经费不足，广播剧的创作得不到重视，创作者付出与收入不成正比，这些因素都影响了广播剧创作者的积极性。一些地方电台的广播剧部被撤销、合并，广播剧创作人员改换工种，影响了广播剧的繁荣与发展。

虽然广播剧的市场化道路步履维艰，但制作人和创作者们依然要迎难而上，不断尝试开拓广播剧的生存和发展空间，积极寻找与市场接轨的可行之路。

宁夏广播电视台交通广播的方言情景喜剧《的哥哈喜喜》不仅在创作方法上进行了创新，在节目的市场化运作方面也进行了诸多有益的尝试。

一、贴片广告、植入式广告、专编剧集成为节目收入的主要来源

《的哥哈喜喜》节目从2006年策划之初就定位为市场化运作。宁夏广播电视台给予《的哥哈喜喜》剧组特殊政策：先期台里投入一定经费，节目运行半年后“断奶”，凭借前后各两分钟的贴片广告实现节目经费的自给自足。节目开播后三个月，因定位准确、可听性强，不仅受

到了听众热捧、收听率跃居前列，同时得到了市场认可，广告成了紧俏货，价格也水涨船高。贴片广告也采用了方言情景对话的方式制作，与节目风格统一，受到了广告客户的欢迎。

植入式广告和专编剧集是《的哥哈喜喜》在贴片广告经营成功后对节目价值的进一步开发。餐厅的名称、酒店的位置、商铺的优惠活动……被巧妙地植入剧集当中，在不影响收听效果的前提下，增加了节目的“含金量”。专编剧集是受一些服务机构、企事业单位的委托，由创作人员把他们需要向社会宣传的义务献血、防火禁毒、道路交通安全等公益内容了无痕迹地融入剧中，以此收取一定的创作费用。这种方式使听众潜移默化地受到教育、有所收获，宣传效果明显。

《的哥哈喜喜》开播10年来，节目的市场化运作日渐成熟，受到广告客户的热捧，专编剧集的数量也达到了总剧集的10%以上，不仅保证了节目制作经费，每年还为频率上缴不少利润，实现了社会效益与经济效益的双赢。

二、注重品牌宣传，不忘版权保护

《的哥哈喜喜》成了品牌节目后，品牌宣传被提上议事日程。除了保证节目质量，节目的线下推广也得到了重视，先后举办过多次创作研讨会、听友见面会、“我听《的哥哈喜喜》有奖征文”等活动。《的哥哈喜喜》节目的男、女主角还走上了舞台，成为宁夏本地方言小品的主力军，台庆晚会、“3·15”晚会都有他们精彩的表演，2014年春节还登上了宁夏春晚的舞台。从广播节目衍生出的电视民生新闻《哈喜喜扯磨》让“哈喜喜”从幕后走向前台。这些虽然没有给节目带来多少直接的回报，但提高了节目的知名度和品牌影响力。还有一些企业、单位的大型活动，也常常邀请剧组到现场演出，这也为节目品牌价值转化成市场价值打下了良好的基础。

《的哥哈喜喜》节目开播后，十分重视节目的版权保护，每集后面都加播宣传语：“《的哥哈喜喜》版权由宁夏广播电视台交通广播独家所有，翻录必究！”2009年12月17日，节目组向国家工商行政管理总局商标局申请“的哥哈喜喜”商标注册，在9类、16类、35类、41类和43类获得了商标注册证。

2015年4月，宁夏一家商贸公司通过微信公众平台注册了“的哥哈喜喜”微信公众号，并以“宁夏最受欢迎的微信公众平台——的哥哈喜喜”的名义对外开展相关网络服务。为维护“的哥哈喜喜”商标专用权，宁夏广播电视台以侵犯注册商标专用权为由，向法院提起诉讼。后

《的哥哈喜喜》节目宣传照

经过法庭调解，被告停止了侵权行为，并注销其注册使用的“的哥哈喜喜”微信公众号。这不仅是宁夏首例微信公众号商标侵权案，在全国也极为罕见。此件侵权诉讼案也从一个侧面体现了《的哥哈喜喜》的品牌价值。

三、衍生产品的开发为节目插上腾飞的翅膀

《的哥哈喜喜》热播后，听众反映最多就是“听不够，还想听”。为此，剧组借节目开播一周年之机，出版发行了第一套《的哥哈喜喜》精编剧集CD光盘，并在银川书城举行了首发式和签名售碟活动。活动现场热闹非凡，来买碟的不仅有出租车司机、白发苍苍的老者，还有由爸爸妈妈带着、个头和桌子一样高的小朋友。一位顾客当场买了十套说要送给远方的朋友和亲戚，让他们听听久违的乡音，也希望剧中的故事能带给他们欢乐。一位司机说：“这下好了，再犯瘾就可以听个够了。”

《的哥哈喜喜》光盘签售现场

书城经理说：“除了郭敬明来的那次，这次是所有签售活动中最火爆的一次。”此后，《的哥哈喜喜》又陆续发行了两套精编剧集CD光盘。2015年10月，在宁夏广播电视台交通广播开播15周年之际，将再次推出精编剧集CD光盘，前三套剧集也将再版发行。

随着这两年微视频的兴起，节目组又在专编剧集的基础上增加了微视频制作业务。应宣传单位的要求，在制作广播剧专编剧集的基础上拍摄微视频，目前已制作完成四集，成为节目衍生产品的又一种类。

四、融媒体时代，开阔市场化新思路

融媒体时代的到来，给《的哥哈喜喜》的市场化运作提出了更高的要求，剧组也出现了创作人才断档、经营团队缺乏等问题。如何在新形势下与时俱进，在保证原有经营成果的前提下，进行新的市场化运作，成为节目管理者思考的问题。

如今《的哥哈喜喜》已从单独制作广播剧线上播出转变为多媒体全方位运营，这时必须在严把节目质量关、保证群众喜闻乐见的前提下，继续深入挖掘价值，拓宽服务空间，这样才能在市场上站稳脚跟，得到更丰厚的经济回报，延续社会效益和经济效益的双赢。

2015年伊始，宁夏交通广播广播剧部正式成立，《的哥哈喜喜》从一个节目组成为一个独立部门。4月，举办了首期广播剧编导培训班，并酝酿年内举办大范围的演员海选，培养广播剧的编导、演播和制作人才，壮大创作队伍。

2015年6月，宁夏哈喜喜视听传媒演艺公司注册成立，为节目的市场化运作提供了更加可靠的保障。公司将通过微信公众平台的经营，使听众通过手机微信便可收听到节目。此外，公司将在爆笑舞台剧等其他视听产品方面做积极探索。

虽然广播剧的市场化道路并非一帆风顺，但走入市场是广播剧生存和可持续发展的必由之路，坐等别人“授之以鱼”，而不自己掌握“补鱼”方式，最终只会被市场淘汰。《的哥哈喜喜》广播剧在市场化道路上走出了可喜的一步，虽然还存在一些问题和不足，但不走出第一步，就永远只能是温室里的花朵；只有勇闯关隘、迎难而上，接受市场风浪的洗礼，才能成为真正的弄潮儿。

（此文2015年9月发表于《中国广播》杂志第267期，收入本书时有改动。2016年获得第十届中国广播剧研究会广播剧论文评析三等奖）

痕迹

回眸岁月，总会留下些什么
文字、声音、影像
从痕迹中看见自己

扫码收听

广播剧《黄河水甜》

《黄河水甜》是由笔者担任编剧独立创作的第一部精品广播剧，以“共产党好，黄河水甜”为主题，讲述了以马万喜为代表的宁夏西海固地区群众在党和政府的政策支持下，移民搬迁到引黄灌区——吴忠市红寺堡区，在脱贫攻坚战役中，将飞沙走石的干沙滩建设成为寸土寸金的金沙滩，并积极投身乡村振兴的动人故事。

作品获2021年度宁夏广播电视政府奖广播连续剧一等奖，为第二十二届中国广播剧研究会专家评析精品展播连续剧特别推荐作品。

人物表：

马万喜：西海固移民，红寺堡甜水村村支书。
凤　莲：马万喜妻子。

广播剧《黄河水甜》海报与工作照

杨三愣：西海固移民，单身汉，等靠要思想严重。

枣　花：西海固移民，独自带女儿生活，善良坚强。

季书记：红寺堡开发区区委书记。

四婶子：村民，泼辣自私，爱说风凉话，爱占便宜。

小　雪：马万喜女儿。

万喜爹：马万喜父亲。

黄局长：福建援宁挂职干部，农业局局长。

小　宝：马万喜孙子。

春　雷：马万喜儿子。

陈　工：林业部门治沙专家。

小　琴：西海固移民，枣花女儿，小雪的同学。

组　长：扶贫干部。

主持人：30岁。

收购员：25岁。

村　民：若干。

记者。

第一集

（家里，电视新闻播报声：宁夏回族自治区今天宣布，最后一个贫困县西吉县正式退出贫困县序列。至此，宁夏全区9个贫困县全部实现脱贫摘帽……）

马万喜：（兴奋）哎呀，咱老家也脱贫了！

凤　莲：（开心）真是不容易呀！

小　宝：爷爷，咱们的老家不是红寺堡吗？

马万喜：咱家是从西吉搬来的。

小　宝：（好奇）啊？为啥要搬家呀？

马万喜：因为穷得肚子都吃不饱咧。

（男声演唱花儿）

马万喜：（独白）我叫马万喜，是红寺堡的，2000年春上，村里通知我们搬迁，我不放心，专门到红寺堡，想亲眼看一哈，哎呀，没想到，正好碰上扬黄灌溉工程试水。

（闪回：扶贫扬黄灌溉工程试水典礼现场，人声鼎沸，现场喇叭声：我宣布，宁夏扶贫扬黄灌溉工程试水典礼现在开始！启动试水电钮。水泵轰鸣声，水流喷涌声，水注入蓄水池声）

记　者：（兴奋地报道）经过三年奋战，此刻滔滔黄河之水通过九条巨形给水管道从压力管道喷涌而出，流入干旱的荒原。下面我们来采访一位即将搬迁到红寺堡的移民马万喜大哥。万喜大哥，谈谈你的感想。

马万喜：（有点紧张）我说呀？我不会说。哎，真是不看不知道，一看吓一跳，把黄河水都吸到山上来了。说句丢人的话呢，我活了30多年了，从来没见过这么粗、这么长的管子，没见过这么大的水呀。刚才水往上喷的时候，把我吓得差点尿裤子了。（笑）回去，我马上就搬家！

（杨三愣家院子，狗吠声，马万喜兴冲冲地走进来）

马万喜：三愣子，三愣子——

杨三愣：（懒洋洋）咋呼啥呢，魂都给我吓飞了。

马万喜：我去红寺堡了！

杨三愣：咋啦？

马万喜：（兴奋）你说巧不巧，咱叫苦水村，咱要搬的村子叫甜水村。我去看了，房子盖好了，地也平了，学校也有，娃去了就能上学。

杨三愣：跟我有啥关系？婆姨都没有，我娃还不知道在谁的腿肚子里头转筋着咧。

马万喜：（一愣）你，哎呀，关键是有水，黄河水！流得哗哗的……

杨三愣：（直接打断）要搬你搬！（转身上梯子）

马万喜：（着急）哎，你上房干啥吗？

杨三愣：（不理）给村干部喊话！（爬上去大喊）我杨三愣命苦呀，好事抓阄轮不上，搬迁第一批就摊到我头上了。

马万喜：哎呀，三愣。

杨三愣：哎呀呀，（跳着脚吼）都听好了，不搬不搬！我就是不搬！

马万喜：别跳呀，你那房顶都朽了，小心——

杨三愣：谁劝我搬，我就跟他拼命！哎哎哎——哎呀！（正说着，从房顶掉到屋里）

马万喜：（急忙冲进屋扶起三愣子）三愣子，三愣子！哎呀，没事吧？幸亏掉到炕上了咧。

杨三愣：（呻吟）哎呀，摔死我了，摔死我算了！

马万喜：（生气）三愣子，村干部把你家的门槛都踩平了，你咋就不知个好歹嘛！搬家是往好日子奔，咋就跟要你命一样呢。（叹气）咱这儿山大沟深，喝的是又苦又咸的窖水，住的是窑洞土炕。再遇上个大旱，几个月不下一滴雨，粮食是种一袋子收一帽子，这日子有啥盼头！

杨三愣：我才懒得种粮呢，累死人了！我就放我的羊。

马万喜：放羊？羊把草都啃光了，山都成了秃山了。马上要封山育林了，以后羊要进圈养了，你拿啥喂羊么？

杨三愣：（破罐子破摔）反正老天爷饿不死瞎家雀。

马万喜：你，哎哟，三愣子，你就愿意一辈子靠救济粮把肚子填个半饱？你就不想有个家把日子过好了？你想想，你大、你妈咋走的？

杨三愣：（哽咽）我妈，我妈的胃病没钱治，我大上山给我妈采草药，遇上了山洪……我妈就……（突然醒悟）哎，马万喜，你这是往我心窝上捅刀子咧！

马万喜：要不是穷，你大你妈能走这么早？他们愿意看你一个人过这个穷嗖嗖的日子？

杨三愣：我——

马万喜：东升家的牛下牛犊了，下星期走不了了，人家枣花主动要求第一批搬家。

杨三愣：（一骨碌爬起来）啊，枣花也搬？（着急，口风一转）那我也搬！

马万喜：（偷笑）不跟人拼命了？

杨三愣：（坚定）只要能跟枣花在一起，就是跳进苦水池子，我也去！

（村口，村民搬东西、装车的声音，此起彼伏的送别声、嘱咐声）

马万喜：（大声提醒）大家再检查一下，别落下东西。枣花，铺盖拿绳

子再捆捆，300多公里呢，不要半路上甩散了！

枣　花：知道了！

杨三愣：（殷勤的）枣花，我帮你。

枣　花：（冷冷的）不稀罕，我自己捆，别累着你咧。

杨三愣：大黄！（尴尬地踢狗一脚，狗惨叫）不赶紧上车，看啥呢！

马万喜：哎，三愣子，不要拿狗出气中吵。来来来，大黄，上车，跟着你三愣大喝甜水去咧！

杨三愣：你才是狗它大呢。

马万喜：（笑）来来来，大黄，上，上！（推狗，狗直哼唧，说啥不上）哎，前拉后推你不上，地都踹出坑来了，啥意思吗？

（众人议论纷纷）

杨三愣：（突然说）不对！不对呀！不对！

马万喜：咋啦？

杨三愣：这不是好兆头，我家大黄灵得很呢，它是提醒我，红寺堡那个地方不能去。（众人议论）

四婶子：就是的，我听说红寺堡就是片大沙漠，连棵树都没有，一年一场风，从春天刮到冬天，那风刮得要人命呢！

马万喜：四婶子，你少听风就是雨！

杨三愣：狗打着都不去，我也不去！

马万喜：哎呀，狗是让你踢了耍脾气呢嘛！

杨三愣：谁想去谁去，反正我不去了！没婆姨、没救济，去了就是人财两空。（往下搬东西，众人也动摇起来）

马万喜：（赶紧劝阻）哎，哎哎哎，大家听我说，政府说了，会保留咱现有的宅基地和耕地，去了觉着不好，可以随时回来嘛。红寺堡有地有水，那还怕种不出庄稼啊？只要肯下力气，日子就有盼头呀。

枣　花：就是，不去，日子咋都是苦日子。去了，苦日子才能成好日子。来来来，大黄，上车！去了给你啃大骨头！（大黄上车）

马万喜：哎，上去了！看来是听懂了。（对着杨三愣）三愣子，你这狗确实灵得很。（狗叫声）

杨三愣：哎、哎，怪了，怪了，这狗东西也知道拍马屁了。

枣　花：一会去，一会不去，你也是个男人？

杨三愣：我……

马万喜：哎呀，还愣着干啥呀，赶紧上车！（众人议论声、笑声，对着村民）好啦好啦！抓紧时间，咱9点钟准时出发！

（悲伤音乐起，人群啜泣声、告别声）

小　雪：（哽咽）爷，你咋不走么？

万喜爹：爷还有事呢，你和你大、你妈先去。（凤莲、小雪哭）

马万喜：（走过来）不是说好了不哭嘛。

万喜爹：就是，不哭啊，奔着好日子去了。这人挪活，树挪死。万喜，这柳条子拿去栽上。树活了，人就能活下去；树活不了，你们就回来——

马万喜：（强忍着泪水）嗯，大，你……

万喜爹：别惦记我，该去的时候我就去了！

凤　莲：大——（周围人跟着哭），待安稳了，我们就接你过去！

万喜爹：去吧，去吧。

马万喜：（忍住悲伤）时辰到了，走啦！

（赶马车、驴车声，哭声、喊声，人们的告别声、嘱咐声）

（女声演唱花儿）

（红寺堡马万喜家地里，哗哗的水声，小雪的戏水声、笑声）

凤　莲：（对着边淌水边笑的马万喜）傻笑个啥？

马万喜：（抑制不住地笑）嘿嘿，种了半辈子地，第一次看见水哗哗地流进咱地里头。

凤　莲：（着急提醒）哎呀，别挖了，把苗子都冲倒啦。

马万喜：啊！好好，（赶紧堵水口）哎呀，慢些淌。（插好铁锹，蹲下看）凤莲，你听，这苗子喝得滋滋的，像不像咱丫头小时候吃奶的声音？

凤　莲：讨厌！

马万喜：（笑）哎呀，这地平的，看着让人舒坦！我的苗苗使劲喝，使劲长！哈哈！（凤莲的抽泣声）哎，咋了吗？

凤　莲：（喜极而泣）再也不用等着老天下雨浇地了，我觉着跟做梦一样。

马万喜：哎呀，我的傻婆姨，吓我一跳！（凤莲破涕为笑）看这苗情，秋天肯定能丰收，头一年就能来个粮满仓。

凤　莲：大家心劲足得很，连三愣子的懒毛病都治好咧。我来地里的时候，人家把水都淌完了，说是天没亮就起来。

马万喜：真的？哎呀，太阳真是从西边出来了，以前是日头不晒屁股不起嘛。

凤　莲：还问我呢？（学三愣子）嫂子，你说我勤快了，打下粮了，枣花会不会嫁给我？

马万喜：你咋说的？

凤　莲：问枣花去，我说了不算！（两人笑）

马万喜：你呀——

凤　莲：这阵子又帮枣花锄草去了！

马万喜：好啊。听说老家那边知道了咱这儿的情况，都抢着搬家呢。

凤　莲：（感慨）谁不想过好日子呀！

马万喜：嗯。（冲远处嬉闹的孩子喊）春雷、小雪——

春雷、小雪：哎！

马万喜：等秋上收了麦子，白面馍馍管够吃！

春雷、小雪：（高兴的附和声）噢，吃白面馍啦！

马万喜：（笑）来，我来尝尝这黄河水啥味道。（捧起水喝）

凤　莲：啥味道？

马万喜：啊，甜，真甜！（二人笑声，水声，旁边孩子的嬉笑声）

杨三愣：（和枣花从远处焦急地跑来，边跑边喊）万喜，万喜——你看，天，天！

凤　莲：呀，咋黄黄的一片？（风声渐起，大黄的叫声）

马万喜：沙尘暴！沙尘暴来了！

杨三愣：快往家跑！

马万喜：哎呀，来不及了！（喊）到渠边背风的地方。春雷、小雪！快来！快过来！

杨三愣：苗子，苗子没事吧？

马万喜：人要紧！快些！（几人迅速躲避）围成圈，背朝外，把头护住！（狂风呼啸，黄沙肆虐，孩子哭声、狗叫声）

（凄凉的音乐起，压混。凤莲、枣花的哭声）

杨三愣：（心疼的）苗子，我的苗子啊！连根全拔咧！

枣　花：（不敢相信）这咋一下就薅光了？

马万喜：完了，全完了！

凤　莲：（哭泣）还给娃吃白面馍呢，我看得喝西北风了。

马万喜：（醒悟）节气没过，咱赶紧再补种。

杨三愣：（生气）种啥呢！白苦了我的力气了！（大黄的叫声）大黄呀，真该听你的呀！（对马万喜喊）当初我就不该信你的话，我家大黄咋都不走，就不是啥好兆头！

枣　花：你说啥呢，万喜哥家的苗子不是也没了嘛！

凤　莲：哎，杨三愣，舌头是肉蛋，翻过来就转。哎，昨天还说幸亏跟着来了，要不后悔死了，咋啥话都让你说了！

马万喜：（阻拦）盎，别说了，别说了。

杨三愣：枣花，走！收拾东西回老家！（拔腿就走，走了两步回头发现枣花没动）哎，走呀！

枣　花：为啥？我跟你又不是一家子。

杨三愣：你，你想好，回去咱收些洋芋，加上救济粮还能凑合着吃个半饱，在这饿死都没人管！（一看枣花没反应，生气）你不回，后悔药可没地方吃去！

枣　花：哼，回去吃你的洋芋蛋子去吧！

杨三愣：你不走，我走啦。

马万喜：哎呀，先别走啊！咱再等等看呀——（大黄冲过来狂吠）

（男声演唱花儿）

（渠畔，流水声）

马万喜：（独白）大，咱苦水村没水，这甜水村有水，就在眼前头流得哗哗的，可风又刮得跟刀子一样。你让我带来的柳条子活了，可是庄稼种不成，人还是不得活呀。凤莲死活闹着要回去呢，可是，我，我不甘心呀——

枣　花：（从远处气喘吁吁地跑过来）万喜哥，万喜哥！

马万喜：（站起来）枣花！

枣　花：开发区的季书记带着几个人来咧。

马万喜：说啥？

枣　花：让没回老家的都去开会，说是帮咱解决眼下的困难呢。

马万喜：走！

（甜水村麦场上，村民议论声）

马万喜：哎呀，季书记，季书记，在老家多少还有些收成，这，这干脆就没盼头了！（众人附和）

季书记：乡亲们，乡亲们，这次灾情确实很严重，大家别急，我们会想方设法帮大家渡过难关。咱们红寺堡现在最先要解决的就是治沙，改善这里的生态环境。

凤　莲：咱治得了吗？这不是拿鸡蛋碰石头嘛！（众人议论）

季书记：大家安静，安静，这位是咱林业部门的专家陈工，请陈工和大家讲讲。

陈　工：老乡们，这沙能治！首先要在田埂、林带、渠堤上大面积种树。沙地、沙丘用麦草拧成草绳栽成网格，中间用柠条防风固沙。沙化严重的渠堤护坡拉运黏土压砂治理，来不及种的地撒上糜子，用高秆作物越冬！

马万喜：哎哎哎，听着能成，问题是这么多的地，咱种不过来！

季书记：大家不要慌，不要急，乡亲们，宁夏军区、驻宁部队的上万名官兵，还有我们的干部和大家一起植树造林、改造沙地！困难是暂时的，咱要凭着钉钉子的气魄和啃骨头的精神把红寺堡变成一片绿洲！

枣　花：书记，苦咱不怕，就怕白苦一场呀。（众人附和）

季书记：大家要有信心，区里会派农技员下来驻村，指导大家补种上抗风沙、耐倒伏的晚熟品种。（众人高兴地议论）剩余的劳动力，咱对接好相关单位安排外出打工挣钱，解决眼前的经济困难。我们一定竭尽全力实现移民“一年搬迁，两年定居，三年温饱，五年脱贫，十年致富”的目标。（众人兴奋地鼓掌）

马万喜：凤莲，咱还走不走？

凤　莲：定心丸都吃上了，还往哪搭走呢！（众人笑，应和）

（音乐起，压混）

马万喜：（独白）就这样，我们在红寺堡扎下了根，一晃五年就过去了。你还别说，季书记说得没错，这五年的日子是芝麻开花节节高啊。

（村委会，村民等待开会，熙熙攘攘的声音）

季书记：（通过话筒讲话）大家都静一静，静一静，乡亲们，咱们开会啊。这五年，经过政府和大家的共同努力，咱红寺堡已经从一片荒滩变成了绿洲，粮食也有了好收成。又到了春耕的时候了，大家有啥打算呢？

村民甲：继续种粮收粮，把肚子吃饱！（众人附和）

季书记：哎呀，光吃饱肚子就行啦？咱们还要共同致富奔小康咧。

四婶子：季书记，咋个奔法吗？

季书记：别急，我给大家介绍一下，这是福建到咱们区上农业局挂职的黄局长，大家鼓掌欢迎！（众人鼓掌）

黄局长：乡亲们，大家好！福建是宁夏的对口帮扶省份，我们会从项目、资金、技术、劳务输出各个方面助力大家脱贫。（众人议论）

季书记：我还要宣布个消息，经过大家选举，马万喜同志被选为咱们甜水村的村支书，希望万喜同志发挥能人作用，带着大家共同致富。万喜，你来说两句！（众人鼓掌）

马万喜：乡亲们，咱的日子比过去好咧，可跟别的地方比，还差得远着

呢。虽然这几年农闲的时候，我干装修挣了些钱，可这心里头咋都高兴不起来呀，我是党员，我得让大家一起过上好日子！（众人议论，鼓掌）

四婶子：万喜，你带上我一起干装修去。

村民甲：四婶子，你个女人家能干个装修呢？

四婶子：哎，你咋知道我干不成？你咋知道我干不成呢？

马万喜：大家安静、安静，黄局长带着我跑了十几天哩，致富的项目都给大家考察好了。

黄局长：我们决定带领大家种植酿酒葡萄！（众人哗然）大家听我说，这里的土壤、水质、气候和法国的波尔多差不多，能种出优质的酿酒葡萄，收入肯定比种粮食高，还节水环保。沙地种粮食灌溉用水多，成本高，效益还低，所以我们要从单一的种粮向发展特色生态农业转变。

村民乙：哎呀，这种出来谁要呢么？（众人附和）

马万喜：黄局长联系了福建的企业家在咱这儿建葡萄酒庄，种出来的葡萄不愁卖不出去咧。

黄局长：对对对，我们还会请专家在村里开办“田间学校”，手把手教大家。

季书记：我回去也抓紧给大家申请种植经果林的优惠补贴政策。（众人议论）

马万喜：大家等散会咧，想种的找枣花报名！

季书记：咱一起再打它个翻身仗！

第二集

（村口，万喜开着手扶拖拉机由远及近）

枣　花：（迎上去）万喜哥，万喜哥！

马万喜：哎！枣花。（停车，兴冲冲地跳下车）来看看，咱这葡萄苗子壮实得很呀！

枣　花：（失落）可全村算上我就三家子报名。

马万喜：（意外）啊？这么少！

枣　花：都说要等等看。四婶子还阴阳怪气地说，葡萄咱吃过没种过，还和人家外国人比“耳朵”呢，说是谁种谁就是跟着疯子扬土！

马万喜：我和季书记想到有可能会这样。

枣　花：你撂下自家的生意不做，自己掏腰包买苗子，他们也太——

马万喜：种葡萄前期投入大，三年才能挂果见着钱呢，大家没把握不敢种也正常。没事，咱四家子先种，耳听为虚、眼见为实嘛，等咱种成哩，大家就都跟上来了。

枣　花：行。

马万喜：不过有个人，咱一定要把他拉上。

枣　花：谁呀？

马万喜：三愣子。

枣　花：三愣子？他还在老家呢。再说了，他就是摊烂泥巴——扶不上墙！

马万喜：一定要把他叫回来。你忘了？他在老家种过葡萄，有经验，关

键是致富路上一个都不能少。

枣　花：前些日子，他倒是托人给我捎过话，说想回咱红寺堡，我没搭理他。

马万喜：哎呀，想回来就好嘛，三愣子可不是摊烂泥，劲使对了地方，那就是个致富能手哩！

马万喜：（独白）2005年春上，磨破了嘴皮子，我终于把三愣子从老家请回来哩！

（长途客运汽车站，车辆行驶声，吆喝上车声，嘈杂人声）

马万喜：三愣子，三愣子，这边！

杨三愣：哎！（下车，背着袋子走过来，费劲地放下袋子，敞开对袋子说）好了，能出来了。

马万喜：啥东西？

杨三愣：大黄！（狗出来抖抖毛，叫）我怕人家不让上车嘛，就一下把它塞到袋子里了。

马万喜：（笑）真有你的。走走！

杨三愣：哎，我给你说，这回有好兆头，我一说来，大黄就乖乖地跟着我来了，要不我也不来。

马万喜：（笑）大黄成了你的主人了。来上车。

杨三愣：（惊奇）哎呀，哎呀呀，面包车！借谁的？

马万喜：我的，搞装修来回跑，有个车方便些。

杨三愣：（更惊奇）哎呀，万喜，鸟枪换炮了？（车辆发动，开始行驶声）唉，不像我，王小二过年——一年不如一年。羊不让放了，天旱得地也种不成了。

马万喜：那你咋不早回来吗？

杨三愣：哎呀，回来枣花也看不上我。

马万喜：还不是你不争气。咱红寺堡现在变化大得很呀，这次回来咱实打实地勤劳致富，我帮你。

杨三愣：行嘛，反正你现在有钱得很，哎，你借些钱给我，听说贩羊绒挣钱得很。

马万喜：你看你看，又来咧，看啥都容易！羊绒价格波动大，弄不好连本都赔了。咱还是安心种葡萄，你给我当师傅。

杨三愣：得得得，苦死了，冬天埋藤呢，春天展藤呢。大黄，你说是不是？（大黄叫）你看，你看——

马万喜：（无奈）行了，咱回去再商量。

杨三愣：这一路上把人都颠饿了。

马万喜：凤莲在家做饭着呢！

杨三愣：那，枣花在不在？

马万喜：（笑）你呀，满脑子都是枣花……

（马万喜家院子，停车下车声，小院鸡叫声、羊叫声）

马万喜：（边走边喊）到了，三愣子，下车。

杨三愣：大黄，慢些，慢些。

马万喜：凤莲，凤莲。

杨三愣：嫂子，上菜！

凤　莲：（把碗筷往桌上一扔，发飙）上你个头！马万喜，你为啥要让儿子去福建打工呢？你是不是他亲大？

马万喜：哎呀，那叫劳务输出，是为了让咱尽快脱贫致富嘛。大家都观望着呢，我是村支书，要带头呢嘛。再说，让春雷出去见见世面也是好事嘛。

凤　莲：（越听越激动）好你个头。不让你干你偏干，现在还要把儿子搭上！娃装修干得好好的，（哽咽）一走那么远，（哭）你……我不同意！

马万喜：哦，行了，行了，行了，这事回头再商量……

凤　莲：（哭）商量？这么大的事你和我商量了？后天娃就要走了！

马万喜：哎呀，你甭哭了，咱先吃饭，吃完饭再——

凤　莲：吃吃吃，我让你吃，（掀翻桌子）我让你吃！（碗盘哗啦声）

（枣花家，枣花和三个孩子吃饭）

小　琴：妈妈，我也想吃鸡蛋呢。

枣　花：（为难）今天就下了两个，让姐姐和弟弟吃，妈再给你拿个洋芋去。（脚步声）

杨三愣：（从院外兴奋地走来）枣花，枣花——

枣　花：呀，回来咧。

杨三愣：（有点儿不好意思）嗯，回来了。

枣　花：在万喜哥家吃咧？

杨三愣：吃啥呢，后院起火了，那凤莲把桌子一下子给掀翻了。

枣　花：啊？为啥？

杨三愣：家务事嘛。哎呀，饿死我了，有啥吃的？

枣　花：只有洋芋。

杨三愣：洋芋，行呀。

枣　花：进屋吧！

杨三愣：（高兴的）哎！进屋，进屋进屋。（进屋看见孩子愣住了）这俩娃是——（吃惊）枣花，你又寻下人了？（生气）哎呀，早知道我就不来了！

小　琴：叔，这是我舅家的姐姐和弟弟，我舅和舅妈煤气中毒，（哽咽）没救过来。

杨三愣：啊？枣花，你咋早不说嘛！（表决心）你放心，有我呢，只要你点个头，我马上，我马上就——（见枣花摇头）哎呀，你咋还摇头呢？我保证，我再也不犯懒了，好好挣钱——

枣　花：（抽泣）我不能拖累你，你有个常性，把自己的日子过好。

杨三愣：你，你还是不信我？你等着，我贩羊绒去，这回不混出个样子来，我杨三愣就再不登你枣花的门了！

（三愣子摔门而出的音效）

枣　花：（喊）哎！三愣子，三愣子——

（男声演唱花儿）

马万喜：（独白）三愣子这一走就是三年。2008年，我们的葡萄终于挂果咧！

（马万喜家的葡萄地里）

凤　莲：（在远处喊）万喜，万喜！过来歇歇！（马万喜答应着走过去，凤莲递水）喝些水。哎呀，这啥天么！早晨冻得不行，晌午又热得不行。

马万喜：哎，那才好呢，昼夜温差大，含糖量高，品质好嘛。（喝水）专家说虽然咱是头次挂果，但是管护得好，估计亩产能过千咧。

凤　莲：真的吗？这三年没白下功夫。

马万喜：（掐指头算）我算算，一千，十三亩，一万，三块多一点，哎呀，咱这葡萄能卖四万多块呢！

凤　莲：（不高兴）啊，才四万多？那也没有搞装修挣得多嘛。

马万喜：哎呀，你账不能这么算嘛。（开心）今年葡萄一成，明年村里就能大面积种植了，一家十亩，全村800多亩啊。

凤　莲：（笑）就你能不够！

马万喜：（若有所思）三愣子要是好好种葡萄，今年就能翻身啦哩。

凤　莲：行了行了，那懒毛病改不了。你就不要白费劲了，苦了功夫哩，狗改不了吃那个啥——

马万喜：哎，说啥呢嘛。

小　雪：（从远处跑过来）大！妈——（两人答应，小雪跑到跟前兴奋的）福建的支教老师今天来咧，我们终于有英语老师咧。

马万喜：哦，那好嘛，那你就跟着好好学嗑，将来考大学！

小　雪：嗯。（从包里掏信）我哥来信了！

凤　莲：呀！快念念。（马万喜应和）

小　雪：（念信）大、妈、小雪，你们好！家里都好吧？我在福建一切都很好，你们放心。领导让我当了班长，还要送我去学习培训哪，说是要把我培养成红寺堡未来的人才呢！

马万喜：听听，听听，咱娃出去学下本事了，也长见识了。要是搞装修，顶到头还是个泥瓦匠——（被凤莲打断）

凤　莲：去去去！又来了！（马万喜手机铃声响起）豆腐三碗，三碗豆腐！

马万喜：（接电话）喂！黄局长！

黄局长：（焦急）万喜呀，气象部门通知，后天会有二十年一遇的寒潮天气，气温要降到零度以下，还会下雪。

马万喜：啊！那咱这葡萄——

黄局长：哎呀，必须采取保暖措施，否则不但没有收成，还会被冻死啊！

凤　莲：哎呀，五月底下雪，这是要人命呀！

黄局长：你不要急啊，我在联系保温材料的货源，一亩地大概需要一千二，你准备货款，有消息我马上通知你！（挂电话）

凤　莲：一千二，十三亩地一万六，咱的钱都投进去了，哪还有钱呢嘛！

马万喜：那也得想办法呀，不能看着葡萄冻死呀！

凤　莲：就是，那我赶紧借钱去，咋都得凑上！

马万喜：四家子四十亩地得五万，怕是不好凑。

凤　莲：啥？咱还得管人家？

马万喜：我是村支书，不能光顾自家。哎呀，只有一条路，卖车！

凤　莲：卖车？不行！凭啥咱受苦不说，还要贴钱？人家葡萄卖了钱，还能你分吗？

马万喜：（马万喜转身就走）你别管了。

凤　莲：（一愣，喊）哎，马万喜，你，你个败家子！你给我站住——

（汽车市场，喧闹声）

买车人：四万咋样吗？点现钱！

马万喜：哎呀，不是着急用钱，六万我都不卖。

买车人：四万五。你看吧，这天马上黑了，再卖不出去开回去算了！

马万喜：（犹豫）让我想一下。（手机响，接电话）喂！季书记。

季书记：（兴奋）万喜，在哪儿呢？

马万喜：我在街上卖车呢嘛。（对买车人说）哎，别走，车我卖。

季书记：赶紧回来吧。货源黄局长给联系好了，我们和农资站协调好了，钱不够可以先赊账，等收了葡萄后再补上。

马万喜：哎呀，那太好了！我马上回去。哎，车我不卖了，不卖了！

（喜悦的音乐起，上车启动车辆，行驶声）

（葡萄地摘葡萄的场面，装车声）

马万喜：（边搬葡萄边唱《吐鲁番的葡萄熟了》）红寺堡的葡萄熟了，老马的心儿醉咧，老马的心儿醉咧——

凤　莲：（开心笑）怪会编的！

收购员：（对司机喊）好，满了，拉走！（手扶拖拉机行驶声，拿计算器算账）马叔！（答应）这车是1160公斤，乘三块三，一菜是3828块。（掏出钱递给马万喜）给，数一哈对不？

马万喜：（高兴地笑）哎呀，你都数好了，我还数啥嘛。

凤　莲：（一把拿过来）你不数我数，苦了3年，总算等到这天了。

（开心地数钱，黄局长从远处走来）

黄局长：老马，怎么样？

马万喜：（自豪）一亩收了1160，另外三家子也差不多。

黄局长：祝贺你们呀，头次挂果就亩产过千，这在国内外都比较少见呀！

马万喜：那是人家专家指导得好啊。

黄局长：也是你们功夫下到了。

凤　莲：这可比种玉米一亩多3000块呀。吓人呢！（几人开怀大笑）

四婶子：（从旁边地里过来）哎呀呀，3000块呢，支书，你又发财了！

马万喜：（愣了一下）哦，四婶子，我发不发财不重要，关键是给大家把致富的路子给蹚出来咧。

四婶子：（后悔）早知道我也和你一起种上，这就能年年数票子咧。

凤　莲：早知道尿炕睡筛子咧，当初还有人说我们是疯子扬土着呢。

（四婶子尴尬地笑笑）

黄局长：只要大家肯用心干，就能一起数票子。人家老马的葡萄为什么产量这么高？埋土展藤、施肥剪枝、虫害防治、越冬防寒那是一丝不苟，光每天的天气记录就写了好几大本呢。

四婶子：（赶紧附和）就是就是，万喜，你好好教教四婶子。

马万喜：行呀，没麻达。

黄局长：万喜，现在可是种葡萄的行家里手啊。过几天的葡萄交流大会上还要请你们这位土专家推广种植经验噢。

四婶子：哎呀，万喜，那我以后就叫你“马专家”咧！（众人笑，枣花从远处气喘吁吁地跑过来）

枣　花：（着急）万喜哥！万喜哥，不好了！

马万喜：咋了吗？

枣　花：（焦急）拉羊绒的车翻咧，三愣子送到医院抢救去咧！

（医院医疗仪器声、静脉滴注声）

杨三愣：（哽咽）哎呀，万喜，我就差一丁点儿就见不着你咧！

马万喜：哎呀，这不是又见着了么。大夫说除了腿折咧，其他地方都好着呢。

杨三愣：我就说么，我杨三愣命大得很着呢，挂不咧。（突然想起）哎，以后我是不是就成了瘸子了？（情绪激动起来）那枣花更看不上我咧，我，我还不如死了呢！

马万喜：哎呀，看你这点儿出息，那枣花知道你出事了都急疯了。

杨三愣：那，那她咋也不来看我。

马万喜：回去给你炖羊肉去咧。

（开门声，枣花进来）

杨三愣：枣花！

马万喜：枣花，你招呼着趁热吃，我取化验单去。

枣　花：哎。（万喜离开，关门声）

杨三愣：（试探）枣花，我就是想多挣些钱——（看枣花只顾盛饭不说话）我知道，你嫌弃我。

枣　花：（生气）我不是嫌弃你穷，我嫌你不务正业，懒汉思想。

杨三愣：你肯定嫌弃我的腿呢。哎，那调调是咋唱的，（唱花儿）花椒有刺，刺扎呢，妹妹你变脸了，哥哥的肠子断成节节了。

枣　花：（对唱）大路你不走，走坎呢，哥摔跟头着，我的心儿碎成瓣瓣了。

杨三愣：（对唱）屋漏夜雨连着来，哥的人心儿随着河水淌走了。

枣　花：（对唱）你撞南墙心不改，妹的心儿哟跟着云彩飘走了。

杨三愣：（表决心）枣花，我改，我一定改，我哪儿也不去了，一心一意地和你种葡萄。

枣　花：（把饭递给杨三愣）吃饭！先把腿养好了再说。我给你说，这次你再不听万喜哥的，我就真的不理你了。吃呀！

杨三愣：（高兴起来）吃，我吃，我吃！（大口吃起饭来，边吃边笑）

（村委会，村民争先恐后地报名登记）

村民甲：三愣子，给我登上，15亩。

杨三愣：好好好。大家都甭挤，站好队。下一个。

村民乙：给我登上10亩。三愣子，葡萄苗子啥时到呢？不能错过了节气。

杨三愣：放心，万喜说10天之内，误不了你。先登记的先领苗子。

四婶子：（匆匆赶来，挤进去）来来，让开。（众人表示不满）

村民乙：四婶子，都排着队呢。

四婶子：（不理）三愣子，我听说种葡萄不用自己掏钱咧？

杨三愣：对。扶贫工作组给咱争取的扶持政策，免费给咱开沟架杆架丝、提供苗子，头两年每亩还有200元的生活补贴。每亩前期的投入一千多，政府全帮咱解决了。

四婶子：哎呀，到底是进了合作社，说话是梅花扳手——一套一套的，（杨三愣笑）快，给我写上，我家10亩。

村民甲：后头排队去！

四婶子：有你啥事呢。（厉害）给我登上——

村民甲：他没排队不能给她登！（两人边吵边拉扯杨三愣，"呲"的一声）

杨三愣：哎呀，哎呀，我的袖子，（杨三愣的袖子被四婶子扯下来。现场顿时安静下来）扯啥呢嘛！

村民乙：哎，汗衫扯成背心咧！

四婶子：登晚了今年又种不上咧，好事全让有些人给占了。

杨三愣：说谁呢？

四婶子：马万喜！支书才当了几年，小面包就变成大吉普咧，他那钱哪儿来的？

村民甲：那是人家以前搞装修、这几年种葡萄挣下的。（村民附和）

杨三愣：就是，万喜为了咱大家都富起来，自家装修的活都不干了，你不要睁着眼睛说瞎话。

四婶子：嘁，我说瞎话？表面上为大家，其实全为了他自己。建档立卡我也申请了，凭啥没有我？啊？凭啥有你和枣花？

杨三愣：我，我，那是村民大会选出来的。

村民乙：哎，三愣子爹妈和枣花男人走的时候，欠下了一屁股账，你有么？

村民甲：就是嘛，三愣子腿不好嘛，枣花一个女人拖了三个娃娃，他俩困难谁不知道！（村民附和）

四婶子：哼！三愣子，你费劲巴嚓地巴结枣花，那是瞎子点灯白费蜡，人家早和万喜勾搭上了，你还在鼓里头蒙着呢……

杨三愣：（生气）放屁，你再胡说，我锤死你呢！

四婶子：我胡说？前天晚上，黑咕隆咚的，两个人在葡萄地里钻着呢，我亲眼看见的。绿帽子都戴上了，还傻几几地往上凑呢！

杨三愣：（气坏了）你，你——看我不撕了你的臭嘴！（上去和四婶子厮打起来。两人边吵边打，村民纷纷劝阻）

四婶子：（打不过杨三愣，坐在地上号叫）救命呀，打死咧——

（吵闹声隐去）

（村委会办公室）

马万喜：（翻文件声，读）《甜水村产业+创业发展规划》。季书记，这么快就出来了？

季书记：必须快！咱们扶贫工作组的效率非常高。今天的会就是讨论确定方案，尽快实施。国家提出了精准扶贫，决胜小康的战略。我们要苦干实干，早日让群众脱贫致富，坚决打赢脱贫攻

坚战。下面，先请工作组的同志介绍下情况。

组　长：通过专家论证、政策咨询和走访群众，我们建议把一千多亩撂荒土地进行整合，村民以土地入股，成立黄花菜种植合作社，集中种植，统一规划，共同经营，盈余分红。

马万喜：哦，那个地都入股了，那村民们干啥去吗？

组　长：到合作社打工，种植采摘、蒸晾包装黄花菜。农闲时可以外出打工。还可以成立蔬菜合作社，发展高效节能日光温室设施农业。村里废弃的55个蔬菜大棚可以由市农牧局出资维修，安装自动卷帘机，统一种韭菜。冬季四个月四茬菜，每个大棚的收入可以达到一万五千元。（吃惊，议论）销售的问题我们对接了银川、陕西和甘肃的商贩。

马万喜：哎呀，想得太周到咧！

季书记：万喜啊，平台搭好了，政策也有啦，该你领着大家干啦。

马万喜：放心，我肯定全力以赴带着大家撸起袖子加油干！（众人附和）

季书记：好！过几个月，我就要退休了！（众人哗然）咱们的扶贫工作组、福建的挂职干部、接替我的年轻干部会继续帮助大家，我也会一直关注着咱甜水村，期待你们再打它个翻身仗！

凤　莲：（“哐”地一声推开门闯进来，气哼哼地拉马万喜走）马万喜，跟我回家！

马万喜：干啥呀？开着会呢！

凤　莲：开啥呢！这个村支书，咱不当咧！

季书记：为啥啊？

凤　莲：（哭）再当下去，家就要散了。今天当着领导的面说清楚，你和枣花到底是咋回事？

马万喜：哎呀，你又听谁胡咧咧了么？

凤　莲：人家都看见了，你和枣花黑天钻了葡萄地咧。

组　长：哎，是不是前天晚上？

凤　莲：就是的！

组　长：嗨，那是看枣花一个人展藤忙不过来，万喜和我们一起帮忙呢，当时我们几个都在场。（众人附和）

凤　莲：啊？

马万喜：还不赶紧回！

凤　莲：我，反正咱不干了！出力出钱还让人嚼舌头，往身上泼脏水！

马万喜：谁爱说让他说去！

凤　莲：（威胁）你，你非要干，咱就离婚！

马万喜：（态度坚决）离就离！事没干成我不能撂挑子！

季书记：哎哎哎，万喜，万喜，别说气话。凤莲哪，万喜舍小家为大家当这个支书，确实让你们承受了个人的经济损失，让你也受了不少委屈。现在，有些人看着别人富起来了，自己着急发些牢骚也正常，等全村人都过上好日子，大家的心就都敞亮了！

（男声演唱花儿）

第三集

（四婶子家院门外，四婶子哽咽声，万喜和凤莲急匆匆边走边说）

凤　莲：我听着院子里头有人哭着呢，进去一看，羊躺了一地呀。

马万喜：走，去看看。四婶子！

四婶子：（失声痛哭）哎呀，全死光咧！

马万喜：（关切）这，咋闹的？

四婶子：（边哭边说）前两天有些打蔫，我想着是天热。今天早晨起来一看，全死了，12只，一个都没给我留呀——（大哭）

马万喜：甭急，有保险呢！

四婶子：没买嘛，早知道——哎呀，说着迟了翻着糊咧。

马万喜：买咧。

四婶子：啊？

马万喜：当时你说不买，我想着你养羊没经验，还是买上心里头踏实，我就给交上咧……

四婶子：（一骨碌从地上爬起来）真的？那咋赔呢？

马万喜：一只五百，一共六千，村委会就能办理赔手续。

四婶子：我的乖乖，交一块五，一赔就是五百！（兴奋）哎呀，我的命咋这么好呢。

马万喜：哎，是党的政策好。

四婶子：啊，对，政策好，还有你这个支书好！

凤　莲：（不满的）哼！

四婶子：啊，书记婆姨也好！（突然想起）啊，凤莲，四婶子嘴上没个把门的，以前胡说八道的那些话，你别生气噢。

凤　莲：没生你的气，我气的是有人事事瞒着我，把我当落后分子咧。

四婶子：万喜，这就是你不对了。凤莲就是个刀子嘴豆腐心。

马万喜：好，我改，以后一定早请示、晚汇报，这下行了吧？

凤　莲：以前我私心也太重了，今后我也改，全力支持你。

四婶子：好，我也改，再胡说，就让雷把我劈了！

（村委会办公室）

马万喜：（递单子）四婶子，理赔单。

四婶子：哎。（接单子，敲门声）

马万喜：进！（杨三愣和枣花进来）三愣子，有事？

杨三愣：嗯，有事。（杨三愣掏兜）

枣　花：哎呀，这个兜！

马万喜：掏啥呢？请柬？这是要办事呢？

枣　花：（害羞）不是的。

（杨三愣掏出一张纸，递给马万喜）

马万喜：给，（念）退保申请书？

（音乐起，压混）

枣　花：（画外音）尊敬的村委会：我是沙枣花，丈夫早早就去世了，我一个人带着女儿。8年前，弟弟弟媳又走了，我把没了爹妈的侄儿侄女接回家，接连发生的变故让我家陷入了困境！村干部主动上门帮我申请了低保，民政部门给侄儿侄女办了孤儿证，享受了国家的抚养金，孩子们上学享受到了生活补助、贫困救助、爱心基金和助学贷款，感谢党和政府在我最困难的时

候帮我渡过了难关。

杨三愣：（画外音）我是杨三愣，曾经是一个没大没妈的穷光棍、不务正业的懒汉，出了车祸，腿残疾了。村干部没有放弃我，把我列为建档立卡户，还帮我加入了合作社，日子一天天好起来了。人要懂得感恩，要懂得回报党和社会，我们申请退出低保，让那些更需要的人得到帮助！

申请人：沙枣花、杨三愣。

马万喜：哎呀，枣花，小琴的助学贷款没还完呢吧？

枣　花：小琴说贷款她还。侄子侄女村上也给安排了公益岗位挣工资了。我不能再给政府添麻烦了，吃饱要知道放碗呢。

四婶子：哎，万喜，我家小孙子前些日子得病住院，花了四千多呢，拉了个大窟窿，你看这低保名额——

马万喜：哎，住院医保能报销呀！

杨三愣：你开会去了不知道，人家嫌贵，根本就没交。

四婶子：人家立卡户才交30，我们交180呢。我想着能省就省些，谁知道省着省着，窟窿等着。

马万喜：建档立卡要召开村民大会研究呢。（语重心长）四婶子，咱国家要在2020年实现全面脱贫，建档立卡是为了在脱贫攻坚中更好更早地帮助贫困户精准脱贫，最终咱还是要靠党的好政策、靠自己的双手致富呢。

四婶子：（尴尬）四婶子都明白了，你放心，我绝不拖咱全村的后腿。哎，三愣子，你和枣花啥时候办事呢？等的人眼睛都蓝了。

杨三愣：（害羞）秋后闲了就领证，省得你四婶子老说我戴着绿帽子。

四婶子：嘿嘿，四婶子是胡咧咧呢，那就等着吃喜糖咧。

（闪回结束，男声花儿演唱）

（家里，吃饭声，电视新闻声：从移民搬迁到精准扶贫，西吉县生态环境得到明显改善，小气候的变化也影响着产业发展格局，以前贫瘠的土地如今培育出了冷凉蔬菜、优质马铃薯、枸杞等特色作物。宁夏贫困地区农民人均可支配收入年均增长11%，贫困家庭孩子义务教育阶段因贫失学、辍学实现了动态清零。农民人均可支配收入持续增长。）

小　宝：爷爷，西吉那么好，我想去看看。

马万喜：好啊，爷爷带你去看看咱的老家。你太爷爷还在那儿守着呢！

凤　莲：哎，你说，这么些年了，为啥咱大就是不来红寺堡嘛？

马万喜：不知道他咋想的。咱是该回去看看了……

小　宝：哦，回老家看太爷爷去啰！

（六盘山上，万喜爹、万喜、凤莲、小雪、小宝爬山）

小　宝：太爷爷，我来扶你。

万喜爹：哎呀，咱小宝真懂事。哎呀，这山，太爷爷天天爬着，没事！

小　雪：（手握喇叭喊）喂——我们回来啦！（回声）

小　宝：（模仿）喂——我们回来啦！（回声）

马万喜：（感慨）哎呀，啧啧，你看看，这山绿的，树多的，这路修的，咱都不敢认了。

小　雪：（感慨）太美了！塞上小江南、宁夏的后花园，实至名归。

万喜爹：嗯，咱这现在美得都成了旅游景点了，老房子改建成了移民搬迁旧址，参观的人多得很。（凤莲哽咽，奇怪）凤莲，咋了？

凤　莲：早知道能成这样，咱就不搬咧。

小　雪：妈，不搬就变不成这样了。停止粗暴掠夺，退耕还林，保护自然，恢复生态，才能和谐共生。

万喜爹：哎，小雪说得好。

小　雪：爷，当年搬家的时候，你说留下有事情要办，啥事情么？

万喜爹：还债！

小　雪：啊，咱欠谁的债了？

万喜爹：这大山。当初咱穷得靠山吃山，砍树开荒，把山整得不成样子啊。咱甩手走了咧，我这心里能踏实吗？

小　宝：那，太爷爷，咱们的债还完了吗？

万喜爹：还完了！荒山秃山变成了青山绿水、金山银山，我的心思了了。年轻的护林员要来接班了，太爷爷该下岗喽！

（过年，马万喜家门口，鞭炮声，停车声）

马万喜：大，到了。

万喜爹：（意外）哎呀，这还快得很呢咧。

马万喜：柏油路修到咱家门口咧，能不快么。（开门声）来来，我扶你，慢些，慢些。凤莲！小雪！（凤莲和小雪迎出来，寒暄）

万喜爹：呀，春联都贴好咧。（念）产业入户，靠政策脱贫，荒漠变绿洲；笑语盈田，凭勤劳致富，沙丘起高楼。（看到房子）哎呀，楼都盖起来了。

马万喜：前年秋上卖了葡萄盖的，过几年咱村里就全盖成小楼咧。哎，对了，你看，这柳树——这就是当年搬家的时候你给我的柳树条子。

万喜爹：（吃惊）这长得比小二楼都高咧。哎呀，树挪死，人挪活。这树都活了，日子咋能不好呢么。

小　雪：爷，那你就不走咧。我哥这次回来也不走了。

万喜爹：咋，福建那边的经理不当了？

小　雪：咱扶贫办联系了他们公司来咱红寺堡建厂，老板让他回来负责管理工作。

万喜爹：哦，好事。

小　雪：我今年也毕业了，我也回来陪你。

凤　莲：（埋怨）你凑啥热闹呢！人家实习单位不是要留你呢么！

小　雪：我决定了，借乡村振兴的东风回乡创业！

凤　莲：（着急）哎呀，好不容易进城咧，你又回来干啥呢，对象咋办呢？

小　雪：他说喜欢咱这儿，要跟我一起回来嘛。

万喜爹：呀，那就是招了个上门女婿嘛。

凤　莲：我给你说，我不同意。

马万喜：哎，咱红寺堡现在缺的啥？人才学成归来，服务家乡，我看

挺好。

小　雪：同意我回来的举手。（除了凤莲都举起了手）三比一，通过！（众人笑）

凤　莲：你们——哎呀！（无可奈何）

小　雪：爷爷，就这么定咧，不回去咧。

万喜爹：嗯，这里没有秦腔么！

马万喜：哎，咋没有，村里请了戏班子，初一到初五，文化大院里头天天唱，保证让你听个够！

（文化大院，秦腔开场前锣鼓声，台下喧闹声）

小　雪：（扶着万喜爹）爷，坐这儿，马上就开始了。

小　琴：爷，过年好！

万喜爹：（一时想不起来）你是——

小　雪：这是小琴。

小　琴：我妈是枣花。

小　雪：（笑）小琴也毕业咧，回来到学校当老师咧。

万喜爹：好！把咱娃娃都教得上大学去咧。

（台上锣鼓声响起，秦腔《铡美案》开场）

万喜爹：（兴奋）哎，开咧！

（秦腔开唱，扬起，爷爷边听边哼，压混）

小　雪：爷爷，好听吧？

万喜爹：来劲得很！

小　雪：那你还回去不？

万喜爹：嘘，别说话！（小雪偷笑，秦腔扬起渐弱）

马万喜：（马万喜家，手机铃响）喂！

凤　莲：（凑过来）免提开开！（打开免提）

小　雪：爸，我实习结束了，今天下午就到家了。

凤　莲：哎呀，又搞突然袭击。

小　雪：嘻嘻。下午4：30到车站接我。

杨三愣：（气喘吁吁地冲进来）万喜，万喜——

马万喜：三愣子，咋了吗？

杨三愣：菜贩子两天没来拉菜了。我打电话，人家说今年种韭菜的太多，批不出去嘛。

凤　莲：（着急）哎呀，韭菜不割老咧，割了卖不出去就放臭咧。

马万喜：（焦虑）得赶快想办法，大家苦也吃咧，累也受咧，菜丰收了，不能眼看着烂到地里头呀。小雪，爸先挂了啊。

小　雪：（在电话里喊）哎，爸，爸，您别着急上火，我回去想办法。

马万喜：你个学生娃娃能有啥办法嘛！

小　雪：你忘了，我学的是经济管理，咱们来个网上直播销售。

凤莲、杨三愣：网上直播？还销售？

马万喜：那能卖出去？

小　雪：试试呗，下午回去你直接拉我到蔬菜大棚。

马万喜：哦，行，行嘛。

（蔬菜大棚众人收割韭菜的场面）

马万喜：大家把韭菜码整齐，马上开始了。（众人附和）

枣　花：万喜哥，这直播手机上能不能看见我们？

马万喜：我也是大姑娘上轿——头一回嘛！（众人笑）

小　雪：哈罗，各位小伙伴，欢迎来到我们的甜水村农产品小店，今天我们直播要销售的是韭菜。大家看，我身后绿油油的一片就是我们甜水村的韭菜。下面请村支书给大家介绍一下。

马万喜：（紧张地悄悄说）我说？哎呀，我不会说嘛。

小　雪：（小声说）领导干部要带头呢！大家都等着呢！

马万喜：（磕磕巴巴）哦，我们种的是紫根韭菜，比白根的味道好。这韭菜喝的是黄河水，上的是农家肥，你看这叶子宽，杆杆短，嫩得一掐都出水哩。吃着甜香甜香的。大家快买，买了保证不后悔，吃一次想两次。（悄悄问小雪）咋样？

小　雪：棒棒的！（接着直播）听了支书的介绍，大家是不是都动心咧？赶紧点击左下角的链接购买，一箱10斤，25元包邮。嗯，“追梦人”问，我是开餐厅的，想批发找谁？（高兴）太好咧，我把支书的电话打到屏幕上，你联系他。（继续直播）（压混，马万喜电话响）也欢迎更多的朋友咨询批发。这边韭菜正在装箱——

马万喜：（接电话）喂！唉唉，哦哦，记者？哎呀，好啊，好啊，谢谢谢谢！（对众人）我给你们说，记者看了咱的直播，也要帮咱卖韭菜呢。（众人议论，电话又响，接）喂，哦哦，你说，你说，欢迎，你加，我给你发，好！三愣子，组织大家抓紧干，内蒙古的菜贩子也要来拉韭菜咧。

杨三愣：哎呀，小雪的这直播不得了啊，咱的韭菜一下成网红咧。

枣　花：你当人家大学白上了？这是知识改变命运，教育阻断贫困嘛。

小　雪：（直播）大家别忘了关注我们的小店，今后还会有绿色农产品给大家直播。哦，我们甜水村还有个特产——花儿。枣花姨，来一段。

枣　花：我？哎呀，我紧张的。

马万喜：哎呀，枣花，你唱，你这一唱咱这韭菜卖得更好咧。

枣　花：（犹豫一下）那我就唱，院子里种下的绿韭菜呀，不要割呀，你教它绿绿地长着。哎——你不要割呀，你教它绿绿地长着。

杨三愣：词得改一下。（众人议论，三愣唱起来）大棚里种下的绿韭菜呀，赶紧割呀，别让它偷偷地老了！哎——你赶紧割呀，别让它偷偷地老了。（合唱）哎——你赶紧割呀，别让它偷偷地老了！（众人笑起来）

（马万喜家门口，喜气洋洋的音乐，压混）

小　雪：妈，挂得正不正？

凤　莲：正着咧！

小　雪：（从梯子上下来）那我下来嗑！这牌匾一挂咱就算正式开张咧。

四婶子：（走过来念牌匾）甜水客……客……

小　雪：客栈。

四婶子：干啥的？

小　雪：四婶子，就是旅店。

四婶子：哎，村子里头开个旅店谁来住呢？

小　雪：这黄花菜地、枸杞地、葡萄长廊咱不稀罕，城里人喜欢，一放假就爱到咱乡下来耍，这叫美丽乡村休闲游。（手机响，接）喂，啊，对，下周末，哎呀，不好意思，下周有蟠桃采摘节，房间已经全部订完了——（渐弱，压混）

四婶子：哎哟，这牌子刚挂上就定满咧？

凤　莲：啊，小雪把照片发到网上咧，哎呀，问的人可多咧。人家不光来住，还要吃咱的农家饭咧，枣花的甜水农家餐馆也马上要开咧。

四婶子：啊，怪不得枣花昨天在微信群里说要收野菜、土鸡、土鸡蛋呢。（见小雪打完电话，赶紧凑上去）哎，小雪，你说四婶子能不能也开个客……哦，对了，客栈？

小　雪：可以呀，你还可以开个小店，就叫——“四婶有礼”。

四婶子：哎哟，我有啥理呀？

小　雪：（笑笑）是礼物的“礼”，人家旅游都喜欢买点土特产带回去留个纪念或者送朋友。你手巧呀，四婶子，把你和村里人绣的鞋垫、头巾、荷包啥的摆到店里头，再把咱这的土特产也卖上。

四婶子：哎呀，到底是上过大学的，脑子好使。（突然想起来）哎，小雪，我要是开了没人来住咋办呢？

凤　莲：哎呀，黄局长说要在咱村里头建个移民博物馆。

小　雪：（抢着说）还要组织福建的游客来村里旅游，全方位助力乡村旅游产业，就怕到时候四婶子忙得鞋都倒着穿上了。

凤　莲：（突然想起，边跑边喊）哎呀，坏了坏了，电视忘咧！

四婶子：（跟进来）啥电视么，一惊一乍的。

小　雪：（跟着跑）快快快，刚开始！（开电视）

（电视中主持人：欢迎继续收看《产业扶贫在行动》，有请下一位代言人。屏幕里马万喜上台）

马万喜：（屏幕里说话）大家好！我是吴忠市红寺堡区甜水村的村支书，我叫马万喜，我为大家推荐的是黄花菜。（电视声压混）我们红寺堡土壤（气候）干燥，（土壤）透气性好，硒元素含量高，非常适合种黄花菜。红寺堡的黄花菜条长肉厚、色泽透亮、食药同源、品质极佳，每到收获的季节，红寺堡大地忽如一夜春风来，漫滩遍野黄花开，黄花菜成为群众脱贫致富的“黄金菜”。

四婶子：哎呀，这不是万喜嘛，上了中央台咧！

小　雪：给咱的黄花菜代言去了。

四婶子：哎呀，这一说全国都知道咱红寺堡的黄花菜咧。

小　雪：可不是嘛，上周咱的黄花菜参加展销会咧，外国人都抢着签合同呢。

凤　莲：黄花菜，也叫忘忧草。有了黄花菜合作社，咱是真正的后顾无忧咧。

（男声演唱花儿）

（村口）

季书记：（看着墙上的大字，感慨）“共产党好、黄河水甜”，写得好啊，写得好！

马万喜：季书记，那边是罗山航模基地，每年举办航空旅游节的时候，天上地下热闹得很啊。北边那一片是经果林日光节能温棚，每年春天室外桃花开的时候，棚内的桃子正好成熟，形成外花内果的美景，集赏花采摘、休闲观光、民俗文化、吃住行于一体，来带动增收致富，吸引了好多周边和外省市的游客。

季书记：搬迁一方移民，致富万千群众，再造一片绿洲，恢复一方生态。万喜，20年前的承诺，我们做到啦！

（街心公园，一群人在拍快闪《我和我的祖国》，欢声笑语）

马万喜：（边走边说）季书记，这是小公园，前边是文化广场。

季书记：看看大家脸上的笑容，就知道生活多安逸，多幸福了！想不到啊，想不到啊。

马万喜：季书记，您这次回来，说得最多的就是“想不到”。

季书记：我这是有感而发呀，我退休5年，咱甜水村变得我都不认识了，确实是想不到啊。

（由远及近的秧歌锣鼓声，杨三愣指挥排练）

马万喜：季书记，这是村民给咱的农民丰收节排练节目呢。

季书记：好啊，好啊，日子富了，文化生活、精神追求要跟上！

杨三愣：（看到季书记，打招呼）呀，季书记！

季书记：哟，杨三愣！（众人围拢过来）

马万喜：大家伙，季书记惦记咱甜水村，回来看看大家！（众人的寒暄声、掌声）

杨三愣：季书记，你好着么？

季书记：好，好啊，看到大家的日子这么好，我这心里跟灌了蜜一样。乡亲们，党的政策越来越好，咱们的好日子还在后头呢！希望大家借着乡村振兴的东风，把咱的日子过得芝麻开花——节节高！（众人鼓掌，附和）

杨三愣：来来来，咱给季书记扭一个！（锣鼓的声音起）

季书记：呀，这锣鼓一响，我的心也跟着“怦怦”地跳啊。

马万喜：季书记，是不是和当年咱泵站试水的时候一样？

季书记：对，浑身热血沸腾。

马万喜：我记着当时你高兴地扭秧歌了。

季书记：（笑）我记起来了，你也扭啦。

马万喜：要不，今天咱也扭它一哈？

季书记：来，扭起来！

（两人笑着，加入队伍扭起来，众人的欢声笑语，锣鼓声扬起，渐隐）

扫码收听

方言情景喜剧《的哥哈喜喜》

方言情景喜剧《的哥哈喜喜》2006年5月1日开播，截至2022年11月2日，共创作播出3季、3475集。本书收录两集。

《的哥哈喜喜》获奖情况：

1. 2007年获第七届中国广播剧研究会专家评析超长剧金奖。
2. 2007年获中国广播电视协会综合节目二等创优节目。
3. 2007年获中国广播电视协会二等创优娱乐节目奖。
4. 2008年获第八届中国广播剧研究会专家评析超长剧银奖。
5. 2009年获宁夏回族自治区第八次文学艺术奖广播剧一等奖。
6. 2016年获首届全国交通广播综合影响力调研评比最具品牌效应栏目（节目）奖。

临时辅导员[1]

演播表:

夏莉莉——马茵演播

薛姨妈——姚翠玲演播

妞　妞——王思谕演播

刘　星——陈小龙演播

小　陈——杨艳玲演播

老　师——郭振海演播

（开场音乐起。小区超市）

薛姨妈：妞妞，奶奶不是给你说了嘛，把那背挺起来，眼睛离那本子远一点，要不然你的眼睛就近视啦。

妞　妞：我知道了，奶奶，你别打扰我了，今天作业特别的多，我都写不完了。

薛姨妈：噢，行行行，你写哦。奶奶给你晾的水待会喝一点儿啊。

妞　妞：嗯，知道啦。

夏莉莉：（走进超市）薛姨妈。

薛姨妈：莉莉，你买点啥？

夏莉莉：有那个甜面酱吗？

薛姨妈：有，有。有袋装的，有盒装的，你要哪一种啊？

夏莉莉：噢，盒子装的，吃不完好放。哎呀，你说我们喜喜，纯纯的个

①《临时辅导员》为《的哥哈喜喜》第三季第935集。

《的哥哈嘉嘉》宣传照

宁夏人，今儿突然要吃什么小葱蘸大酱呢。（两人笑）

薛姨妈：想吃你就给他买呗，呵呵呵。

夏莉莉：多少钱啥？

薛姨妈：六块八。

夏莉莉：噢，好，给！（递钱的声音）

薛姨妈：我给你找。

夏莉莉：哎，妞妞。

妞　妞：嗯，夏奶奶。

夏莉莉：哎哟，这趴到柜台上写作业着呢！

妞　妞：哎呀，我爸出差了，我就只能在这写了。

夏莉莉：哦，那赶紧写。

妞　妞：嗯。

薛姨妈：莉莉，找你钱，拿好。

夏莉莉：好。

妞　妞：奶奶，这个题我不会。

夏莉莉：薛姨妈，那我走了哦。

薛姨妈：哎哎，莉莉，你等等，等等。正好你夏奶奶在哩，让你夏奶奶帮你看看，奶奶更不会了。

妞　妞：夏奶奶，你帮我看一看吧。

夏莉莉：啥题是？

妞　妞：语文填空题。

夏莉莉：哦，语文那是我的强项。（音效：大笑）拿我眊。哎哟，这个字怎么这么小吵，迷子麻杂的看不清楚么，没戴老花镜吵。

薛姨妈：我这有呢，有呢。你戴上。

夏莉莉：拿我眊。多少度的吵？

薛姨妈：250了。（音效：怪笑）

夏莉莉：哎哟，我现在才戴的100度的。

薛姨妈：啊，那咋整呢呀？要不然这样，妞妞你给奶奶念。

妞　妞：嗯。

夏莉莉：哦，（递眼镜）给给给。

刘　星：（走进超市）薛姨妈。

薛姨妈：哦，刘星。

刘　星：豆……豆腐还有吗？给我闹上一块子。

薛姨妈：哦，还有一点儿。

夏莉莉：哎，刘星。

刘　星：莉莉阿姨

夏莉莉：来来来，正好。

刘　星：啊，啥事？

夏莉莉：妞妞有几道题不会做，你看着给教一教。哦！那我就先走了，我锅上还做着东西呢。

薛姨妈：啊，那莉莉你先走吧。

刘　星：莉莉阿姨，再见。

夏莉莉：嗯！（离开超市）

刘　星：啥题？拿来我看。

妞　妞：就这个，泥菩萨过河，后面填空，填啥？

刘　星：泥菩萨过河（思考）……（诙谐音乐起，压混）哎呀，这个，就在嘴边边挂呢，怎么就想不起来了吵？

妞　妞：你到底会不会吗？

刘　星：哎哟，小学生的题，我，我闭着眼睛都教了，你写“化了”。（音效：大笑）

妞　妞：不对吧？

刘　星：咋能不对呢，你好是不会想。泥……菩萨么，那就是用泥捏的，遇着水它肯定就化成汤汤子了么，你就写“化了”。（音效：嬉笑）

妞　妞：哦，好吧。

刘　星：还有么？

妞　妞：还有这个。

刘　星：来来来，我个己看。外甥打灯笼，哎呀，这个立马写“怕绊……绊倒”。（音效：怪笑）

妞　妞：那，那个，“绊”怎么写？

刘　星：就是……哦，对！一个提手旁，旁边写个“半”，就是拌凉菜那个“拌”。（音效：怪笑）

妞　妞：就这个吗？

刘　星：哎，对，对着呢，这个娃娃连我一样，机敏得很哦。（音效：怪笑），西游……游记中上西天取经的一共有几……几个人？

妞　妞：这个我会呢，我都做完了。

刘　星：哎呀，这明摆着就做错了嘛，咋能……咋能是4个人呢嘛！把那个孙悟空和猪……猪八戒抹掉。

薛姨妈：哎，星星，孙悟空和猪八戒也是跟唐僧一块取经了呀！

刘　星：薛姨妈，你要看题呢，别老师其实就是考娃娃的这个辨……辨识度呢，别问有几个人，那猪……猪和猴子好也算人呢哦？（音效：大笑）

薛姨妈：哦，我知道了，原来是这样。幸亏你来了，星星，他爸这两天不在，我也看不懂，要不然孩子就做错了。

刘　星：哎，没事，没事。

薛姨妈：妞妞，快擦了。

刘　星：妞妞啊，以后有啥不……不会的题，你就尽……尽管来找小……小叔叔。（音效：掌声笑，转场音乐）

（杂碎店）

夏莉莉：哎，小陈，你干啥着呢吵？叫你半天！

小　陈：哎哟，来啦来啦。我把那个杂碎放冰箱里头，锅台上一收拾就么啥事了。

夏莉莉：哎呀，赶紧来，赶紧来，等一阵再收拾。反正刘奶奶又不在，快来缓一缓，你看我这次出去照的照片，你瞅。

小　陈：哎哟，咋这么好看吵。（夏莉莉自豪地笑）这在哪里拍的吗？

夏莉莉：游轮上。我跟你说哦，我们坐的那个游轮哦，好大的呢，泰坦尼克号你看过吧？我们的是它的十几倍呢！（音效：偷笑）

小　陈：我没看过。（音效：嬉笑）

夏莉莉：哎哟，真是对牛弹琴。我跟你说哦，我这回出去坐的那是豪华游轮，知道不？上头啥都有呢，游泳池、温泉、篮球场、打乒乓球的地方，还有健身房。哎哟，光餐厅就七八个呢，不要钱，随便吃。我跟你说哦，服务生都是外国人，说的那都是纯正的伦敦“英格力士”。（音效：大声笑）

小　陈：哎哟，嫂子，你罢说外国人说的，连你说的我都没听懂还。

夏莉莉：哎呀，小陈，我觉得你这半辈子就白活了，天天除了洗杂碎就是洗杂碎。你把你那个私房钱也拿出来，下次跟上我，也走出去旅游，坐一回这个豪华游轮去。

小　陈：嫂子，还豪华游轮呢。你别笑话，我连飞机都没上过。

夏莉莉：啊，你没坐过飞机？哎哟，别现在飞机票那么便宜，动不动就是北京、上海了才一二百块钱。实在不行了，你买上张票飞趟固原也行呢呀。（音效：怪笑）

小　陈：唉，我哪有那个闲钱呢，再说吧。

夏莉莉：算了算了，不说了。哎，你看我这张相照得咋样？你看我这个裙子和纱巾，让海风一吹，飘得乌棱棱的。

（歌曲《南海姑娘》起，音效：怪笑）

小　陈：哎，嫂子，这是不是就是前段时间微信上面说的，中国大妈拍照标配——花裙子加红围巾。（音效：怪笑）

夏莉莉：（生气）什么中国大妈？！我像中国大妈呢哦？中国大妈有我这个气质呢？真是。（音效：怪笑）

小　陈：哦，嫂子，没有的，我就那么一说。

夏莉莉：小陈，我跟你说哦，别那个游轮上那个饭哦，特别高级。那个自助餐，那个大呀！哎哟，什么大虾了、螃蟹了，随便吃。那个小点心，你见都没见过。那个西餐厅里头，牛排你随便点。吃完饭还有什么巧克力、冰淇淋，哎哟，可好吃了。

小　陈：哎，嫂子，怪不得你吃胖了。（音效：怪音）

夏莉莉：真的哦？哎呀，那这两天我得减肥呢。

小　陈：看来微信上说的是真的哦。

夏莉莉：啥意思？说的啥是？

小　陈：别说是，嗯，中国大妈把那个游轮吃得头都贴干了，不在中国跑了。（音效：狂笑）

夏莉莉：什么乱七八糟的。哎，小陈，我给你说哦，以后这种事你罢往我身上套。哎呀，会不会说话是。

薛姨妈：刘星！刘星！（敲门声）

小　陈：哎，谁敲门着呢？

夏莉莉：赶紧眊去。

小　陈：哦，哦，（走过去问）哦，薛姨妈。

薛姨妈：小陈。

小　陈：对门的人那阵都就出去了，不在。要不然你先进来。

薛姨妈：这可咋办呢啊？（进门脚步声）哎，莉莉，你在呢！

夏莉莉：咋话了？

薛姨妈：我找刘星。妞妞有好几道题不会做，数学题，要不你给看看。

夏莉莉：哦，谁知道我会做不会做呢！

薛姨妈：你看看再说。三年级的题，你有文化，你肯定会做。

夏莉莉：啊，我眊。南南、北北两个人的平均年龄是11岁，东东、南南两个人的平均年龄是15岁，那么北北比东东小几岁？（音效：思考）哎呀，这，这是个啥题吵？

小　陈：这是数学题么！（音效：怪笑）

夏莉莉：我好连它是个数学题都不知道哦？哎呀，这个，你说老师出这个题顽闲不弯顽闲？（音效：怪笑）你就直接说这个比那个大几岁，那个比这个大几岁，俺们一减不就出来了，还闹的什么平均年龄！

薛姨妈：说的就是么！我看了都看晕了。

夏莉莉：啊呀，这个，这个题，哎呀，怕是有丝难度呢，我怎么……

（音效：怪笑）

薛姨妈：你再好好看看，莉莉。

夏莉莉：小陈，给我拿草稿纸。

小　陈：哦，哦。

夏莉莉：（幽默音乐起，压混）哎呀，不行，口算算不出来，我搁笔算一算哦。（书写声）啧，哎呀，这个，这个没办法算呀！

薛姨妈：那咋办呢？莉莉。

夏莉莉：哎呀，你等我再想一想哦。

小　陈：嫂子，来我瞧。

夏莉莉：哎哟，你瞧，我都算不出来，你能算出来呢？你去去去，赶紧，收拾你的炉台去。（音效：嘘声）

小　陈：22、30岁。嫂子，这个，他们应该相差8岁。

夏莉莉：（吃惊）你咋算出来的？

小　陈：你看嘛，南南和北北的平均年龄是11岁，那他们两个人的年龄加起来就是22岁。东东和南南的平均年龄是15岁，加起来就是30岁。30岁减22岁，那不就8岁了嘛！（音效：恍然大悟）再用南南加东东的年龄，减掉南南加北北的年龄，那东东比北北大几岁那不就出来了。

薛姨妈：哎呀，对呀。听小陈这么一说，这题也不难呀，真是难者不会，会者不难哪。

夏莉莉：哎哟，行了，薛姨妈，她那就是瞎猫碰着死老鼠了。（音效：敲打）

薛姨妈：还有一道题呢，莉莉，你再给看看。

夏莉莉：拿我瞧。（翻书声）这个？

薛姨妈：嗯，这个。

夏莉莉：（念题）小马虎在计算一道加法题的时候，把十位上的5看成了3，结果是784，正确的答案应该是？哎哟，这道题太简单了。

薛姨妈：多少啊？

夏莉莉：764嘛。

薛姨妈：哦，你一下就算出来了。

夏莉莉：哎，简单得很。

小　陈：嫂子，是804。

夏莉莉：什么804，明明是764嘛。

小　陈：你看嘛，把5看成了3，那就是少算了20，应该加20，你给别减了20。

薛姨妈：噢，对对对，小陈，他把5看成3了，是少了20。莉莉，小陈算得对着了。

夏莉莉：哎哟，那是她年轻着呢，她到我这个年岁了，不戴花镜她能把这题看清楚呢？（音效：怪笑）我要是戴了眼镜，这么简单的题，我能做错呢？（音效：嬉笑）

薛姨妈：呵呵，对着呢，你这么聪明的人，哪有做不出来的呢。

夏莉莉：薛姨妈，以后你再问我题的时候，提前说一声，我得把花镜戴上呢！（音效：掌声笑，音乐转场）

（办公室）

老　师：薛雨乐，你看一看你这两天的作业是怎么写的？

妞　妞：老师，我写对了你为什么给我打叉呀？

老　师：为什么给你打叉？泥菩萨过河，应该是自身难保，你看你写的什么！

妞　妞：化了。（音效：嬉笑）

老　师：我看你是冰激凌吃多了。好，再看这道，外甥打灯笼——照旧（舅），你写的什么？“怕绊倒”。这个“绊”还写的是错别字，拌凉菜的“拌”。（音效：坏笑）

妞　妞：老师，我爸这两天出差了，我的作业都是我们邻居的那个叔叔给我辅导的。

老　师：噢，还有这道，前两天我们刚学过，去西天取经的都是谁？我问你，孙悟空和猪八戒为什么都不写？

妞　妞：老师，我本来之前都写上了，可是那个叔叔说猪和猴子不是人，非要让我给擦掉。（音效：坏笑）

老　师：啊？那我问你，你这个叔叔究竟是干什么的？

妞　妞：他说，他是烧大锅炉的。（掌声，笑声，片尾曲）

非买不可[1]

演播表：

夏莉莉——马茵演播

侯翠娟——姚翠玲演播

小　陈——杨艳玲演播

小　任——格格演播

小李子——马冬演播

陈爷爷——张德成演播

小　宋——淑君演播

老　赵——王晓龙演播

（开场音乐。侯翠娟车里，车上音响声）

夏莉莉：妈哟，小侯，这个车里头也太热了么，这哪是车，这是烤箱么。

侯翠娟：哎哟，大夏天太阳晒得很么，那只能这么个，那咋办呢！莫非我把车停到那点儿，我还给它支个凉伞呢？（音效：偷笑）

夏莉莉：不是，你总找个阴凉地方停呢嘛。

侯翠娟：你以为我不想找个阴凉地方，转了几圈圈子，它没有呀。

夏莉莉：哎哟，也就是，谁都想找个凉快地方停呢。反正这种天，最好的办法就是罢出门，在家里窝着。

侯翠娟：那行呢，从明天开始你就不要出门，我就看你在家能待几天。

夏莉莉：不是，你这不是跟人抬杠呢么。

---

①《非买不可》为《的哥哈喜喜》第三季第1787集。

侯翠娟：行了，不抬了，到家了。自己抬着自己的杠回家去。

夏莉莉：哎哟，开个玩笑么，大热天的抬杠，把人闹得还上火呢。

侯翠娟：还不是你先抬的。

夏莉莉：啥叫我先抬的吵？

侯翠娟：（驶入停车场）哎，这谁的车吵？咋停到我的车位上啦。

夏莉莉：哎呀，就是啊。

侯翠娟：哎哟，气死我了，三天两头就有人占我的车位吵。

夏莉莉：给谁打电话呢？

侯翠娟：还能给谁吵，物业公司嘛。（打电话）喂。

小　任：你好，物业公司。

侯翠娟：我是侯翠娟。

小　任：哦，侯阿姨。

侯翠娟：你是谁吵？

小　任：我是小任。

侯翠娟：小任，我的车位咋又让人给占了嘛！

小　任：那您给我说一下车牌号，阿姨。

侯翠娟：38438。

小　任：好的，阿姨，那您稍等一下，我查一下。

侯翠娟：快点给我回话哦。（挂电话）

小　任：好的。

侯翠娟：哎呀，烦死了，本身天热人就上火，我一看谁停我们家车位上，我真想扎他的胎，放他的气呢。（音效：哇哦）

夏莉莉：哇哇哇，你还想干啥呢？看来你这更年期还厉害得很呢。

侯翠娟：厉害呢，谁都别惹我，惹我我就跟他翻脸。

夏莉莉：哎哟，那行，你先翻着，我先上了哦。

侯翠娟：哎，你咋这么个人么，过了河了就拆桥呢，将将把你拉回来，你就把我抛弃了。

夏莉莉：不是，我站这点也没啥用嘛，对不对？（电话铃声）哎哎哎，电话。

侯翠娟：喂，小任，查着了没有吵？

小　任：哦，阿姨，查着了，就是你们楼上的那个租户。

侯翠娟：几楼的？

小　任：4楼。

侯翠娟：你，你，你快点通知他，让他把车开走。他要是不开，我就把他车踏个坑呢。

小　任：侯阿姨，我刚电话里问他，他说他回老家了，这会儿车还挪不了。

侯翠娟：啥啥啥？他回老家了把我的车位占了，他有病呢是不！

小　任：侯阿姨，他刚才电话里说的是这样，他本来就在你那个车位上停5分钟，上去拿个东西下来就走，结果接到家里的电话说他妈病危了，他就没有来得及挪，直接就回老家了。

侯翠娟：他妈病危了？他车不挪，我往哪里停呢么？

小　任：这样吧，您就停到刘奶奶家那个窗户底下，平时不让停，我给保安说一声，这是特殊情况。

侯翠娟：哎哟，这闹的啥事嘛！那他啥时候开走吗？

小　任：哦，这个他倒没说，但是他说时间不会太长，因为他那个车上拉了一车西瓜，天气这么热，放时间长了就晒坏了。

侯翠娟：西瓜？（下车声）哎，我瞅瞅去。（音效：灵机一动）哎哟，还真的是一车西瓜。哎呀，这个西瓜看着还不错。

夏莉莉：你干啥呢？（音效：怪笑声）

侯翠娟：小任。

小　任：哎。

侯翠娟：你给他说，我抱他两个西瓜。（音效：疑问）

小　任：啊？

侯翠娟：那他也不能在我这儿白停啊，咋也得顶些子车费呢么。

（音效：掌声、笑声，转场音乐）

（羊杂碎店）

小　陈：（切西瓜）哇！红瓤沙珠，这么好呢。

侯翠娟：哎呀，这不是一般的西瓜呀。

夏莉莉：哇，西瓜就是西瓜么，还有二般的呢？

侯翠娟：知道啥呢，这是“麒麟一包糖”。一般的西瓜2块钱一斤，这个4块钱一斤呢！（音效：吃惊）你瞅瞅，连个籽籽都没有，莉莉嫂子，尝一块。

夏莉莉：真没籽籽哦，就这个小白皮皮。嗯，吃（三人吃西瓜，吧唧嘴声）哎呀，甜呢。

小　陈：这么甜呢！

侯翠娟：你还以为呢。

夏莉莉：又甜又脆又沙。

侯翠娟：嗯，上次我买了一次，（咀嚼声）太好吃了。（音效：怪笑）后来还想吃呢，没舍得买，太贵了。没想到，今天给送上门来了。

夏莉莉：哎哟，这么好的西瓜放那个大太阳底下，那不晒上一下午就全晒坏了。

侯翠娟：就是的哦，问题是我们几个人也吃不完这一车瓜呀！

夏莉莉：哎，你还想都给别吃完呢？

侯翠娟：那总比放坏了强吧。（音效：起哄）

小　陈：哎呀，这谁家的瓜吗？

侯翠娟：就那个4楼卖水果的那个，长得像个黑塔一样的那个人。

小　陈：哦，侯姐姐，你别看那个人长得五大三粗的，心可细了，可好了。

侯翠娟：哎哟，有多好吵？

小　陈：嗯，上个星期，奶奶在大剧院展销会上买了两袋子50斤的面，让我拿她那个买菜的小车车朝回拉，放了上去轱辘都压偏了。

夏莉莉：哎哟，那怕是拉不动吧？

侯翠娟：就是。

小　陈：拉到水果店门口轱辘就掉了。我正愁着呢，别小彭从店里头出来说，来来来，我给你拿。一手一个，噔噔噔地就给我提回来了。（音效：惊喜）累得别满头的汗。我说给别倒点水喝，别扭头就走了，说他忙着呢。

夏莉莉：哎，你罢说，我也发现那个小伙子不错。

侯翠娟：哎，莉莉嫂子，上次我那个门忘锁了，你说楼上一个人帮我把门锁上了，是不是他？

夏莉莉：哦，对对对，就是他。还有呢，上次常姨妈胯骨摔了，从医院回来，也是别帮着背到楼上的。

侯翠娟：（音效：口哨）哎呀，照这么看哦，不是个坏人。

夏莉莉：哎哟，11点了，我先上楼做饭去了，一阵喜喜回来吃饭。

侯翠娟：哎哎哎，等等，先甭做了，俺们三个先开个会。（音效：疑问）

夏莉莉：开啥会呢？

侯翠娟：这么好的一个人，俺们三个人就眼睁睁地看着他一车西瓜被太阳晒着，烤熟了烂掉，啊？

夏莉莉：那你啥意思啊？

侯翠娟：我们得帮他把这车瓜给他解决了。（音效：思考）

夏莉莉：解决？咋解决呢？

小　陈：侯姐姐，你意思是我们一人抱上两个回去个己吃哦？（音效：怪笑）

侯翠娟：吃，你就知道吃，是帮他把这车瓜卖啦。

（音效：掌声，笑声，转场音乐）

（小区停车场）

侯翠娟：小陈，快把那个秤拿过来放到这个地方，没想到杂碎馆的秤还派上用场了。

小　陈：侯姐姐，一阵奶奶回来，你给她说这是你硬鼓着我搬出来的，可不是我搬出来的。

侯翠娟：行了行了，你瞧你那个小气样子，刘奶奶好是那么个人！

夏莉莉：小侯啊，不行，我得回去给喜喜做饭去呢。

侯翠娟：做啥呢做，我们家有油饼子呢，待会等喜喜哥哥一回来，闹个瓜从当中一切。西瓜泡油饼子，美赞油了！（音效：怪笑）

夏莉莉：行，到时候我说是你不让我回家做饭的。

侯翠娟：行！就说我，一切责任全推到我身上。

夏莉莉：哇，大姐大呀。

侯翠娟：你以为呢。（音效：嬉笑）

夏莉莉：哎，小侯，我们给别卖是不得给打声招呼呢？

侯翠娟：哦，也就是哦，要不然不知道卖多少钱。

夏莉莉：对呀，你给别卖多卖少了。

侯翠娟：哎呀，这还不简单，分分钟的事。（拨电话）

夏莉莉：你给谁打电话，你好是有别电话呢？（音效：疑问）

侯翠娟：喂，小任。

小　任：哦，侯阿姨。

侯翠娟：你把占我车位的那个人的电话给我。

小　任：哦，侯阿姨，我刚还正想给您打电话呢。

侯翠娟：咋了吵？

小　任：刚才那个小彭给我打电话了，他说他妈那个病情，他暂时还走不了，所以你那个车位可能还得再占几天。

侯翠娟：哎呀，那你把电话给我吵。

小　任：侯阿姨，你看人家老妈病了，你就体谅一下，也别着急，也别再找人吵架了。

侯翠娟：小任，你把侯阿姨想成啥人了，我好就那么个素质！

小　任：那你要他电话干吗？

侯翠娟：我帮他卖西瓜！（掌声，笑声，音乐转场）

（小区停车场）

侯翠娟：（打电话）好好好，我知道了，你放心，这个摊摊交给我了。来来来，开卖，就我说的那个价，4块钱一斤。

小　陈：莉莉嫂子，你脑子好使，你就收钱哦。

侯翠娟：不用啦，说是靠这个驾驶室，车拐拐子有个二维码。哦，这不是嘛。谁买了瓜这么一扫，钱就直接到小彭的荷包里了。

夏莉莉：哎，这个方便。

侯翠娟：小陈，把这个瓜给我抱下来，称称几斤。（搬东西声）

小　陈：哦，侯姐姐，差一点点10斤。

侯翠娟：就算10斤，一个40，3个120，好，我先给他转一笔。

夏莉莉：不是，小侯，你这是干啥呢？

侯翠娟：我不是抱了别两个瓜么，80，我的意思是，我出钱再买一个切

开，让大家尝个鲜，一尝甜得很，不就都买了嘛，卖得快。（音效：赞同）

小　陈：侯姐姐，我发现你不干就不干，一干竟干的是大事！（掌声，笑声，音乐转场）

（小区停车场）

侯翠娟：来来来！举世无双的“麒麟一包糖”，不吃不知道，一吃忘不掉，快来买，晚了就没有啦！（音效：大笑声）

小　宋：哦，侯姐，你这个瓜切开卖不？

侯翠娟：大热的天你切上半拉子西瓜好是能够吃呢，再说西瓜也放不坏，你抱上两个回去就完了嘛，就当支持下你侯姐的生意，能咋呢嘛！

小　宋：那行，那就给我称一个吧。

侯翠娟：哎，这不就对了嘛。小陈，称瓜。

小　陈：哦。

老　赵：侯姐姐，要不我和小宋分一个。

侯翠娟：老赵啊老赵，你还算是个男人。小陈，给他称一个，有啥意见没？

老　赵：哦，没有。称吧。（音效：怪笑）

侯翠娟：哎，小李子，快来，买上两个瓜抱上。

小　李：侯姐姐，你这干啥着呢？

侯翠娟：卖瓜着呢吵。买上两个瓜抱上去。

小　李：我家里面还有呢。小雅昨天买了半个瓜，还没吃完呢。

侯翠娟：西瓜又放不坏，这不是一般的西瓜，这是爱心西瓜。

小　李：啥叫个爱心西瓜？

侯翠娟：哎哟，我这阵子忙的么，没工夫给你解释，明天再给你说哦。小陈，给他抱上两个称上。

小　陈：哦。

侯翠娟：哎，给你便宜点，两个80块钱拿走。

小　李：哦，行行行，侯姐姐创业么，我还有啥说的呢，咋也支持一下呢么，称上称上。

陈爷爷：哎哟，小侯，你这是干啥着呢？

侯翠娟：陈爷爷，我正要找你呢，来买瓜。

陈爷爷：买，买瓜？

侯翠娟：嗯，西瓜补钙呀，你多闹上几个。你要搬不上去，我让小李子帮你背上去。

陈爷爷：那，你这个瓜咋卖着呢吵？

侯翠娟：不贵，一斤4块。

陈爷爷：啊？4块呢！哎呀，小侯，你这价有些子悬啊，这就别说的宰的就是熟人么。（音效：怪笑声）

侯翠娟：陈爷爷，西瓜的品种很多，这个是最顶尖的，你肯定都没吃过。

陈爷爷：哎哟，不就是个西瓜嘛。

侯翠娟：西瓜和西瓜还不一样呢。

陈爷爷：咋不一样吵？

侯翠娟：哎呀，你土都埋到下巴底下了，你有啥舍不得么，专挑那个好的吃，你留上那么多钱干啥呢？等你腿一蹬、眼一闭，再想吃，只能让你们女儿给你烧去啦。（音效：起哄）

陈爷爷：哎呀，这听你说的，这瓜我要是不买，我怕是就走了。

侯翠娟：这个，不好说。反正你这个年纪，有今无明儿的。

陈爷爷：你，你才有今无明儿。

夏莉莉：哎呀，小侯，你看，我刚才在小区这些微信群里面发了一下卖瓜的信息，订购的人特别多。哎，你看看看。

侯翠娟：哇塞！莉莉嫂子，你太厉害了！哈哈哈哈！

夏莉莉：问题是，你看，别这几个年纪大的说是能不能给别送了上去，别抱不动嘛。

侯翠娟：哎，帮人帮到底，只能让我们刘星受些子委屈了。

夏莉莉：啥意思？

侯翠娟：蛇皮袋子扛上，挨家送去。哎，陈爷爷，愣啥神呢，你要不买，你就把路让开。

陈爷爷：哎哟，你那么歪干啥呢。

小　陈：哎，陈爷爷，这个瓜不是侯姐姐的，是四楼那个小彭的，他妈病危了，侯姐姐怕瓜坏了，就在这点帮忙着呢。

陈爷爷：哦，是这么个，闹了半天是做好事着呢，你总早说呢嘛。来，我也买上三个。

侯翠娟：哎，这不就对了。买了爱心瓜，心里乐开花！（掌声、笑声）

扫码收听

微广播剧《最美宁夏人》

20集系列微广播剧《最美宁夏人》是宁夏回族自治区成立60周年的献礼作品。以历年获得“感动宁夏人物”、“最美人物”和道德模范为原型，讲述宁夏故事，传递宁夏声音。作为制片人、编剧、导演，笔者与创作团队走遍了全区5个地级市，行程3000多公里，对每位先进人物进行了面对面的采访，挖掘展现其人性的光辉。

作品获得2018网络公益年度优秀传播项目奖。其中《一个人，两个家》获第十九届中国广播剧研究会广播剧专家评析微剧一等作品、2019年宁夏广播电视政府奖广播单本剧类三等奖。

一个人，两个家

《一个人，两个家》讲述了石嘴山市煤矿工人高继堂几十年如一日照顾工友王怀亮一家的感人故事。该剧充分挖掘事实之“真”与艺术之“美”，将新闻性和艺术性有机结合，展现了人物的光辉形象，自然亲切，感人至深，催人泪下，弘扬了主旋律和社会正能量。

人物：

高继堂：故事主人公，石嘴山矿务局矿工。

吴玉英：高继堂的妻子。

王怀亮：因工伤瘫痪在床的高继堂的工友。

白　婶：王怀亮的邻居。

女　儿：高继堂的女儿。

小　梅：王怀亮的女儿。

（音乐起，压混，出“最美人物”王怀亮女儿王玉梅原声：如果没有高叔，我们这个家早就散了，高叔比我的亲妈亲爸还要亲！他不求索取，不为回报，用30年的爱和信念的坚守为我们这个多灾多难的家竖起了一把遮风挡雨的墙）

（现在，除夕夜，高继堂家屋外鞭炮声，屋内欢笑声，电视里播放着春节联欢晚会）

采访高继堂

高继堂：老伴。

吴玉英：咋啦？

高继堂：饺子里头别忘了包几个硬币啊，老话说得好，谁能吃上谁有福！

女　儿：爸，您就放心吧，我妈早都包进去啦！

吴玉英：就是，你就好好地看你的电视吧！

女　儿：（门铃声）哎！估计是我王大爷！

吴玉英：快去开门！

女　儿：嗯，（开门声）王大爷，过年好！

王怀亮：好好，他高叔高婶过年好啊！（众人互问过年好）

高继堂：酒和菜都准备好啦，饺子都包好了，就等你们了，来，上桌，全家人吃年夜饭！

（转场音效）

王怀亮：他高叔，老规矩，大家碰完杯，我得先敬你一个，来，干了！（碰杯声）

高继堂：好，干！（喝酒声）今天是年三十，咱两家人又聚到一起了喽，哎呀，真好呀！

吴玉英：好好好，别光顾着说话，拿筷子吃菜。

王怀亮：时间过得真快呀！转眼都四十年过去了。一到年三十，我就想起你第一次到我们家的那个情景。

（闪回：30多年前，王怀亮家）

王怀亮：（婴儿的哭声，哽咽）白婶，看在邻居的份上，你就给孩子们找个人家吧！

白　婶：哎哟，怀亮，这大过年的你咋说这话呀！

王怀亮：唉，你看我这个样子，瘫在床上，孩子的妈又出车祸没了，这四个孩子，大的9岁，小的才7个月，我——（叹气声）

白　婶：（推门声）你是？

高继堂：哦，我是怀亮大哥的同事，矿上派俺来照顾他的。

白　婶：哎哟，太好了，真是屋漏偏逢连阴雨呀，这日子都没法过啦！哎，到点了，怀亮，我得上班去了。

王怀亮：那事就拜托你啦！

白　婶：好，回头再说吧。（离去脚步声，关门声）

高继堂：有啥事？我来了，我干呗。

王怀亮：不、不……不是，我，我这个废人，没法养活孩子们，我……我准备把他们送出去！

高继堂：（孩子的哭声）啊？这可不行，使不得呀！孩子们刚刚没了娘，不能没有爹呀！（哄孩子）啊，别哭别哭，别哭啊。

王怀亮：要我这个爹有啥用呀！我不能拖累他们。（哭泣）

高继堂：不中，你不能这么干！有我呢，我一定照顾好你们一家，绝对不能让你和孩子分开！（闪回结束）

（现在，除夕夜，高继堂家）

女　儿：爸，从那天起，您就有了两个家？

高继堂：嗯。

王怀亮：打那天起呀，你爸就给我们家这四个爹瘫、娘死的孩子当上了"妈"，这一当就是30年哪！

（闪回：30年前夜晚，王怀亮家，高继堂哄孩子睡觉）

王怀亮：继堂呀，抱过来我哄吧，你早点歇着。

高继堂：嘘，睡着啦，我把他放下。小梅今天在学校把衣服刮破了，我得赶紧给她补上，你先睡吧。

王怀亮：继堂，我，我——（哽咽）

高继堂：（惊奇）又咋啦？

王怀亮：你这白天挑水、做饭、洗衣服，送孩子上学，还得陪我上医院看病、拿药，晚上还不得闲，半夜得给小四喂奶、换尿布，给我翻身揉背。你看，这不到一个月，你人都瘦了一圈，眼

圈都熬黑了。

高继堂：哎呀，别说了，别说了。

王怀亮：我这心里过意不去呀！

高继堂：怀亮大哥，你咋又跟我客气上了，我不是都说了嘛，咱们两个人那就是一家人！行啦，行啦，先睡吧！

王怀亮：可是，这么下去你身体也受不了啊！

高继堂：我年轻力壮的，我能扛住！哦，我正想跟你商量个事哩。

王怀亮：啥事？

高继堂：我想把小四送回俺老家，让你弟妹给带着。

王怀亮：啊？

高继堂：小四和俺家老三差不多大，孩子送回去能吃上奶。孩子太小了，我这个大男人，笨手笨脚的。

王怀亮：那敢情好，可是弟妹一个人带着仨孩子，还种地，已经够忙乎的了，再把小四送去，我怕——

高继堂：没事，没事，就这么定了！这样我也可以腾出精力来更好地照顾你和几个大点儿的孩子呀。（婴儿的啼哭声）哦，醒了，醒了，不哭不哭，高叔叔给你冲奶粉去。（冲奶声）怀亮大哥，你先睡，喂完奶我就给俺老家写信！

（音乐起，压混）

高继堂：（旁白）玉英，我知道你在老家担子已经够重啦了，可怀亮大哥家境遇凄凉，我必须照顾好他和孩子们。问题是带吃奶的孩子我还真不行，所以你得帮我一把。他家的钱每个月都不够花，我得贴补点儿，从这个月开始，我给家里寄的钱会少一点儿，你省着花吧。哦，还有眼看着就入冬了，孩子们还没有棉鞋呢，你把给咱家孩子准备的棉鞋先寄来，你再给他们做——

（音乐渐隐，闪回结束）

（现在，除夕夜，高继堂家）

高继堂：哎呀，这些事你还记着呢？记性可真好！

王怀亮：咋能不记得呢！这辈子我都忘不了啊！

吴玉英：哎，人一老啊，就年轻时候的事记得最清楚。我带着孩子刚从老家来的那些事儿，想起来就像昨天发生的事儿一样。

（闪回：30年前，王怀亮家厨房，高继堂妻子吴玉英准备做饭）

小　梅：高婶，高婶，我想吃面条！

吴玉英：行，高婶今天给你擀面条吃。

小　梅：哦，吃面条啰！（离开的脚步声）

吴玉英：去给你爸端杯水，让他把药吃了。

小　梅：好！

白　婶：（脚步声）哎哟，继堂媳妇过来啦。

吴玉英：（洗菜声）啊，白婶，我过来帮着做饭。

白　婶：嗨，以前是你们家继堂没日没夜地在这，现在你们两人都忙活上了。

吴玉英：俩人总比一个人强，我过来了继堂就可以上班去了。

白　婶：对呀，你们家继堂不容易呀！你说说，这拿铁锹、镐头的大手，愣是学会了给孩子们剪头发、扎辫子、缝衣服。每次吃饭都是等孩子们吃饱了他才随便扒拉几口。哦，上次我在菜市场碰见你们家继堂了，捂着个脸捡人家不要的菜叶子、西红柿哪。

吴玉英：他面皮薄，可怀亮大哥家的生活费实在不够用呀！

白　婶：我听说继堂把粮食关系也转过来啦？

吴玉英：嗯，粮食不够吃，这样粮本上节约的存粮就能够补贴给他们了。

白　婶：那你们家孩子也不少呀，这从老家一过来肯定不够了吧？

吴玉英：继堂说了，先紧着没妈的孩子吃饱，我们呢，再想办法。（冲门口）小梅，面条擀好了，等会一下就能吃了啊！

小　梅：好。

吴玉英：白婶，我得走了，得回家赶紧做饭去！（脚步声）

白　婶：哎，好！（望着背影）哎呀，这两口子，好人哪！（闪回结束）

（现在，除夕夜，高继堂家，王怀亮和小梅的哽咽声）

高继堂：哎呀，这大过年的咋还哭上了？

小　梅：你为我们付出太多了，我们长大了，您和我高婶也老了。

高继堂：哎，人不老那不成妖精了！哈哈，你看现在日子多好，你们都成家立业啦，你爸身体也越来越好啦，高叔高婶觉着这30年没有白辛苦，我们觉得幸福、满足！

吴玉英：就是，就是。

高继堂：来来，咱们再碰一杯，祝咱们两家人快乐、平安，日子越过越红火！

（碰杯声、鞭炮声、新年的钟声、祝福声，歌声扬起，渐弱）

林海之子

《林海之子》以六盘山国家级自然保护区护林员蒙旺平为故事人物，讲述了蒙旺平面对艰苦、危险的工作和生活环境，耐得住寂寞，守得住清贫，坚守护林一线，用生命守护祖国绿水青山的故事，彰显了一名普通的大山之子对祖国的热爱。

人物：

蒙旺平：42岁，六盘山国家级自然保护区护林员。

小　白：22岁，蒙旺平的同事，上岗不久的护林员。

偷猎者甲：30多岁。

偷猎者乙：30多岁。

妻　子：38岁，蒙旺平的妻子。

女　儿：8岁，蒙旺平女儿。

（寂静的六盘山林区，风吹树叶的沙沙声，鸟鸣声，脚踩树叶声，行走声，突然一声枪响，脚步声停止）

蒙旺平：偷猎的！快！

小　白：唉！

（紧张的音乐起，压混，两人快速朝枪响的地方跑去，杂乱的脚步声和

喘气声，溪水流淌声）

蒙旺平：（边跑边喊）小心脚底！

小　白：哦。

蒙旺平：听枪声，应该在那边。往哪跑？站住！

偷猎甲：（喘着气停住脚步）哎，河！过不去了！

偷猎乙：你……你们是干啥的？

蒙旺平：我们……我们是护林员，自然保护区不许猎杀野生动物。

偷猎甲：多管闲事！

小　白：制止盗伐和偷猎、排除火灾隐患是我们的职责。

偷猎乙：别理他们，走！

蒙旺平：站住，按照规定你们要上交枪支！（上前的脚步声）

小　白：拿来！

偷猎甲：干啥？放开。（争抢枪支）鱼死网破，抄家伙，上！

蒙旺平：哎，你们干啥？（四人打斗起来，突然发现偷猎者拿斧子砍向小白）小白！小心斧子！

小　白：（后背被砍中）哎呀！

蒙旺平：小白——（要去救小白，偷猎者从背后用枪托猛击蒙旺平头部）

小　白：后头！

偷猎甲：去你的。

蒙旺平：（“噗”的一声）啊！（蒙旺平被砸晕过去）

（紧张的音乐扬起，渐弱）

《林海之子》海报与工作照

（医院病房内，监测仪器声）

妻　子：这护林员咱不当了！

蒙旺平：为啥？

妻　子：一年到头回不了家不说，天天巡山又苦又累，还得罪人。（蒙旺平电话铃声响起）

蒙旺平：（接电话）喂！哦，李书记，好多了！啊，换岗？哦，行，好，没问题！再见。（挂电话）

妻　子：讨厌！你都同意换岗了，还跟我卖关子！

蒙旺平：李书记说把我调到牛头沟林场去！

妻　子：（一愣）啥？牛头沟，咋越换越远啦，不去！

蒙旺平：哎呀，那边人口分散、防火任务重，这个硬骨头还得交给我。

妻　子：就你能，是吧！你想过我和孩子吗？十几年了，你陪我们的时间加起来有一年吗？

蒙旺平：唉，这些年让你受苦了。你难产的时候，我在山上；你有病住院，我又不在身边，我——

妻　子：我吃苦受累就不说了，太危险了呀。上次就让偷树的打了个半死，这次人家手里拿的是枪呀！幸亏拿枪托砸的，要是——（哽咽）

蒙旺平：护林是危险，正因为偷树的打聋了爷爷的耳朵，打断了我爸的三条肋骨，我才要当护林员。我是大山的儿子，林区就是我的家呀。

（音乐起，渐弱）

（六盘山林区，蒙旺平和小白边巡山边聊天）

小　白：师傅，你刚当上护林员的时候晚上巡山怕不怕？

蒙旺平：怕呀，但是日子长了，觉得那些动物就像朋友一样了。小白，当护林员一定要耐得住寂寞，心慌了，吼上几嗓子，和树木花草说说话，要把自己当成山里的一棵树。

小　白：一棵树？

蒙旺平：对。哎，快到清明节了，咱得给坟地主人提前打电话，上坟的时候，咱们在坟头旁边给他用砖砌一个烧纸的池子，等他们烧完了，咱们灭了火才能走。

小　白：哦，怪不得你管的林区零火灾，原来是有防火秘籍呀！

蒙旺平：（笑笑）来，咱们吼两嗓子。

（两人的笑声，“嗨——我们来了”的回声）

（护林点屋内，蒙旺平正在做饭，电话铃声响起，接电话）

蒙旺平：喂！

女　儿：爸爸！

蒙旺平：哎！

女　儿：你说好今年回家过年的，说话不算数！

蒙旺平：哦，爸爸的同事是新来的，特别想家，所以，我就留在山上啦。

女　儿：奶奶和妈妈刚才想你都掉眼泪了，你不想我们吗？

蒙旺平：（沉默）想——（哽咽）

女　儿：那山上有年夜饭吗？

蒙旺平：没有，爸爸正在煮挂面呢！

女　儿：那有春节联欢晚会吗？有鞭炮吗？

蒙旺平：没有。山上只有风声，你听——（听筒里“呼呼”的山风）

女　儿：呀，我听到了，爸爸，你听——

（鞭炮声，歌声扬起，渐弱）

扫码收听

微广播剧《甜蜜的惊喜》

一场大雪过后，冬日的银川格外寒冷，一家甜品店店主的爱心之举动却温暖了这座城市，温暖了全国……

痕迹

人物：

辛师傅：40多岁，外卖骑手，老实厚道。

温老板：30多岁。

妻　子：40多岁，辛师傅妻子。

女　儿：8岁，辛师傅女儿。

顾客。

（居民楼楼道里，开门声）

辛师傅：您好，您的外卖。

顾　客：（边接边说）哦，谢谢！

辛师傅：不客气，祝您用餐愉快！

（傍晚，冬日风声，雪天行走脚步声和喘气声，手机铃响）

辛师傅：（接电话）喂——

温老板：辛师傅，您好，我是欧麦蛋糕店的老板，我姓温。

辛师傅：姓温？

（闪回：音乐压混，辛师傅推门进蛋糕店）

温老板：师傅，取餐吗？

辛师傅：（冻得直搓手）啊！我这个手机冻死机了，顾客信息也看不到了。

温老板：哦，那你正好在店里暖和暖和，等手机好了再送吧。

辛师傅：哎，好好好。

温老板：（倒水）来，您先坐会儿，我给您倒杯热水。

辛师傅：（感动）好，谢谢啊！

温老板：给您。（看到手）哎呀，您这手都冻红啦。

辛师傅：啊，今天突然下雪降温，没戴厚手套。

温老板：哦。我……我能给您拍张照片吗？

辛师傅：啊？

温老板：哦，我只拍您的手。

辛师傅：那，那你拍吧，就是我这手又粗又黑的，净是口子，冻成这样，太难看了。

温老板：（用手机拍照）啊，我没别的意思，就是觉得从这双手能看到你们的辛苦和付出。

辛师傅：哦。（脚步声）哎呀，这蛋糕真好看！我女儿最喜欢花仙子了。

温老板：是吗？

辛师傅：啊，今天是她的生日。这个多少钱呀？

温老板：198。

采访人物原型
——蛋糕店店主

辛师傅：（愣了一下）啊，这么贵！

温老板：嗯，这样吧，您下班过来找我，我给您打折。我是这儿的老板，我姓温。

（闪回结束）

辛师傅：啊，想起来了。（犹豫）温老板，有事吗？

温老板：麻烦您下班到我们店里来一趟。

辛师傅：（意外）啊？是不是中午我送的那单有什么问题？

温老板：（犹豫一下）嗯——

辛师傅：不应该呀，那个顾客给我五星好评了呀。

温老板：您过来再说吧。

辛师傅：（情绪低落）哦，那好吧。（风声起）

（傍晚，蛋糕店门口，辛师傅手机响，接电话）

妻　子：喂，你到哪儿了？

辛师傅：还没往回走呢。

妻　子：啊？那会不就送完了吗？

辛师傅：（支吾）唉，中午的一单有点儿问题，店里让我过去一趟。

妻　子：（担心）怎么回事呀？

辛师傅：没事没事，你们俩先吃，处理完我就回去。

妻　子：那你快点啊，孩子等着哪。

辛师傅：哦，好。

（家里，敲门声）

妻　子：（在屋里问）谁呀？

辛师傅：我！开门！

女　儿：（惊喜）是爸爸！（跑过来开门）

妻　子：哎，这么快！（开门声）

女　儿：爸爸！

辛师傅：（两手提着蛋糕袋子）哎！

妻　子：这买的什么呀？大包小包的。

辛师傅：（把东西放在桌子上）来来来，打开看看！（拿出东西）

女　儿：（惊奇）哇，蛋糕，生日蛋糕！

辛师傅：还有哪！（继续拿）

女　儿：（惊喜）杧果布丁、菠萝包、提拉米苏、甜甜圈，哇，还有我最爱喝的奶茶！

妻　子：（埋怨）哎，不是说好了买个小的意思一下吗？这得花多少钱呀！

辛师傅：嗨，这不是我买的。

（闪回：蛋糕店内温馨的音乐，压混）

辛师傅：（怯怯地问）温老板，那单子怎么了呀？

温老板：（笑）单子没问题，我是让您来把给孩子准备的生日礼物带回去！

辛师傅：（意外）啊？

温老板：我把你的照片发到朋友圈了。（回声效果，朋友圈文字：这是

快递员的手，手机也冻死机了，倒一杯热水，让他在店里暖和一会儿，缓过劲马上出发送货去了。他想给女儿买生日蛋糕，问了价，没舍得买。回声结束）你看，才几分钟，就有好多顾客评论了。

顾　客：帮我给孩子送个蛋糕，再给师傅来杯热饮，钱直接从我卡上扣。给师傅众筹一个蛋糕。红包已经私信发给你了，收！

辛师傅：（音乐渐入）哎呀，这么多人。

温老板：是呀，我也没有想到，太让人感动了。

辛师傅：哦，心意我领了，可是东西，我不能拿。

温老板：其实，中午我就想好要给孩子送个蛋糕，怕您不好意思接受，就说来了给您优惠。顾客的红包我没收，但这份心意我要替大家尽到，一定要把这份甜蜜的惊喜带给孩子！

辛师傅：（感动得哽咽）谢谢！

温老板：生活不易，但总会有一份甜蜜温暖我们。

（音乐渐弱，闪回结束。《生日快乐》歌曲起，压混）

辛师傅：来，宝贝，许个愿！

女　儿：嗯。（许愿回声效果）祝愿爸爸、妈妈和我，还有所有的人幸福、快乐！

（《生日快乐》歌声扬起，渐弱）

扫码收看

微电影《迷途》

《迷途》是笔者于2015年跨界创作的第一部微电影，由笔者自编、自导、自演。演吸毒者极具挑战性，笔者曾深入戒毒所体验生活，观看一些与吸毒有关的影视剧作品，经过多方准备，再加上化妆师丹丹的神来之笔，观众的评价是“跟真的一样”。

作品讲述的是事业有成、家庭幸福的餐厅老板慧慧被人引诱染上了毒瘾，家中财产被挥霍一空，丈夫遭遇车祸致残，深刻领悟毒品之害的她迷途知返的故事。2015年《迷途》获宁夏首届禁毒微视频大赛一等奖。

人物：

侯　慧：30多岁，餐厅老板，后吸食毒品。

大　刚：30多岁，侯慧丈夫。
慧慧妈：60多岁。
童　童：8岁，侯慧女儿。
锤　哥：40多岁，毒贩。
女朋友：20多岁，锤哥女朋友。
娜　娜：40多岁，锤哥帮凶。
薛队长：40岁，戒毒所干部。
教　官：30多岁，戒毒所警察。

（餐厅包间）

锤　哥：（扇慧慧一耳光）说，欠我的包子钱什么时候还？

慧　慧：（哭泣）锤哥，我现在没钱，等我把餐厅转让了，我一定把钱还给你。

锤　哥：不用那么麻烦了。转让合同，签字吧！

慧　慧：（看合同，吃惊）这、这也太少了吧，我的餐厅生意挺好的。

《迷途》海报

锤　哥：（恶狠狠）好个屁，那是以前了，现在你看看是什么情况，离关门不远了。

女朋友：哎呀，锤哥别生气啦。

锤　哥：（不耐烦地看着慧慧）行行行，再给她两个“包子”。

女朋友：快点签吧。

锤　哥：（凶狠）签！（慧慧无奈地签字）

（慧慧家楼下）

大　刚：（拉着行李箱，接听电话）喂，妈。

慧慧妈：（坐在沙发上打电话）大刚吗？你学习回来了没有？

大　刚：哦，我刚下飞机，还没到家呢。

慧慧妈：你最近几天跟慧慧有联系吗？

大　刚：嗯，怎么了？

慧慧妈：（着急）哎呀，她不接电话，两个多礼拜都没回来啦。

大　刚：哦，也许店里比较忙吧，还要接送童童，没有时间。这样吧，妈，明天哪，我们去看您，好吗？

慧慧妈：（开心）哦，行。

大　刚：好，妈妈，再见！

（家门口，童童背着书包睡着了，大刚上楼看到急忙放下箱子）

大　刚：童童，童童。

童　童：（睡眼蒙眬醒来）爸爸！

大　刚：（心疼的）你怎么在这儿啊，妈妈呢？

童　童：妈妈没来接我，学校门口就剩我一个人了，我就自己回来了。爸爸，我好饿。

大　刚：那咱们回家吧，回家吃饭啊。（两人回家）

（慧慧家，大刚给睡着的童童盖好被子，到客厅焦急地打电话，无人接听。夜深了，大刚靠在沙发上迷迷糊糊地睡着了。慧慧回到家）

大　刚：（惊醒，质问）你去哪儿了？你为什么不接电话？

慧　慧：（惊慌）我有事儿。

大　刚：（气愤）有什么事比去接孩子还重要？

慧　慧：（慌乱）我在餐厅忙呢。

大　刚：呵，餐厅！我刚给餐厅打过电话，餐厅服务员说你早把餐厅给我转掉了。（激动）你说，究竟发生了什么？你说呀，你说呀！

慧　慧：（一把推开）行了，我累了，明天再说。（跑向卧室）

（客厅里，大刚半夜醒来，发现毒瘾发作的慧慧在卫生间里吸毒）

大　刚：（吃惊）慧慧，你在干什么？（上前抢夺毒品，慧慧不顾一切疯狂地吸食毒品。大刚绝望地瘫坐在地上，又踉跄着坐在沙发上，开始回忆）

场景一：公园里，大刚、慧慧带着童童，一家三口快乐地享受着户外的阳光，尽情地嬉戏着。

场景二：餐厅里，精明干练的慧慧给员工正安排工作。

（大刚的回忆结束，慧慧头发蓬乱，颓废地坐在沙发上）

大　刚：慧慧，告诉我，这到底是怎么回事？

（慧慧陷入回忆中）

（歌厅包厢里，锤哥、慧慧、娜娜坐在沙发上）

慧　慧：（双眼迷离，手扶着头）我不喝了，我头都晕了。

娜　娜：锤哥的酒呀，必须喝。锤哥是大老板。锤哥，慧慧可是我最好的闺蜜，以后饭局啊，非得搁她那儿。

锤　哥：那没问题。

娜　娜：看见了吧，以后咱这生意得火死你啦。来来来，碰一杯！（三人碰杯，慧慧一副为难的样子）

锤　哥：来，碰一个。（托着慧慧的酒杯）喝喝喝，哎，对，喝完喝完喝完。（慧慧无奈地喝完，娜娜拿出毒品，用打火机点燃）

慧　慧：（惊奇）娜娜，你……

锤　哥：（若无其事）没事，玩呗。

慧　慧：（害怕，欲起身）我先走了，我女儿还在家呢。

锤　哥：（和娜娜一把按住慧慧）待会待会，别着急。

娜　娜：（一副享受的样子）爽啊！慧慧，你说咱挣钱图什么啊？不就是为了享受嘛！我告诉你，这玩意啊，还有一大功效呢，减肥。瞧我这身材一级棒！来，你也试试。（边说边点上毒

品，放到慧慧鼻子边）

锤　哥：试试，没事儿，一会儿就好了。

（两人按着慧慧，慧慧闭着眼睛吸了一下，迷迷糊糊地倒在沙发上，锤哥和娜娜对视一笑，点点头）

（夜晚，慧慧家，结束回忆的慧慧抱头痛哭）

大　刚：慧慧，戒了它。

慧　慧：（痛哭）我，我已经回不去了。

大　刚：能，一定能！为了童童，为了我们这个家，我们一起努力，好不好？（慧慧点点头，痛哭）

《迷途》剧照

（慧慧家，慧慧毒瘾发作，在床上呻吟、打滚）

大　刚：（安抚）慧慧，慧慧，坚持住啊！咱们坚持住。

慧　慧：（面目狰狞）不，让我再吸一口，再给我一口！

大　刚：慧慧，要不咱们去戒毒所吧！好吗？

慧　慧：（一把推开大刚）我不去，我不去！（拿起勺子）你要去我就死给你看。

大　刚：（安抚）好好好，不去，慧慧，那你先吃点药啊，你先吃了药安静地睡一会儿啊。（喂药。慧慧喝药，痛苦地呻吟、挣扎）

（慧慧家）

大　刚：（大刚在餐桌上摆好饭菜，冲卧室喊）慧慧，吃饭啦。（见无人应答，推开卧室门，慧慧已不见踪影）

（慧慧妈家）

慧慧妈：（打电话）大刚。

大　刚：啊，妈，是我。

慧慧妈：（着急）刚才慧慧把你放在家里的房产证拿走了。

大　刚：啊？我不是都跟您说了嘛，谁都不能给啊。

慧慧妈：（吃惊）哎呀，你不知道，她说是你让她来拿的呀！

大　刚：妈。

慧慧妈：（焦急）你们怎么了，大刚啊，跟妈说实话，听见了没有？

大　刚：唉！妈，我还是回去再跟你说吧。

（街头）

大　刚：（在街边焦急地打电话）我所有的办法都已经想过了，也报警了，没有办法，他们说找不到这个人。现在只能拜托你了，帮我找到慧慧，好吗？我求您了，谢谢谢谢！（一辆轿车从远处驶来。突然发现马路对面一女子很像慧慧）慧慧！慧慧！（跑向马路对面，被轿车撞倒，惨叫）啊——

（慧慧妈家，慧慧毒瘾发作，准备吸食毒品。慧慧妈回来）

慧慧妈：（吃惊）啊？你咋又吸上了！（冲到慧慧身边）你答应妈妈不吸了，你不能再吸了。

慧　慧：（痛哭）妈，我戒不掉它。

慧慧妈：慧慧，你别吸了！（阻拦）哎哟，别吸了慧慧。你听妈妈的话，妈妈求你了，我给你跪下啦。（慧慧妈跪下）别吸了，再别吸了，慧慧呀，它害得你还不够苦吗？好端端的一个家都没了，餐厅没了，房子没了，大刚还在医院里，童童才8岁呀。（慧慧起身冲进卫生间）

慧慧妈：（追到卫生间门口，敲门哀求）慧慧，开门啊，别吸了，别吸了，快开门，开门啊！（卫生间内没有动静，绝望地回到客厅坐到沙发上，犹豫再三拨打了110）

（戒毒所，坐着轮椅的大刚被童童推到探访接待室）

慧　慧：（来到办公室门口）报告，学员侯慧前来报到。

薛队长：请进。侯慧，坐那儿。

慧　慧：是。（规矩地坐下）

薛队长：侯慧，了解你最近一段时间表现不错，各项评估分都很高，希望再接再厉。生活中如果有什么困难，可以向我反映。在班里和其他学员搞好团结，用你的快乐去感染其他人，开心矫治每一天。

慧　慧：是。

教　官：（一名教官走进来）薛队，侯慧家属接见。

薛队长：正常接见。

教　官：是。

（慧慧与教官来到接待室）

慧　慧：（看到丈夫和女儿，冲过去隔着玻璃哽咽着）童童！

童　童：（哭泣）妈妈，妈妈你什么时候回来呀？

慧　慧：（痛哭）童童，妈妈想你。

童　童：我也想妈妈。

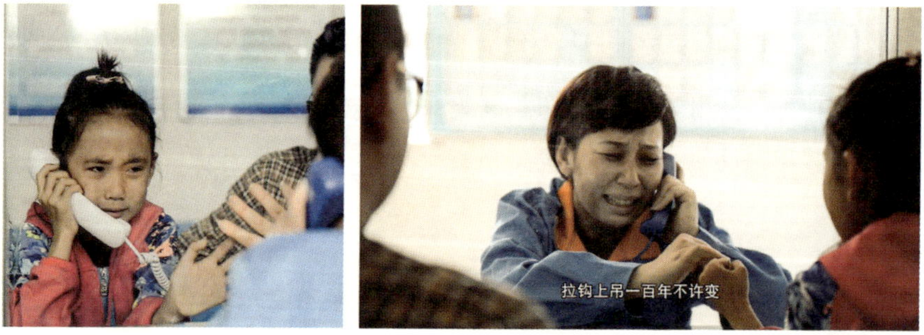

《迷途》剧照

大　刚：童童，等妈妈病好了，咱们一起回家去。

童　童：（看着妈妈）真的吗？

慧　慧：（哭着点头）真的，真的。

童　童：妈妈我们拉钩上吊吧？

慧　慧：拉钩上吊。（两人隔玻璃窗痛哭）拉钩上吊，一百年不许变。

童　童：（泪流满面）拉钩上吊，一百年不许变。

（两人流泪重复“拉钩上吊一百年不许变”……叠加一家三口幸福生活的画面）

扫码收看

微电影《寻找》

《寻找》是笔者2016年根据真实故事改编创作的一部微电影，讲述一对从新疆到银川的老夫妇，在一群热心人的帮助下，经过艰难寻找，最终如愿找到老师的感人故事。

一波三折的寻找过程、贯穿始终的悬念、明暗两条主线以及多个场景的合理转换，在有限的篇幅内运用蒙太奇手法，塑造了一系列友善诚信、充满爱心和正能量的群体和个体形象。作品获中宣部宣教局社会主义核心价值观主题微电影征集三等优秀作品奖。

人物表：

魏新安：60岁，从新疆到银川寻找老师的癌症患者。

孙思萍：60岁，魏新安妻子。

张乐伟：70多岁，魏新安和孙思萍老师。

许记者：30多岁，交通广播记者。

总　监：45岁，交通广播总监。

男主持人：30多岁，交通广播主持人。

女主持人：30岁，交通广播主持人。

记　者：20多岁。

导　播：30岁，交通广播导播。

老太太：70岁。

的　哥：40岁。

修鞋人：60多岁。

小孙女：9岁，修鞋人孙女。

顾　客：30多岁，修鞋摊顾客。

女同学：9岁，魏新安幼年同学。

同学妈妈：30多岁。

警　察：30多岁。
幼年魏新安：10岁。
青年张乐伟：20多岁。

（银川某老旧居民区拆迁工地，孙思萍搀着手拿纸条的魏新安来到废墟前，两人看着眼前的情景，一脸失望）

孙思萍：（自言自语）又白来了！回吧！

魏新安：不，找不着，我死都不回！

（行驶的出租车上，收音机里传来直播节目声，后排座上的魏新安剧烈地咳嗽，孙思萍急忙给他拍背）

的　哥：（拿出矿泉水递过去）来，老爷子，喝口水吧！（魏新安喝水，孙思萍从包里拿出药递给他）

孙思萍：哦，谢谢。你说这么大的银川，朝哪儿去找啊！

的　哥：您要找谁呀？给我说，我是银川市的“活地图”。

孙思萍：我……我们是从新疆来找老师的，五十年也没联系了，只知道名字。

的　哥：哎呀，那就不太好找。（收音机里传来《984找到啦》的片花声，高兴地喊）哎，有了！

（直播间内主持人正在直播，导播接电话，迅速做记录安排播出）

（画外音：《984找到啦》寻物启事播出。一组镜头切换）

男主持人：朋友们，这个时段的《984找到啦》我们首先来关注一条特别的寻人启事。（声音压混）新疆的魏新安、孙思萍夫妇来银川寻找分别五十年的老师张乐伟。张老师今年已经七十多岁了，五十年前他在新疆教过书。

女主持人：如果您认识名叫张乐伟的老人，请尽快和我们宁夏交通广播联系，我们的电话是0951-5117122，5117222。

镜头一：出租车上，魏新安、孙思萍和的哥听到后露出欣慰的表情。

镜头二：导播急匆匆赶到总监办公室向总监汇报情况……

镜头三：街头一角的修鞋摊上，修鞋老人和顾客在听收音机。

镜头四：正在写稿子的记者接通电话，之后，立刻起身赶往总监办公室，总监布置任务，记者急匆匆出发。

（直播间内主持人直播，读微信，接听热线）

男主持人：听众朋友们，刚才，我们的寻人启事播出之后，有很多热心的听众纷纷给我们提供线索或者是出谋划策。

女主持人：微信好友“风雨无阻”说，可以先去派出所或者是教育部门查一查，这位听众朋友还跟我们想到一块去了。（一组记者奔走在街头，和在教育部门和公安局查询的镜头，主持人声音压混）

男主持人：朋友们此时此刻，我们的记者已经兵分两路，其中一路带着两位老人赶往公安部门去查找户籍档案，另外一路奔赴教育部门去查找人事档案，我们特别希望能够尽快地寻找到张乐伟老师。下面我们来接听一路热线。您好！

（修鞋摊上，收音机里传来直播节目声）

听　众：哎，主持人，我能帮你们找到张乐伟，七十多，当老师的。

男主持人：您、您认识他？

听　众：我大姑呀。

女主持人：大姑？可我们要找的张老师是个男的。

听　众：哦，对不起，是我整错了。

（修鞋老人和顾客笑笑，修鞋老人的小孙女也笑了）

小孙女：爷爷，收音机里面找你。

顾　客：人家找的是个老师，肯定不是你爷爷！

（导播间电话铃声响）

导　播：（导播接起电话）喂，凯文。

总　监：（总监接过电话）喂！凯文。

男记者：（在教育局档案室）周总，时间太长了，教育系统的档案中没有查到张老师的资料。

总　监：你再了解一下档案会不会保存在别的地方了，有消息尽快回电话。（紧接着拨打电话）小许，你那边有消息了吗？

许记者：（在派出所门口）查到了，银川市叫张乐伟的现在有28位，经过核对符合特征的有两位，我们现在正准备按照查询到的地址

往张老师家赶呢。

总　监：好，兵分两路，抓紧核实！

（居民小区里，魏新安、孙思萍和许记者来到张老师家门口，虚弱的魏新安抬起手想敲门，又犹豫再三。回忆起往事，闪回画面：年幼的魏新安惊恐地摇摇头，抬手指向青年张乐伟。正在安慰学生家长的张乐伟满脸惊讶，被警察带走时一脸的不解与怨恨，魏新安的眼泪夺眶而出）

魏新安：（内心独白）张老师，五十年了，你……你能原谅我吗？

（闪回结束，魏新安剧烈地咳嗽）

孙思萍：要不，咱们走吧！

（魏新安摇头，抬起手敲门，一个老太太打开门）

许记者：大妈，请问这是张乐伟的家吗？

老太太：你们是？

许记者：（赶紧说）这两位是张乐伟的学生，从新疆来的。

老太太：学生？哦，那请进吧。（三个人进屋，发现屋内的物品都是一个人的）

孙思萍：（急切地问）张老师他不在家呀？

老太太：你们来晚了，他上个月走了！

（悲伤音乐起）

魏新安：走……走了？（险些摔倒，孙思萍赶紧扶住他）

老太太：（往里走到遗像前，三人跟着老太太来到了张老师的遗像前）乐伟，学生来看你了。

（魏新安走近仔细一看，发现照片上的老人并不是他的老师张乐伟。他对诧异地看着他的孙思萍摆摆手。许记者刚开口说话，魏新安急忙阻止，和孙思萍站到遗像前，深深鞠了一躬）

（记者的车上，许记者刚要发动汽车，手机传来微信消息声，打开听语音）

男记者：（微信语音）另外一位张乐伟已经找到了，你们赶紧到西门小区，我们到小区门口他的修鞋摊上会合。

魏新安：（吃惊）修鞋？（剧烈咳嗽，孙思萍赶紧从包里拿出水，让喝点水。特写：魏新安手里有咳出的血）

许记者：（大吃一惊）血——

孙思萍：（对许记者）他，肺癌晚期了。新安，咱们还是先去医院吧！

魏新安：（坚定的）不不不，先……先找人！

孙思萍：你非得搭上这条老命吗？（哭泣）

（魏新安陷入回忆）

镜头一：青年张乐伟与背着书包的幼年魏新安和女同学告别。

镜头二：幼年魏新安和女同学看到山崖上有野果，两人向上攀爬，魏新安没拉紧女同学的手，女同学跌落下去。

镜头三：女同学满脸是血地躺在地上……女同学妈妈抱着死去的女儿痛不欲生。警察追问魏新安，恐惧的魏新安摇摇头，伸手指向张乐伟。

镜头四：警察带走了张乐伟，魏新安泪水夺眶而出。（闪回结束）

孙思萍：（痛哭）你那时还是个孩子呀！这都五十年了，你为什么就放不下呀！

魏新安：（情绪失控）我害了他一辈子，这七十多岁还在路边修鞋，我不亲口对他说声对不起，我死都不能瞑目呀！

（修鞋摊上，修鞋老人正在低头修鞋。魏新安、孙思萍和许记者匆匆走来。魏新安紧张而又仔细地辨认着）

修鞋人：修鞋呢？

许记者：（蹲下）大爷，请问您是张乐伟吗？（老人点点头。刚要继续问，魏新安拍拍她，摇头表示不是，许记者站起来，三人准备离开）

拍摄现场工作照

小孙女：给我们上书法课的爷爷也叫张乐伟。（三人回头，意外地对视）

（社区活动室，修鞋老人孙女引着三人进了一社区楼）

小孙女：（边走边说）张爷爷是我们的校外辅导员，给我们上的书法班都是免费的。（指着展板上“最美银川人”的介绍）看，这就是张爷爷！“六一”还帮我们排了节目。

魏新安：（仔细地辨认，激动的）是他，就是他！（活动室，张乐伟正在指挥一群老人唱歌，看有人站在门口，老人们停止唱歌。张老师回头，魏新安一步步走近）张老师！

张乐伟：你是——

魏新安：（跪下）张老师，我对不起你啊！

张乐伟：起来起来。

镜头一：直播间。

男主持人：听众朋友们，几经周折，来自新疆的魏新安和孙思萍夫妇终于找到了和他们分别整整五十年的张乐伟老师。

女主持人：下面跟随我们的记者一起去见证这跨越了半个世纪的重逢。

镜头二：活动室，魏新安和张乐伟接受记者采访。

魏新安：老师被带走以后，我就再也没有见到他，这份愧疚伴随了我五十年。

张乐伟：五十年前，我离开学校，配合调查，警察很快闹清楚那是一场意外，紧接着我又接到了调令，没来得及和同学们告别就回到

《寻找》剧照

了宁夏，继续从事教学工作，直到退休。

镜头三：直播间

女主持人：听众朋友，此时此刻，您的心情应该跟我们一样是格外的开心，两位老人可能也没有想到，下了火车不到四个小时就已经找到了老师，完成了心愿。

男主持人：是的，朋友们，在这里我们必须要感谢，感谢我们的每一位听众朋友，感谢我们热情的朋友们，正是大家跟我们共同努力，才让我们有机会共同完成了一次最美的寻找，并且有机会来共同见证一次最美的重逢。

镜头一：出租车司机开心的表情。

镜头二：魏新安和张乐伟拥抱，开怀大笑。

镜头三：孙思萍、许记者快乐地交流。

镜头四：总监和导播击掌庆祝。

镜头五：魏新安和张乐伟再次拥抱。

（注：由于该剧视频原文件丢失，字幕中的错漏之处已无法修改，请读者谅解）

扫码收看

小品《如此浪漫》

小品《如此浪漫》为《的哥哈喜喜》剧组2017年宁夏春晚作品。本节目根据全国公安系统二级英雄模范、自治区“优秀人民警察”、宁夏回族自治区银川市公安局金凤区分局上海西路派出所阅海万家社区民警侯金知的先进事迹改编创作。

演员表：

哈喜喜：出租车司机，由江涛扮演。

夏莉莉：哈喜喜妻子，由马茵扮演。

侯警官：30岁，社区片警，由罗菲菲扮演。

涛　涛：20多岁，入室盗窃者，由周圣奉扮演。

警　察：30多岁，派出所警察，由郭振海扮演。

（哈喜喜家客厅，哈喜喜手捧一束玫瑰花，边唱边从里屋走出）

哈喜喜：（唱）你是我的玫瑰，你是我的花，你是我的爱人，是我的牵挂！（把花插入花瓶，转身对观众）天空飘来一群雁，婆姨汉子耍浪漫！大家过年好！这一年一年过得快得很，一转眼我哈喜喜二婚都十年了。去年结婚纪念日的时候，我给我们婆姨夏莉莉买了一管子口红，结果别抹上以后过敏了，嘴唇子肿得像火腿肠一样。别找后账去了，结果才知道我8块钱买的，别拿着口红一阵子就把我的脸抹成九饼了。今儿可不能出洋相。你望，红花、红酒、红蜡烛——整个一个完美！（侯警官上场，门铃响声）哎呀！婆姨回来了！我先给她来个熊抱！（躲到门旁，门开后，张开双臂往前一扑，侯警官灵活一闪）啊？侯警官！

侯警官：（惊奇）哎哟，哈师傅是您哪，您这是——

哈喜喜：我还以为是我婆姨呢，请坐，请坐。

侯警官：（看到桌上东西）哟，这是——

哈喜喜：啊，今天是我们婆姨和我十周年纪念日。

侯警官：结婚纪念日哪，那可得好好浪漫浪漫。这样，我来是想问问咱们的居民对社区的警务管理，还有片警的服务有没有什么意见？

哈喜喜：哎哟，四个字——非常满意。大家都说你建的17个微信群和11个QQ群那真是及时高效，点对点发送，零距离传导，那真是豁豁嘴吃花生——美赞油了！

侯警官：（笑）你可真幽默！（电话响）喂！

群众甲画外音：侯警官，我的餐厅来了个吃饭的，我怎么看着像你发的那个通缉犯呢，我给你发了张照片，你赶紧看看！

侯警官：好的，我马上看！（赶紧仔细看照片。到餐桌旁整理玫瑰花的哈喜喜拿着玫瑰花赶紧凑过来看）

哈喜喜：哎哟，这个家伙我好像见过。

侯警官：您见过？

哈喜喜：给，你先拿上，我仔细瞅瞅。（侯警官刚要接花，夏莉莉进门）

夏莉莉：哎哟喂——

侯警官：哦，嫂子回来了！

夏莉莉：怕回来的不是时候吧？

侯警官：你别误会——（电话铃响，接电话）喂，我看了，我也觉得可疑！这样，你先稳住他，我马上就到！（对喜喜和莉莉）我有急事先走了啊！（转身就走）

哈喜喜：侯警官，慢慢走。

夏莉莉：就这么走了？你给我回来！

哈喜喜：（赶紧上去拉住她）哎哟，你干啥呢？

夏莉莉：哈喜喜，女警察你都敢勾引呢？往小了说，你是虱子打篮球——耍大了；往大了说，这就是抱着地雷睡觉——你想挨炸呢！

哈喜喜：根本不是你想象的那样！

夏莉莉：老实交代，啥时候开始的？

哈喜喜：啥，啥叫啥时候开始的？

夏莉莉：你嘴抖啥呢？玫瑰花都送了，我再回来晚那么一点点，怕就抱上了。

哈喜喜：什么抱上了，侯警官是跟我商量社区微信平台的事来了。

夏莉莉：啊呸！放屁拉抽屉，你没个遮羞的。什么她的微信群、QQ群，我看就是方便你们勾搭的“勾勾群”。

哈喜喜：你不要血口喷人，我们说的都是正经事。

夏莉莉：正经？我今天跟你没完！（拿起玫瑰花，追打哈喜喜）

哈喜喜：（躲闪）哎哎哎，一言不合就动手，你给我站住，站住！今儿啥日子？

夏莉莉：撩妹的日子！你的世界末日！（夏莉莉撕扯花瓣）

哈喜喜：哎哟，100块钱买的玫瑰花呀！

夏莉莉：（发现桌上的首饰盒，打开）还给买的是钻戒！（开始哭）哈喜喜，你这个没良心的。（对观众）我跟他过了这么多年，从来没给我买过超过20块钱的东西。

哈喜喜：去你的吧，（赶紧解释）这就是给你买的，傻婆姨！

夏莉莉：你骗鬼去吧！（把首饰盒一扔）姑奶奶不连你过啦！（转身要走，哈喜喜上前阻拦）

哈喜喜：婆姨，俺们好好……好好说行不？

夏莉莉：说你个茄子呢！（一把将哈喜喜推倒）离婚！

哈喜喜：离就离！你吓唬谁呢！真是的。（夏莉莉哭着出去）

哈喜喜：这么个转脑子，你说说。（突然想起）坏啦！这个傻婆姨找别侯警官打捶去了！哎哟，站住！夏莉莉，不能去啊！（追出去）

（涛涛吹口哨上场，发现哈喜喜家大门敞着，探头进入）

涛　涛：门没关。有人吗？你们家门没锁！（见无人应答，兴奋起来）哈哈哈，真没人！（关上门，走到桌前）哎哟，还有酒呢！（拿起酒杯）干杯！（喝了一口）哎哟，要得好呢，还用的是“芬妮”。啥？我是谁？我就是长城公社赌不赢大队郑在涛。俺们爹这个名字没给起好呀，我只要一上麻将桌，我就一直掏，因此得名涛涛。俺们婆姨今天给钱让俺出去买个羊腿，我就想打上一场麻将，把这羊腿赢成一只羊，没想到手太臭，连个羊毛都没有了。天不绝我，这家子人没在，门没锁，这是让我过个好年的节奏。抓紧时间，赶紧捞！（开始翻东西。哈喜喜上场）

哈喜喜：（摸口袋）钥匙锁到屋里头了。（翻窗户）

涛　涛：（看到一愣）又来一个！（赶紧躲到衣架后）

哈喜喜：（翻进来，开始找戒指）哎呀，戒指呢？掉哪里了？（一直找到衣架下面。找到戒指吹吹，随手用涛涛的裤子擦灰，涛涛尖叫着跳出来）

涛　涛：嘘。

哈喜喜：（惊慌）你是谁？

涛　涛：你是专业的，我是兼职的。（夺过戒指）到底是前辈呀！

哈喜喜：（夺过来）拿来吧你。

涛　涛：哥哥，你都不知道，我今年霉透完了，我夹菜，人转桌；我停牌，人自扣；我杠牌，人家直接抢和；我自扣的时候，人家拉锅了。哥，你就把这家留给我吧！

哈喜喜：闹了半天是个小偷！

涛　涛：No，我最多算是个顺手牵羊的。

哈喜喜：哎呀，胆子比羊尾巴还肥呢，这么多的监控，你就不怕。

涛　涛：监控？

哈喜喜：你就不怕被别捉住？

涛　涛：（从后腰抽出一把漏勺）你看这是啥？

哈喜喜：漏勺！

涛　涛：错！这个是高科技神器！（拿出来罩在脸上）自带马赛克，（冲着镜头）看不清，看不清，就是看不清！

哈喜喜：家伙什还全呢！

涛　涛：（头一甩）那必需的。没有三下两下敢在成龙面前劈叉，没有三下两下敢在公安局门口打架——（屋外传来敲门声）

涛　涛：坏了，来人了，哥，隐蔽！

夏莉莉：开门！（夏莉莉拿出钥匙开门）

哈喜喜：俺们那个傻婆姨你说这阵子回来了！

涛　涛：哥，坏了，坏了，来人了，躲起来，你还在外边，让别抓住了。（把哈喜喜拉到衣架后）

夏莉莉：（开门进屋）哎，人呢？（走进里屋）

涛　涛：哥，好像就一个女的，要不然我们强攻？

哈喜喜：不能强攻，只能智取！

涛　涛：那你说咋闹呢？

哈喜喜：我发个微信，请求增援！

小品《如此浪漫》剧照

涛　涛：那你发信息，我瞭哨。（哈喜喜拿出手机发微信报警。大屏微信音效和字幕：我家进小偷了，速来！）

涛　涛：哥，走了，嘿嘿，走了。

哈喜喜：嘘。

夏莉莉：（提着行李箱出来，准备走，突然听到衣架后有动静）啥声音？这谁是？（上前一看，哈喜喜和小偷暴露无遗，三人都吓得尖叫起来）男女通吃——

涛　涛：你先撤，我掩护。

夏莉莉：（指哈喜喜）口味太重了，我跟你拼了！（夺过酒瓶，冲到门口）谁都罢想走。哈喜喜，隐藏得太深了，先闹个女的来辣眼睛，这又闹了个男的来打脑子！

涛　涛：两口子？

夏莉莉：我是他明媒正娶的婆姨！

哈喜喜：他是小偷！（夏莉莉一转身，涛涛顺势夺下酒瓶挟持夏莉莉。侯警官与另一名警察冲进来，将涛涛按倒在地）

夏莉莉：幸亏来得及时啊。

侯警官：你没事吧，嫂子？

夏莉莉：哎呀，侯警官没想到你还有这两下子呢。

侯警官：应该的，嫂子。

哈喜喜：何止两下子呢！别侯警官来我们社区之前，当了六年特警，不要说这个小蟊贼，就是再来五个彪形大汉也一样撂翻！

侯警官：哈师傅，那可都是八年前的事了。不过今天多亏了我们的社区治安微平台。你不知道哈师傅一报警，我们就立即赶到了这。

夏莉莉：微平台？那是个啥？

哈喜喜：就你说的那个"勾勾群！"给，戒指，结婚纪念日的礼物。

夏莉莉：结婚纪念日？

哈喜喜：嗯。你望上头还刻的是你的名字呢。

夏莉莉：（愧疚）侯警官，你罢多心。

侯警官：没事的，嫂子，赶紧带上，你看哈师傅多有心哪！

夏莉莉：（不好意思）喜喜，你咋刚才不跟我说清楚吵？

哈喜喜：我好是没给你说？你望你当时眼睛睁得像个灯泡子一样。

夏莉莉：哎哟，我那不是太在乎你嘛！

侯警官：好了，好了，哈师傅，您就别生气了，你看这不是一场误会嘛！

小品《如此浪漫》剧照

夏莉莉：就是。

哈喜喜：（指着夏莉莉）下不为例啊，夏莉莉！

夏莉莉：侯警官，谢谢你啊！

侯警官：我要谢谢你们，要谢谢大家。对了，还有一个好消息要告诉你们俩，刚刚刘阿姨举报的通缉犯也已经抓捕归案了。

哈喜喜、夏莉莉：点赞！

侯警官：这就叫“警力有限，民力无限”，所以说咱们社区的治安防范还要靠大家共同的力量。

哈喜喜：说得太好了！这就叫小平台、大真情！

侯警官：社区警务有创新。

夏莉莉：管理高效全覆盖。

三人合：警民共建一家亲！

（注：由于该剧视频原文件丢失，字幕中的错漏之处已无法修改，请读者谅解）

扫码收看

小品《情感直播》

《情感直播》为《的哥哈喜喜》剧组2018年宁夏春晚作品。

小品《情感直播》剧照

扫码收看

小品《特别行动》

《特别行动》为《的哥哈喜喜》剧组“超越梦想　铸就荣光——2023年宁夏全民健身大拜年暨体育大典”晚会小品。

演员表：

哈喜喜：出租车司机，由江涛扮演。

夏莉莉：哈喜喜妻子，舞蹈队领舞，由马茵扮演。

老　祁：50岁，小区邻居，由马冬扮演。

石老师：40多岁，舞蹈队老师，由石凯扮演。

刘队长：50多岁，舞蹈队队长，由姚翠玲扮演。

主持人：40岁，由罗菲菲扮演。

（小区健身广场）

（大屏：绿树环绕的小区健身广场）

（音效：广场舞《走咧走咧去宁夏》音乐声压混）

夏莉莉：（身穿运动服上场）全民健身暖人心，强身健体好心情。广场舞大赛显身手，特别行动要抓紧！（转身要走，哈喜喜戴着墨镜、帽子偷偷摸摸上场。夏莉莉猛一回头，喜喜赶紧躲藏）

刘队长：（幕后喊）莉莉，快来排练了！

夏莉莉：哎，刘队，来啦！（偷笑下场，哈喜喜上）

哈喜喜：（对观众）问我干啥着呢？特别行动，保密！唉！家门不幸，一言难尽呀！（朝夏莉莉方向偷窥）

老　祁：（扛着门球杆上，拍了一下偷窥的喜喜）喜喜！

哈喜喜：（吓了一跳）哎哟，老祁，你天上掉娃娃——吓人呢！简直了！

老　祁：你这是准备演特务呢？

哈喜喜：什么演特务？我们婆姨——哦，太阳出来了，我锻炼锻炼身体。

老　祁：哎呀，喜喜，我给你提个醒，小心最近发财。

哈喜喜：发财？啥意思？

老　祁：那个股票那么一涨，你头上这么一绿，那不就发了财了！

哈喜喜：我给你说，我们婆姨正儿八经是跳广场舞锻炼身体着呢。

老　祁：嗯嗯，锻炼身体，锻炼身体为啥跳广场舞啊！你眊你眊，和那个帅哥两个人都已经抱、抱、抱上了。

哈喜喜：抱上就抱上，咋了，我愿意！

老　祁：哎哟，哥哥，行呢，格局大得很啦。（《走咧走咧走宁夏》响起）你听，走了，走着走着人家两个就走到一搭里去了！

（老祁下场，哈喜喜怒火中烧。石老师和夏莉莉边跳边上场，刘队长拍视频，哈喜喜气急败坏地冲了过去）

哈喜喜：夏莉莉！（歌声停）

夏莉莉：哎，喜喜！

哈喜喜：哎哟，胆子大得很。（指着石老师）这是谁？

夏莉莉：别激动，我给你介绍一下，这是我的搭档——石老师，咋样？帅吧！

哈喜喜：哎呀！

刘队长：石老师，这是莉莉他们家掌柜的——哈喜喜！

石老师：哦，大哥，（热情地伸出手）你好，你好！

哈喜喜：（没伸手）不好，你看着我哪点好着？（拉夏莉莉）回回回！

夏莉莉：这个人怎么这样，去去去。

哈喜喜：哎哟，管不了你了。

夏莉莉：我们还要排练呢！

哈喜喜：排练？明着排练，在这里约会着呢！

刘队长：哎呀，喜喜，你误会了！

哈喜喜：误会啥呢？你都不知道，昨天我们这个贼婆姨在阳台上给我悄悄的。（学夏莉莉打电话。帅哥，明天的特别行动不见不散哟！）啊呸，我幸亏撵来了，不然把绿帽子都戴上了。

石老师：我怎么越听越糊涂呢！

哈喜喜：装乎，装乎，让大家瞅瞅，还装得好得很，都抱到一搭了。

石老师：大哥，大哥，我们的节目就是这么编排的。（夏莉莉、刘队长应和）

哈喜喜：哄谁呢？眉来眼去的，还暗送菠菜！（指向石老师）像你这种，我们今儿说说。

夏莉莉：（阻挡）爪子给我拿掉。

哈喜喜：你，我……

夏莉莉：石老师，不要理他。

哈喜喜：（捂着胸口做痛苦状）哎哟，离，绝对要离呢，我的小心脏。

刘队长：（上前扶住喜喜）喜喜，你没事吧？

夏莉莉：戏精，给我往起站，装啥呢。让你跟我跳，你不跳，这阵子你醋缸干翻了！

哈喜喜：我就不跳。

石老师：你们说的那个男领舞就是他呀。（指喜喜）

夏莉莉：石老师，你是不知道呀，我嘴皮子都磨薄了，别就是拿把得不跳。

刘队长：喜喜，咱们西门小区舞蹈队这次参加自治区广场舞大赛复赛名列前茅，评委建议加一个男领舞，节目会更完美。如果决赛胜出，我们还要去参加全国比赛呢。

哈喜喜：我一天跑出租车哪有那个时间呢吵。

夏莉莉：哎哎哎！你掉到钱眼里头了！一天就知道待在那个出租车上，回来就往沙发上一躺，什么高血压、高血脂、腰椎间盘突

出，你给我闹了一身的毛病。你说跳一跳舞多好呢，身体也锻炼了吧，还能给我们小区争光。

刘队长：对呀，健康是幸福生活的最重要的指标，健康是1，其他是后面的0，没有1，再多的0又有什么意义呢。

哈喜喜：我知道吵，锻炼身体，你为啥偏要跳舞呢？

石老师：哎，看大哥这身材不像会跳舞呀！

哈喜喜：哎哟，门缝缝里看人把人看扁了。今天啊，我跟你——

夏莉莉：哎，等等，等等。

刘队长：你干啥呢，喜喜？

哈喜喜：我跟你们都露一手，闪开，哎呀，真是的。

夏莉莉：哎哎哎，肚子。

哈喜喜：（肚子一收，几个旋转，一跳，落地不稳，差点摔倒）哎哟。

石老师：基础不错，就是好久不练，重心不稳。

哈喜喜：重心不稳？地不平，这怎么有个坑呢！（众人偷笑）

刘队长：石老师，你不知道喜喜当年是我们单位的文艺骨干、舞蹈男神！

夏莉莉：石老师，你罢说，年轻时候真还跳得不错呢，别转了几个圈圈，又翻了几个跟头，然后一个大劈叉，就把我给迷住了。

哈喜喜：唉，好汉不提当年勇，现在让这么一个帅哥一巴掌拍到沙滩上了。

夏莉莉：活该！

刘队长：喜喜，你就跳吧！

老　祁：对，喜喜，你就跳吧！

哈喜喜：刘队长，我要跳，那个家伙怎么办呢？

刘队长：哎呀，石老师是国家级社会体育指导员，今天来是给咱们辅导节目的，临时和莉莉搭档一下。

夏莉莉：哎，对了，主要就是为了刺激刺激你，把你的醋缸干翻！

哈喜喜：哎哟喂！

刘队长：昨晚和莉莉通话的是我，她为了让你来锻炼设了一计。

哈喜喜：哦，闹了半天是激将法啊。

夏莉莉：对，代号——特别行动。

老　祁：行呀，莉莉啊。婆姨给汉子挖坑——高！

刘队长：（手机微信响起）哦，电视台正在网络直播，要跟咱们视频连线进行采访。（按接听键，大屏显示主持人视频）

主持人：刘队长，您好！

刘队长：主持人好！

主持人：亲爱的观众朋友们，正在和我们连线的这位是西门小区舞蹈队的刘队长，此时此刻她和队员们在为参加全区的广场舞大赛紧锣密鼓地排练着。刘队长，请给我们介绍一下您身边居民朋友的健身情况好吗？

刘队长：好好好！你看啊，这边是政府体育部门和社区为我们打造的健身广场，这里有很多的健身器材，我身后就是广场舞的场地，那边是多功能儿童运动场。出了小区大门就是健身步道，体育公园和运动场离得也不远，几分钟就能走到。现在我们锻炼起来更方便了，锻炼的居民也越来越多了。

老　祁：（挤到镜头前）对对对，方便，方便咂了，我们现在锻炼的花式也越来越多了，什么篮球、乒乓球、足球，还有这门球、毽球、柔力球、气功、武术、八段锦，还有那个轮滑、空竹、太极拳，什么马拉松，我们想咋练就咋练。

主持人：那我们想了解一下大家的健身收获。

刘队长：这个我们队的莉莉最有发言权了，让她跟你说说。来，莉莉。

夏莉莉：啊，我说我说，主持人你好。我这身体以前可不行，头疼、脖子疼，晚上睡不着，白天没精神，动不动就躺到医院里了，后来又闹更年期，哎哟，差乎乎半条命都搭上了。后来，自从我跳了这广场舞，哎呀，我的身体一路走上坡路了，现在啊，我的毛病越来越少了，心情越来越好了，身体越来越棒了！

哈喜喜：关键是在家也不骂人了！

主持人：这位是——

夏莉莉：你个己说。

哈喜喜：我是她老汉，舞蹈队的男领舞。说起这个健身，你看，过去我们婆姨动不动就住到医院里头了，花钱不说人还遭罪。跳了广场舞以后虽说买了一堆服装、化妆品，但是医药费省下了吵。锻炼身体这个我不行，我以后要向在全国夺冠的中学生秦晴，还有参加国家队的马蕊学习，把身体练得棒棒的。让我们这个广场舞冲出宁夏，走向全国，千万不能像我们中国男足一样，动不动就丢人。

夏莉莉：哪壶不开提哪壶！来来来，石老师，你来说几句。

石老师：好！生活要健康，运动是良方。随着全民健身的推广和普及，参与到我们这个活动当中的人越来越多了，正所谓全民健身，一个都不能少。

主持人：谢谢大家，希望全民健身走进千家万户，让人人受益，也让我们得到更多的幸福感和获得感。好的，朋友们再见！（众人挥手再见）

刘队长：时间紧、任务重，我们抓紧排练吧！（众人应）姐妹们，跳起来！

众　人：跳起来！

（《走咧走咧去宁夏》音乐起，舞蹈群舞上，众人一起跳起来）

（注：由于该剧视频原文件丢失，字幕中的错漏之处已无法修改，请读者谅解）

扫码收看

微视频《未雨绸缪》

（夏莉莉家）

夏蛋蛋：（夏蛋蛋躺在家里沙发上睡着了，敷着面膜的夏莉莉将儿子拍醒。夏蛋蛋迷糊中醒来，看到贴着面膜的妈妈吓了一跳）啊！哎呀，妈咪呀，你这个面膜太吓人了。来，我们两个自拍一下，我发个朋友圈，显摆一下。（偷笑音效）

夏莉莉：（推开他）去你的吧，尽拿你妈开涮。

夏蛋蛋：（拍照）一、二、三。

哈喜喜：（戴着牛仔帽、墨镜走过来摆造型）咋样吵？看傻了吧！

夏莉莉：你闹成这个姿势，放驴去呢？（爆笑音效）

哈喜喜：你档次就低得很，同学聚会游沙湖，这身装束怎么样？

夏蛋蛋：（是非的）怕是初恋女友也去呢吧。（音效）

哈喜喜：夏蛋蛋，你罢在这胡添杠，你妈正心眼子小的。莉莉，来。（摘下帽子，翻过来。夏莉莉翻眼，没吭声）今天同学都去呢，你给上几百块钱撑个面子嘛。

夏莉莉：撑啥呢，你充啥大尾巴狼呢。（起身走开）

哈喜喜：这么大的场面，才几百块钱。

夏蛋蛋：（看着一脸失望的哈喜喜）喜喜爹，看我的。（到卫生间去找夏莉莉）妈咪，美着呢，我妈长得就是漂亮。俺对象明天过生日，我这两天手头有些紧……（夏莉莉看着他，夏蛋蛋撒娇）嗯——（偷笑音效）

夏莉莉：（无奈）我给你说，妈给的钱，省着点花！

夏蛋蛋：好，就这么定了，谢谢妈咪。

（阳台上，哈喜喜偷偷摸摸从一个花盆下翻出私房钱，刚放兜里，夏蛋蛋走到他身后，哈喜喜吓了一跳）

夏蛋蛋：（把钱递给哈喜喜）这个算我借给你的，等我结完婚，要是哪天断粮了，别忘了拉兄弟一把！（定格，爆笑音效）

（注：由于该剧视频原文件丢失，字幕中的错漏之处已无法修改，请读者谅解）

扫码收看

微视频《神秘客服》

（夏莉莉家，手机铃响，夏莉莉接电话，镜头切换诈骗人员）

诈骗人员：您好，我是天猫客服，请问您之前是不是在淘宝上买了一款吹风机？

夏莉莉：就是的。

诈骗人员：不好意思啊，因为操作失误，我们给您升级成了淘宝代购员，这个代购员可以享受优惠，但是每月会从你的账户上扣除500块的费用，一年就是6000块。

夏莉莉：啊？（吃惊音效和字幕）

诈骗人员：请问需不需要取消？

微视频拍摄工作照

夏莉莉：（赶紧说）取消取消！

（以下镜头加快）

诈骗人员：好的，取消要对您的银行账号进行认证，请将您的银行卡和身份证号信息提供给我。

（夏莉莉迅速操作手机）

诈骗人员：好的，请将您收到的验证码提供给我。

夏莉莉：（吃惊）验证码？

（夏莉莉想象：操作手机，手机短信声，看手机，手机特写：您尾号xxxx账户x月x日x完成转账交易人民币100000元，余额0.28元）

（音效：惨叫，画面：乌鸦飞过）

夏莉莉：（继续打电话）胆子吃肥了，骗到我夏莉莉头上来了。

诈骗人员：（突然变成宁夏话）莉莉姐姐？哎哟，你早说吵！

夏莉莉：（恶狠狠）拿着改锥上坟——你修先人呢！（对镜头说唱）银行卡、身份证，还有验证码，都是个人信息，你绝对要保密。要是随便轻信他人泄露出去了，哎，那就闹臊了！

男　声：（画外音）咋话是？

夏莉莉：卡上的票子一了没了么！

（音效：掌声、笑声）

警　察：银川兴庆公安提醒您，冒充客服是典型的电信诈骗手段之一，切记不轻信，不泄露，不转账。万一被骗，一定要及时报警。

（注：由于该剧视频原文件丢失，字幕中的错漏之处已无法修改，请读者谅解）

扫码收听

广播播音作品《一路同行》

新闻节目《一路同行》获2011年度宁夏广播电视政府奖播音主持类广播播音一等奖。

扫码收听

广播主持作品

《不拉手刹惹的祸》

专题节目《红绿灯·方向盘》的《剧说交通·不拉手刹惹的祸》2011年获宁夏广播电视政府奖“社教类”二等奖，2012年获第十届中国广播电视协会广播创优节目二等奖。

（《红绿灯·方向盘》节目片花）

马　茵：司机朋友、听众朋友，上午好！欢迎收听《红绿灯·方向盘》，我是马茵。

尚　谦：大家好！我是尚谦。

马　茵：今天的节目当中我们为您准备了两个板块——《“剧”说交通》和《马上听吧》。

尚　谦：欢迎您在收听节目的过程中通过热线、短信、微博参与到我们

的互动环节中。

（《“剧”说交通》片花，音乐压混）

马　茵：《“剧”说交通》今天依旧会给大家讲述一个故事的前半段，后面会发生什么事情呢？由收音机前的您来当编剧、导演设计剧情，我们为您演绎。

尚　谦：今天带给大家的故事是《高速服务区里飞走的车》。故事的主人公姓王，我们就叫他老王。话说有一天傍晚，老王拉着老婆，开着自家的车在高速公路上行驶。

（两人用东北方言演绎）

老王妻：哎，我说老王啊，这会肚子饿得直叫，这到家还得两三个小时吧？咱是不是先买点啥吃的垫垫呀！

老　王：吃的呀，哎，前面这不就是个服务区嘛！咱拐进去到超市整点啥吃的，行不？

老王妻：行啊，那有啥说的呀！

老　王：让你这么一说呀，我这肚子也咕咕叫开了。

（音效：笑声+下车声）

老王妻：哎呀，妈呀，我这腿都坐木了。

老　王：那吵，你先到超市买吃的，我先去趟厕所。

老王妻：行。哎，你想吃啥？

老　王：啥都行，抓紧时间。

（演绎结束）

马　茵：就这样，老王两口子分头行动，老婆进了超市，老王直奔厕所。

体验交通管理工作

尚　谦：大概5分钟以后，老王的老婆买完了食品，回到了老王停车的地方。

（方言演绎）

老王妻：哎，俺家的车呢？走了？这不可能呀！我一大活人，他咋就能把我忘了呢？！老王，老王，这咋回事呢，加油去了？

老　王：老婆，买好了没？

老王妻：哎呀，你说你这人，你加油去也不言语一声呢！吓死我了，我以为你把我忘这儿了呢。

老　王：加油？我没加油啊！我这刚从厕所出来呀。

老王妻：哎？那，那咱家的车呢？

老　王：哎，对啊，咱家车呢？

老王妻：咱刚才不就停这了吗？

老　王：没错，就在这呢。

老王妻：是不你没锁车，让人家谁给开跑了？

老　王：锁了呀，这不车钥匙嘛！锁完我还专门拉了一下门呢。绝对锁好了。

老王妻：哎呀，你说这前后脚5分钟，这、这车咋就没了呢？难道是？

两人合：让贼偷了？（音效：吃惊）

老　王：这不可能啊！这贼偷车敢偷到高速公路服务区？这胆也太大了吧！

老王妻：那不是贼偷了，还是咱家车自己长翅膀飞了不成？赶紧的，趁贼还没跑远，打电话报警吧。

（演绎结束）

尚　谦：就这样，老王两口子拨打了报警电话。打完电话，心急如焚的他们，又在服务区的这个角落看看，那个旮旯儿瞅瞅，找了半天，问了一圈，却依旧不见自己家汽车的踪影。这辆别克君威虽说也开了三四年了，可也值不少钱呢！两人急得满头冒汗。就在这个时候，警察赶到了。

（警笛声）

尚　谦：两口子赶忙给警察介绍了汽车不翼而飞的前后经过。

马　茵：接下来会发生什么事呢？收音机前的各位编剧、导演抓紧时间拨打热线电话0951-2087966，2088966，或者发送短信到1062981111，把您设计的剧情告诉我们。尚谦、马茵为您倾情演绎。

尚　谦：好的，那接下来我们就来接听热线。喂，您好。

谢师傅：哎，马茵、尚谦您好！我是谢师傅，哈哈。

马　茵：哦，谢师傅。

谢师傅：我来参与今天这个丢车的案例吧。我让尚谦来演这小偷，在那里用干扰器偷车。紧接着他们去报警，你再演警察。你拿电话对接各收费站注意这辆车辆，然后这辆车正好下收费站着，马茵演这个收费站这个女同志，看到车号了，不让这小偷知道发现这车了，开始通知警员来扣这辆车，我的演绎就这样。

马　茵：哎呀，谢师傅，您设计得够离奇！还设计了好几幕啊。好，谢谢我们的谢导，再见。

（开场音乐，两人开始演绎）

偷车男：女的进去了吗？

偷车女：进去了。男的呢？

偷车男：进去了。

两人合：行动！（音效：笑声）

偷车女：哎，你那干扰器，管用不管用吵？

偷车男：管用不管用，一拉车门就知道了。（车锁打开声）

偷车女：开了。

偷车男：（开关车门上车声）上车。（车辆启动声）走了！

偷车女：Goodbye！

（得意笑声，演绎结束）

马　茵：哎，我怎么感觉咱们俩像在演那个《天下无贼》！

尚　谦：敬业点，别出戏。赶紧第二场，收费站口。

（间隔音乐，开始演绎）

交　警：喂，高速收费站吗？

收费员：对。

交　警：我是高速交警，麻烦您帮我们拦截一辆车，车牌号是宁AWXYZ。

（音效：偷笑）

收费员：宁AWXYZ？

交　警：没错。

收费员：好的，一发现我们及时通知你们。

偷车男：女子，缴费。

收费员：哦，请稍等。哎，这不就警察找的那辆车嘛！（压低声音）喂，目标已出现，请速来！

偷车男：哎，快些吵。

收费员：好了，好了，给您。

偷车男：哎，这钱交了，杆子咋不起吵？

收费员：哎，就是呀，这杆子是不是又坏了呀？哎呀，师傅，对不起，我们这杆子呀今天总出故障。（音效：哎呀）

偷车男：你们干啥呢嘛，我们着急回家有事呢。

收费员：哎呀，要不然这样，嗯，您把车倒出来，我协调别的通道让您的车辆放行吧！

偷车男：你说得轻巧的很，后头跟了一屁股车，我咋倒呢嘛！（音效：失落）

收费员：（压低声音）你知道就好。

偷车男：你说啥？

收费员：啊，没事，我说啊，现在就通知我们的工作人员，指挥分流这些车辆。

偷车男：那，那你快些嗑。

收费员：行，没问题。

（转场音乐）

收费员：哎，警察，就是这辆车！

偷车男：啊，警察？！

（音效：笑声）

马　茵：完了？

尚　谦：完了。警察从天而降，来了个收费站捉贼。

马　茵：哎，这不对呀！

尚　谦：怎么不对了？

马　茵：人家老王锁完车了，还拉了下车门，看看这车门锁好了呀。

尚　谦：对啊，咱这谢导导的戏好像有点问题啊。

马　茵：我看咱们还是换个导演吧！（音效：嬉笑）

尚　谦：哎，短信平台上，尾号为7730的朋友发来短信了。（读短信）警察追捕逃犯，车坏了。老王的车没锁，就先开走了，然后电话通知老王两口子。

马　茵：哎，你别说这导演设计的剧情可是够离奇的。

尚　谦：还挺悬疑的。

（转场音乐）

老王妻：（模仿电话铃声）丁零丁零。哎，老王，电话响了，快接。

老　王：是我电话呀？喂。

警　察：是王先生吗？

老　王：是我呀。

警　察：您好，我这里是110指挥中心，刚才是您报警说您的车辆丢失了是吧？

老　王：啊，对啊。

警　察：告诉您一个好消息，您的车辆没有丢。（音效：灵机一动）

老　王：没丢？

警　察：对。刚才由我们的警察在追捕逃犯的过程当中，正好到了您停车的地方，他们的车发生了故障，没法继续追捕逃犯了。因为您的车没有拔车钥匙，车门没锁，所以，情急之下就征用了您的车追捕逃犯。这个车用完之后，我们就给您送还到您家。另外，产生的一些燃油相关的费用，我们会补偿给您。

老　王：哎呀，咋不早说呢，把俺们两口子吓得呀是火烧火燎的。

警　察：抱歉啊，我们也是刚刚接到通知，对给您带来的不便，我们致以歉意。

老　王：哎呀，没关系。人民警察为人民，在追逃犯，俺能做一点贡献还赔啥呀！不赔了啊。（掌声，演绎结束）

马　茵：哎，这不对呀！

尚　谦：咋又不对了？

马　茵：你怎么东北话还没说完？请出戏。

尚　谦：怎么又不对了？

马　茵：你说人家这老王明明车钥匙拔了，装口袋里了啊，那怎么说人家没锁车呀，没拔车钥匙呀？

尚　谦：对呀。

马　茵：继续换导演

（笑声+转场音乐）

尚　谦：有请下一位导演。

马　茵：张导。

尚　谦：您好。

马　茵：您怎么来导这出戏？

听　众：我呢，就是比较简单了。他们下车把车锁了嘛，但是没拉那个手刹，然后车在那个坡上停着呢，结果车就溜到沟里去了。民警过来就是找，在沟底下发现那辆车。

马　茵：哦，原来是这样。行，感谢张导为我们设计剧情啊，稍后我们马上演绎。好，再见。

听　众：行行行，再见。

（转场音乐，开始演绎）

老王妻：哎呀，警察你可来了，你说俺家的车咋停这儿就让小偷给偷走了，说啥都不见了呢。

警　察：您先别着急，我们先勘查一下现场。

老王妻：哎呀，反正俺们犄角旮旯都找了，这车没有啊，你说说。

警　察：您先别着急，我们先看一下啊。

（间隔音乐）

警　察：哎，这不就是那个别克君威嘛！

老王妻：啊，赶紧的。

老　王：哎，这、这、这车咋跑这来了！

老王妻：哎呀，警察，这就是俺家车，这咋跑水沟里来了？

老　王：对呀，俺刚才下车时车停得好好的呀！

警　察：你看到了没有，你停车的地方是一个下坡，你刚才下车的时候是不是没有拉这个手刹呢？

老　王：好像俺就是粗心大意没拉这手刹呀！

警　察：嗯，那就对了。你没有拉手刹，这辆车是在惯性的作用下，车子溜坡了。

老王妻：哎呀，这人咋搞的呀！老王你咋这粗心呢，你看你这。

老　王：对呀。你说我这已经有10年的驾龄了，咋到这个时候就……就就……成这样了呢！

老王妻：哎呀警察，这、这手刹没拉这么严重！你说这车咋跑这么远呢，说啥都没想到呢。那警察俺家车咋弄出来呢？

警　察：我现在就打电话叫吊车过来。这吊车呢要花1500元。

（惨叫音效，演绎结束）

马　茵：就这样，两个小时之后，老王的车被顺利地吊到了地面上。哎呀，这张导呢，你别说导得还真不错。

尚　谦：哎，好像演得挺顺理成章的。

马　茵：嗯。我们要告诉收音机前的听众朋友，张导导演的就是我们今天要告诉大家这个事情最后的真实结果。哎，你别说，这结局可能让很多人都觉得特别的意外，没拉手刹这么一个小小的动作，却引发了一场虚惊。

尚　谦：今天的《“剧”说交通》演完了。我们的节目话题呢，也可以在这里给大家公布了，那就是《不拉手刹惹的祸》。

马　茵：哎，为什么现在才公布啊？

尚　谦：节目一开始说了，那咱们的故事的底不就漏了嘛！

马　茵：哦，我倒把这茬给忘了啊。哎，你别说，停车拉手刹，平常还是挺容易被大家忽视的。

尚　谦：没错。手刹的正确使用方法大家在驾校学习的时候都学过，但是，是不是都记住了呢？我们今天啊就来考考大家，知道的朋友赶紧发送短信给我们。

马　茵：今天的节目当中，尚谦和马茵要给大家一个提醒，那就是别小看拉手刹这么一个小小的动作，少了它，轻则给你造成啼笑皆非的尴尬，重则酿成车毁人亡的惨剧。

（《马上听吧》片花）

尚　谦：有个司机老潘，最近闹了个笑话。前几天晚上，老潘和平时一样，下班回家之后把车停在家门前的院子里就进屋去了。晚

上10点左右，老潘的老婆无意中从楼上窗口往院子里瞄了一眼。

老潘妻：（山东方言演绎）哎，俺家的车咋不见了！老潘，老潘，咱家的车没了！

尚　谦：这老潘几步冲下楼去，一看院子里空空荡荡，就跑到院子外面去找。转了一圈什么也没找到。

老潘妻：坏了，肯定是让小偷偷走了，快报警。（音效：大事不好）

尚　谦：很快，赶来的民警查看了现场，发现一条浅浅的胎印，通向院子的外边。用手电筒一照，只见马路对面有一团红色的东西。老潘和民警赶过去这么一看，大家真是哭笑不得。（音效：坏笑）老潘那辆红色的轿车正安静地在路边的沟里泡澡呢。老潘这个时候才想起来，停车的时候，自己忘了拉手刹。（音效：大事不好，间隔音乐）

马　茵：还有个车主小王，在车里等人的时候困劲上来了。

小　王：（上海普通话演绎）老婆下班还有一会儿，我先眯它一小会儿。

（音效：嬉笑）

马　茵：于是，他就把这座椅放倒，躺在上边就睡着了。这一睡着，原本踩着刹车的脚自然就松开了，于是这车就顺着斜坡向后边溜去，这车是越溜越快。（音效：撞车声）坏了，撞在后面停的一辆车上了。这时候，小王还沉浸在梦里，翻了个身继续睡大觉，直到有人来拍他的车窗的时候，小王才醒了过来。（音效：狞笑+挨打）

小　王：什么？撞了你家的车？不可能啊，我车停得好好的，没有动过啊！咦，这是哪里啊，我的车子怎么跑到这里来了？！（音效：灵机一动）什么，我手刹没拉？不可能的。我老司机了，这都是顺手的事情啊，怎么会犯这种简单的错……（音效：撞车声）

马　茵：小王低头一看呀，傻眼了，手刹真的没拉。他顿时是睡意全无，惊出了一身的冷汗。

小　王：我的老天爷呀，这后面要是条河，我还不下去游泳啦。（音效：嬉笑）

马　茵：最后小王只好给人家道歉并且赔了200块钱的修理费。提醒大家如果你不拉手刹，你的车有可能还会私闯民宅，到别人家去串门子。（过渡音乐）

尚　谦：一天早晨，向师傅开着他的拖拉机，拉着一车货到村子里去卸货。货卸得差不多的时候，突然车子动了，紧接着发生了一幕，让向师傅是目瞪口呆。等他反应过来，拖拉机的头部已经撞进了附近一家民房的围墙。巨大的冲击力让民房的围墙破损严重，拖拉机也是遍体鳞伤。（音效：惨了）

马　茵：向师傅现在回忆起来这事还是心有余悸，幸亏民房里没人，没有造成人员伤亡。向师傅说，那个斜坡看上去并不陡，所以他就没拉手刹。

尚　谦：但是这一疏忽导致他损失了上万元，这个教训不可谓不深刻。

马　茵：重庆的陈先生没拉手刹的教训比这还深刻，我给他起了个名

字，叫作《惊魂十五秒》（音效：惊叫+爆炸声）。话说这陈先生在高速公路行驶途中，突然觉着肚子不舒服，就把车停在路边下车方便。就在这过程当中，他突然听见他的老婆、孩子在惊呼“救命”。转身一看，他的车竟然在自己向后滑动，（音效：命悬一线）这陈先生赶紧三步并作两步，跑到车前边，一边拽着这个反光镜，一边向他的妻子大喊。

向师傅：（四川方言演绎）手刹，快拉手刹！

马　茵：这时候，他的妻子早已经乱了方寸，不知所措了。由于这个车速度越来越快，陈先生只好迈开双腿，跟在后面是狂奔追赶。（急促音乐）

尚　谦：我想象这个镜头好像有点像《阿甘正传》。

马　茵：别打岔。这车子滑行了百米，连撞了10米护栏之后，像脱缰的野马，终于歪歪斜斜地停了下来。后悔不已的陈先生一把拉开车门，抱着自己的老婆、孩子再也不愿意松手。

向师傅：短短的15秒比15年还要长！都是我马虎大意造成的。

马　茵：这次事故，没有造成严重的后果实属幸运。你想，如果这轿车滑入了行车道，后面有车辆驶来，那后果就不堪设想了。

尚　谦：不是所有人都是这么幸运的。广州市前两天就发生了一幕，因为忘拉手刹酿成了惨剧，受害人不是别人，正是司机本人。

（音效：灵机一动）

马　茵：当时这司机把货车停在了一个斜坡上后就下车离开了。谁知道刚走几步，就听到路边有人在大喊。

过路人：（广东普通话演绎）师傅呀，你的车跑了！（音效：嬉笑）

马　茵：这司机回过头的时候，货车已经缓缓启动向坡下滑了两三米。而这个斜坡的尽头就是国道，车辆是川流不息。

尚　谦：司机赶紧跑到车头埋头弯下腰，同时伸直了双手顶住车头，想阻止货车的下滑，但是勉强支撑了几秒钟后，司机突然倒地，头部被车头的保险杠重重地撞击了一下。货车从他的身上碾压过去，又滑行了10米才停了下来，司机当场死亡。

马　茵：这个结局让我们觉得特别沉重。后来交警勘查发现没拉紧手刹和路面有坡度，是导致这次事故的主要原因。

尚　谦：所以，手刹拉不拉无所谓，这绝对是个误区。养成停车拉手刹的习惯那是必需的。（音效：掌声）

马　茵：好，我们来关注一下短信平台，看看大家使用手刹的方法是不是正确。

尚　谦：138交通广播5210的朋友说：不管是平地还是斜坡我都拉手刹。你还别说5210的这绝对是个好习惯，因为有的时候会有视觉上的这个误差，让你感觉不到坡度的存在。

马　茵：没错。9056说了：停车不熄火一定要拉紧手刹，松脚刹后再看看会不会后退或者前进，这样做可以确保万无一失。

尚　谦：5166的朋友发来了一首打油诗：离开车要熄火，不放空挡挂前挡，车轮下垫石块，防止打滑保安全。（音乐起，压混）

马　茵：本来我们还想给大家总结一下，看来大家掌握得还是挺全面的。那我们就给大家一个提醒，这不光知道还要做到，停车的时候，您别忙着下车，一定要仔细地检查一下，千万不要因为没拉手刹给您带来祸端。

尚　谦：好了，司机朋友、听众朋友，今天的节目到这就结束了。马茵、尚谦感谢您的收听，明天再会。

马　茵：再见！

扫码收看

电视主持作品《哈喜喜扯磨》

《哈喜喜扯磨》——宁夏公共频道方言类民生新闻节目。节目定位：关注百姓衣食住行，关心市民生活，说邻里百事，拉家长里短。本书收录《哈喜喜扯磨》第666期节目片段，播出时间2016年5月12日。编辑：刘艳洁。

扫码收听

广播节目

《变形记——马茵开出租》

2010年9月，宁夏交通广播开播十周年的一档职业体验类特别节目。主持人深入生活，以更好地诠释剧中人物，同时带给听众全新的听觉体验。多年后顿悟，这不就是当前正火的真人秀吗？

附录

我们眼中的她

我们眼中的她
亦庄亦谐、向阳而生
喜乐年华
相映成趣——

扫码收听

宁夏有个『夏莉莉』

闵生裕

如果评选宁夏最接地气的本土明星，我以为当是家喻户晓的“哈喜喜”和“夏莉莉”。作为方言广播剧《的哥哈喜喜》中的女一号，马茵成功地塑造了夏莉莉这一形象，一个泼辣干练、机智狡黠、善良真诚而又热爱生活的宁夏婆姨。

《的哥哈喜喜》是宁夏最接地气的地方节目，至今播出三千多集，深受广大听众喜欢，为宁夏人民带来了无尽的欢乐。江涛和马茵这两个名字也许未必有人记住，但是大家都知道“哈喜喜”和“夏莉莉”，他们是土生土长的宁夏本土笑星。美不美，乡中水；亲不亲，故乡人。人们对方言广播剧《的哥哈喜喜》中“夏莉莉”这个喜剧形象的高度认同，归于马茵幽默诙谐、俏皮十足的表演，“夏莉莉”深受宁夏人的喜爱当归于马茵对宁夏话的生动传神的表达和对银川百姓市井生活的本色演绎。《的哥哈喜喜》是无剧本即兴创作，编导现场编排主要情节线索，一边创作一边录制，演员根据编导创意现场完成演播。这种创作方式是我无法想象的。从某种程度上说，就冲这一点，我很佩服马茵和她们团队的艺术才华。

马茵不仅是宁夏广播电视台的主持人，也是本土方言广播情景喜剧《的哥哈喜喜》中的主要编创者和演播者。除了在广播剧中扮演听众喜爱的夏莉莉，还在宁夏公共频道的《哈喜喜扯磨》中和大家聊新闻、谝闲传，展示了她在播音主持方面的深厚功底。她多次登上宁夏春节联欢晚会表演喜剧小品，还获得了中国广播剧研究会专家评析的最佳女演员奖，并入选了宁夏哲学社会科学和文化艺术领军人才工程、全国广播电视和网络视听行业领军人才工程。

对大部分听众来说，广播基本上是只有声音没图像。所以，夏莉莉究竟长啥样，许多人和我一样，都不知道。大概是因为夏莉莉这个形象的先入为主，我原以为马茵也是一个大大咧咧、风风火火的中年妇女。我接触马茵好像与喜剧无关。那是在制作广播剧《闽宁镇》时，她第一次到我办公室，我没有认出她，眼前的马茵与剧中夏莉莉的样子多少有些出入。至少她与我交流时应该表现出那股子喜剧演员的范儿，但是，没有。可能因为我们谈的是正事，所以，都不苟言笑，倒像个新闻节目的主播。

因为广播剧《闽宁镇》之缘，我们一起到北京修改剧本、审听广播剧，在宁夏举办《闽宁镇》开播仪式等。我也有幸与中央人民广播电台的权胜导演，福建台的广播剧制作人王宏、编剧薛伟强等人广泛交流，并从中学到了很多东西。在《闽宁镇》的创作过程中，我见证了这位宁夏广播人对广播剧事业的热爱和执着。她与中央人民广播电台和福建省的广播剧同行交情很深，大家都认可她，足见她在业界的影响力。我感

觉这是一群快乐的人在一起做着一件快乐的事。广播剧《闽宁镇》不负众望地获得中宣部第十五届精神文明建设“五个一工程”奖，宁夏广播电视台的陈大志、马茵等人付出了艰辛的劳动，而马茵是宁夏唯一一个实质性的参与者，她做了大量编创、联络和协调工作。马茵在该剧中饰演的是一个主持人的角色，因为不是市井人物，所以没用方言，似乎没有显示出她作为喜剧演员的天分。但是，我说广播剧《闽宁镇》获奖马茵是头等功臣，一点儿都不过分。

我对宁夏的文艺创作一直有自己的理性判断，影视剧创作生产一直是宁夏的一个短板，一来我们在剧本创作和编导方面的原创能力不足；二来是资金投入巨大，风险也大，没有完善的创作机制和成熟的产业链条，以及具有一定实力的影视制作企业，难以有精品力作产生。就像中国体育大球不如小球一样，影视剧似乎不是小省区玩的，对之我们不敢抱有过高期望。但是，宁夏在舞台剧和广播剧创作中是有传统有优势的。在这个艺术门类中，我对创作成本相对较低的广播剧始终大力支持并寄予厚望。原因很简单，小投入可以大回报。

继广播剧《闽宁镇》之后，我们又与福建省联合制作广播剧《江山》，由马茵主导创作的反映红寺堡移民的广播剧《黄河水甜》，都收到了良好的社会效益。在与马茵等宁夏广播人接触的几年里，我发现可能由于互联网的冲击和传统媒体的式微，感觉广播人似乎多少有点儿被边缘化，所以，虽然他们是星是腕，但是在具体做事过程中总是那么低调务实，全然不像夏莉莉那般张扬。正是这种务实的作风，赢得了我的信任，我觉得他们是在用广播剧这种艺术形式用功用情讲好宁夏故事的人，都是用心做事的人，给他们信任，给他们支持，他们就会给你惊喜，给你回报。

扫码收听

向阳而生

马友谊

20世纪90年代，为了适应新形势，广电行业的改革风起云涌。银川人民广播电台与时俱进，加大新闻节目播出量，开辟了首个直播节目，并以此为契机加强播音队伍的建设，招收了一批新播音员，马茵就是其中一位。

第一次见到马茵，我眼前一亮，真是个美丽的姑娘！水汪汪的大眼睛，乌黑的长发，白皙的皮肤，高挑的身材，不管走到哪儿都能吸引众人的目光。那时我和同事们开玩笑说，每次看到马茵就像是看到一只仙鹤，迈着两条大长腿款款而来。

马茵是个好学、悟性高的孩子，来到播音组后，她经常主持一些群众性的文化活动，还参加诗歌朗诵比赛，对播音形式和技巧有初步的了解后，很快就进入了状态，熟悉了工作的方方面面。她播出的节目多次获奖，受到听众朋友的赞赏。她工作认真负责、乐于助人，和播音组的

同事关系融洽，大家都很喜欢她。

1998年，我因工作需要调往宁夏残联。马茵则调往宁夏人民广播电台交通音乐台，开始了新的职业征程。我会时不时地打开广播，收听她的节目，感觉马茵的播音技巧日臻成熟，较以往更加大气自信了。

21世纪的广播节目丰富多彩，方言节目应运而生。2006年，宁夏交通广播的一档方言情景剧《的哥哈喜喜》，一经播出就掀起了收听狂潮。宁夏人都知道剧中人物哈喜喜的好婆姨——夏莉莉。夏莉莉泼辣又精明，是男士们梦寐以求的老婆标杆。夏莉莉的扮演者就是马茵。我第一次知道普通话字正腔圆的马茵竟然能说那么地道的宁夏方言，更厉害的是她能做到普通话和方言的无缝切换。

夏莉莉这个角色塑造得出神入化、生动鲜活，一定是马茵细心观察、反复揣摩才呈现出来的。同时，她也开始担任编剧、导演和剧组的管理工作。《的哥哈喜喜》从播出至今十几年长盛不衰，依然是听众最喜爱的节目，并多次在自治区和全国评奖中获奖，马茵功不可没。

马茵通过不断的努力，成为大众喜爱的公众人物，也用奋进和智慧取得了优异的成绩，但她并没有因此而放松对业务的钻研。由于出色的能力和播音水平的显著提升，她评上了高级职称——主任播音员。在为她高兴的同时，我暗想：挺不错，能力得到了肯定，往后踏踏实实干就行了，别折腾了，谁知，马茵一个华丽转身，投入到了微电影的制作中，她不希望那些过往获得的荣誉成为限制她成长的天花板，她要为自己的人生开辟更广阔的领域，以实现更大的人生价值。果不其然，不久后，马茵主创的微电影不但在全国获奖，她还因在广播剧中的出色表现被中国广播剧研究会评为“最佳女演员”。

马茵秀外慧中，刚到银川电台播音组工作时，同事们都很欣赏她的穿衣品位，大方得体，清新自然，优雅时尚。一问才知道，那些服装从设计到选料，从裁剪到制作，全部出自她本人之手。她还在美开乐全国服装制作比赛中拿过金奖。在那个物资相对匮乏的年代，她的服装制作手艺着实让人羡慕和佩服。

我到残联工作后，每年都要开展一些社会活动，比如残疾人文艺演出、朗诵比赛等，每次我都会邀请播音组的同事们来参与指导和帮助，马茵总是积极地参与这些公益活动。

2022年，宁夏残联盲人协会计划把电视连续剧《山海情》改编制作成无障碍版，以帮助全国更多的视障人士体会剧中的要义和风采。我推荐了马茵参与电视剧解说词配音演员的辅导。她认真辅导配音的盲人朋友，对他们的发音、语调及感情的运用进行指导示范。她还承担了二十三集电视剧无障碍版解说词的撰写工作，并担任了解说词的配音导演，和后期制作人员一起圆满地完成了创作任务。她的敬业和专业得到了残联领导和盲人朋友的高度称赞。现在，电视剧《山海情》无障碍版已由中国盲文出版社面向全国发行。相信会有更多的盲人朋友感受到马茵用辛勤和汗水换来的丰硕成果。

《荀子·劝学》云：“骐骥一跃，不能十步；驽马十驾，功在不舍；锲而舍之，朽木不折；锲而不舍，金石可镂。”我眼中的马茵，像一匹骏马，执着无畏，逐光而行，更像一株蓬勃生长的小树，无惧风雨，向阳而生。

扫码收听

我心目中的『夏莉莉』

薛伟强

初识马茵，是在2008年中国广播剧研究会新疆年会上，这也是我第一次参加中国广播剧研究会的年会。作为一名广播剧界的新人，人生地不熟的环境让我感到有些不适应。恰巧我旁边坐着一位安静的女生，她介绍自己是宁夏台的广播剧导演，也是第一次参加中国广播剧研究会年会。熟悉的广播剧话题让我们迅速拉近了距离，后来我才知道跟我聊得这么开心的人不仅是宁夏台优秀的广播剧导演，而且是宁夏赫赫有名的系列广播方言情景喜剧《的哥哈喜喜》女主角夏莉莉的扮演者。

前不久我到宁夏参加广播剧《中国草》开播仪式。其间，我们到吴忠市采访采风，在当地餐馆吃饭时见识了马茵的影响力。餐馆老板听说我们是媒体从业人员，对我们热情有加，我问老板听过宁夏台的广播剧《的哥哈喜喜》吗？老板颇为不屑地对我说："宁夏人哪能没听过

和马茵在广播剧《中国草》开播仪式现场

呢。”我笑着说这位就是《的哥哈喜喜》的女主角夏莉莉呀！老板先是睁大眼睛看了看马茵，然后“啊”了一声，脸上的欣喜溢于言表。作为马茵的朋友，我瞬间感到了自豪。

马茵让我为她的新书写点什么，我答应了。认识马茵十几年，作为同行和生活中的好朋友，我们共同创作的第一部广播剧《闽宁镇》获得了第十五届精神文明建设“五个一工程”奖。我们俩同时入选首届全国广播电视和网络视听行业领军人才工程。原以为我对马茵是熟悉的，可真正下笔时才发现平时熟悉的马茵变得有点儿陌生起来。我应该写一个怎样的马茵呢？是宁夏听众耳熟能详的《的哥哈喜喜》里的夏莉莉？还是拿奖拿到手软的金牌主播？或是中国广播剧圈子里集颜值与才华于一身的“五个一工程”奖的获得者呢？这个问题困扰了我好久。

广播剧，作为广播文艺门类中综合艺术形式的集中体现，在很多人看来，对体现一个电台的综合实力具有指标性意义。尽管它也同广播媒体一样，经历了辉煌的过去，不得不面对艰难的选择。但无论怎样，它依然被许多追求听觉艺术享受的朋友喜爱着，也同样被一大批有志于广播艺术探索的同行们坚守着，马茵就是这样一位执着的守护人。

当人们在商品经济大潮的冲击下变得越来越务实时，大凡能够把心思和智慧奉献给广播剧事业的朋友，都是值得我们尊重的，马茵便是其中优秀的一位。当你翻开手中这本沉甸甸的作品集时，不难了解她在艺术上的向往和追求，不难感受到她在跋涉途中的心跳与脉动，不难品味出那浸透在字里行间的汗水与苦涩，所以，我相信，为了理想和热爱而努力坚持着的马茵有资格接受赞美和掌声。

马茵的作品题材范围广泛，视角独特，人物鲜活。无论写什么，都饱含着强烈的社会责任感，也流露出对平凡人物命运的关注。她的新书取名《“剧”说不错——夏莉莉外传》，或许她并没有意识到，自己就是那剧中的主人公。因为她的专注，西北大地上空的电波才更加动听；因为她的专业，收音机前的守候才更加值得期待。

很荣幸能写一写我心目中的马茵。祝愿眼里有光、心中有爱的马茵剧中的故事天天精彩，也祝愿故事里的人物形象更加生动鲜活！

扫码收听

马茵这个人

陈红

听闻马茵要出书了，我先是吃了一惊，继而又平静了。出书对她而言是件easy的事，只是不知她出的书会有什么内容，是市井百态的日常？诙谐幽默的杂谈？缠绵悱恻的爱情？还是犀利睿智的评论？我假想了N个版本，也幻想过有一天拿到她的书像个小迷妹一样说："马老师，签个名呗。"我甚至能够想象得出，当我说出这句话时她那不屑一顾的表情和常挂嘴边的口头禅："你就不能低调点。"继而大笔一挥，写上"马茵"两个字，终而又补上一句："爱惜点，都是心血。"

作为资深编剧、导演的她，御姐范儿十足，每走一处，气场全开，不熟悉她的人总觉得她不好打交道，甚至有些咄咄逼人。熟悉之后，你会发现她只是力求每件事情尽善尽美，根本没有什么其他多余的想法。

记得第一次合作搞活动，现场因为协调的事情出了点儿状况，她当

我和马茵

着众人面对我一顿狂轰滥炸。受了委屈的我内心有一万个“君子报仇，十年不晚”的小咒语，盘算着尽快脱离与她合作，于是忍而不言。没想到，不到一小时，活动现场又出状况，她再一次火力全开，我的面子碎了一地，与她当面交锋。那一次，我们不欢而散。我想，我们应该再没有合作的机会了。可谁知，后来机会反而越来越多，合作越来越顺。在以后的每次合作中，为了达到她所要求的标准，为了不再有冲突、不再复工，我开始学着她的样子沉下来认真做好每个环节的案头工作，不断复查、沟通，再确定。尽管有时拿给她，她还会挑出N个问题，但至少一次比一次少了。我发现，她脾气也小了很多，说话绵柔了很多，但严谨睿智和极具苛刻的完美要求还是没变，我甚至在想，她会不会是外星球派来搞事情的。当众人夸赞我做事不再毛糙、不再丢三落四时，我知道是因为有她这个良师益友潜移默化的影响。

有一次，一个朋友问我：“哎，夏莉莉（马茵）是不是贼难相处？”

“怎么会？她挺爷们、挺仗义、挺随和的。”我不假思索地回答。

朋友欲言又止，憋了片刻说：“我看她总是不苟言笑，感觉跟夏莉莉不一样，所以感觉不好相处。”

“角色跟她肯定不一样啊。”我解释。

“这我知道，但感觉也太不一样了。”朋友说。

于是，一段时间里，我开始观察她，发现她每次遇到人都是那种礼貌地笑笑，简单地问候一下，继而默默地走开，很少停下来跟人聊天，我甚至怀疑这姐们儿有社恐，全然没有广播剧《的哥哈喜喜》中夏莉莉的洒脱不羁、咋咋呼呼。剧外的她就像是一个佩刀的侠女，在自己的世界中披荆斩棘。

她一人分担广播剧导演、编剧、演员三个角色，我好奇她录广播剧时会是什么样子，于是溜进录音间看她录剧。录制现场的她极其专注。无剧本录制，要求在有限的时间里设定出故事情节、所处场景、人物关系、细节台词，她不时地与演员交流着故事脉络及角色定位，她的大脑高速地运转着，时不时地点头、摇头、皱眉，一边嘟囔着台词，一边指导演员表演，完全沉浸其中、心无旁骛。

不懂广播剧的人也许会认为，这是个轻松的活儿，导演、编剧说个戏，演员出个声就OK。其实不然。广播剧导演不仅仅是故事的讲述人，还是全剧的节奏大师，要具备艺术审美、情感体验、音乐音效切入、后期把控等综合素养和能力。导演的素质、心态也会直接影响一部

广播剧的品质。她那一厚沓的获奖证书、三千四百多集的《的哥哈喜喜》、近百集的单本剧、连续剧也许可以诠释她的优秀，也难怪很多人忘了她的本色，误把角色当成是她本人。

前两天，她传了书的架构给我，我又吃了一惊，真是三句话不离本行，书的内容大多跟广播剧相关，这就是她植根骨髓的执着。正是因为这份执着，才有了推动她不断前行的动力。

扫码收听

花开的声音

杨燕

那年花开粲然，我们也在最美的年华里遇见。彼时的我洒脱、桀骜不驯，甚至有些狂傲。彼时的你，优雅美丽，知性的美，温柔的美，随和的美，学识的美，谈吐的美，总之一切美集中在你身上。两个看似没有交集的人，情不知所起，彼此欣赏，成了无话不说的朋友，可能就如宋人说的“我见青山多妩媚，料青山见我应如是”吧。

最好的朋友，就是平时各自忙，却互相牵挂，有事时不顾一切也会奔你而来。这些年，看着你结婚生子，事业蒸蒸日上，艺术道路越走越宽，作为朋友深感欣慰。欣慰的同时，也深知你为之奋斗的辛苦。你出身艺术家庭，父亲是宁夏文艺界著名的诗人，从小的家教与艺术气息的熏陶使你与众不同、清雅脱俗。

你热爱生活，种花种菜、做饭做旗袍，无所不能。你做的饭菜、甜

点就像艺术品，而吃你做的饭菜、甜点就是一种享受。种花种菜你也要买来专业书籍，把每个品种的花研究透彻，把自己的家和父母的小院打理得井井有条，把日子过成诗，丰盈美好。

工作中的你更是精益求精，每一个作品、每一次演出你都认真对待，不论是电台节目还是电视节目，每个细节、用词、表情都反复斟酌，认真把一档节目做成宁夏家喻户晓的品牌。在屡屡得奖，知名度越来越高、出镜率越来越多的时候，你还是极少应酬，做人做事低调，依然读书种花，认真做好母亲、女儿的角色。在人生高光时刻能够保持一颗平常心，这是一个人的最好修养。

有教养的人内心都装着一个温暖的春天，无论走到哪里，都能令周围的人如沐春风。那种源自内心的温柔，融入骨子的修养，总能在不经意间让人动容。

每个人都不可能随随便便成功。与你相识几十年来举手投足间散发的魅力，都是你读过的书、走过的路，是一种千帆阅尽、山色已然在胸的淡定与从容。

真朋友有时无须言语，彼此在不远不近处默默地守护着、支持着对方，心灵间自有默契。三十几年的友情，世俗烟火、嬉笑怒骂皆是回忆，点点滴滴回忆起来愈久弥香。朋友中的故事都会成为你的广播剧里搞笑的段子和情景。我们一起去黄河石林，你的脚崴了，我立马将一瓶烈酒点着给你搓脚，哪知二十四小时后才能进行的活血散瘀被我错误地提前，结果第二天你的脚踝肿成了馒头。你做的麻辣烫很好吃，我想吃时，你再忙也会把汁子调好等我。我家园子农忙时，周末你都会穿上工作服来帮忙。我们一群姐妹自娱自乐，每年自办春晚，你都认真对待，玩得像真的一样……

就是这些生活细节被有心的你记录了下来，成为节目中的素材。生活中的你和你塑造的夏莉莉一角截然不同。播音、主持、剧本创作、节目录制时的你理性、专业，而情景喜剧里的你却搞笑泼辣。因为专业，所以优秀，夏莉莉这个角色被你塑造得深入人心，作为朋友真心为你骄傲。

友情是“劝君更尽一杯酒，西出阳关无故人”的悲凉，是“海内存知己，天涯若比邻”的豪迈，是“身无彩凤双飞翼，心有灵犀一点通”的默契，是“轮台东门送君去，去时雪满天山路。山回路转不见君，雪上空留马行处”的惆怅，更是李白“桃花潭水深千尺，不及汪伦送我情”的深情。

我眼里，你最美。

盛一杯浓浓的春色，回忆我们的故事，以浅浅的笑对酌时光的酒，浩荡的风中，听花开的声音。

扫码收听

马茵，加油！

武鹏

1987年春天，银川市湖滨体育场，煤灰铺就的跑道上，正在进行的是银川市高中女子一万米的预决赛。冲在最前面的运动员中有一个黑瘦黑瘦的大长腿，乌黑的短发，浓眉大眼，高鼻梁，目光坚定，身姿矫健，竭尽全力试图超过她前面的对手……这便是我记忆中马茵最早的样子。那时上学前班的我，天真地以为喊“加油”是可以助她一臂之力的，就一直在铁架子和木板搭的看台上和马茵的同学一起大声地呼喊着：“马茵，加油！马茵，加油！”

马茵是我的表姐，我舅舅的女儿。我们同在银川长大，两家人格外亲近。我是独生子，她便是我对姐姐的唯一印象。虽然我们年龄相差近一轮，工作地也远隔两千多公里，但这么多年来，我们却始终保持着一种紧密的联系，这种联系是成熟的、无压力的。平时没有客套，甚至朋友圈都不怎么点赞，但能心照不宣地感觉得到彼此的惦念，彼此的依靠与信任，遇到大事时，第一个想到的还是让对方帮着拿拿主意。

马茵的成长环境算不上一流，但也足够让人羡慕。小时候，一到寒暑假，我就会被“寄存”到亲戚家，其中最喜欢去的就是舅舅家。舅舅是诗人、作家，有文化，爱艺术，能歌善舞，能写会画，能跳会演。舅妈是幼儿园的教师，爱干净，会生活，家里布置得很有格调。虽然那个时代物质不是很丰富，但舅舅家满柜子的书、墙上的字画、窗台上的植物、沙发靠背上慵懒的猫、组合柜里高级的双卡录音机、成排的磁带都给我留下了深刻的印象。小学课本里老舍先生的作品《猫》和《养花》所描绘的“趣”，我在舅舅家就沉浸式体验过。小猫跳到书桌上，在稿纸上踩出几朵小梅花的情景我也亲眼见过。舅舅出身贫民，可做派却颇为绅士，是属于坐个一块钱三轮黄包车也会给五毛小费的人。他与晚辈的交流也是平等的，很少说教。每次到舅舅家住，舅舅都会在客厅的小床边接上台灯，并且推荐一两本书让我看，引导我养成睡前阅读的好习惯。马茵就是在这样的环境中长大的，所以她身上的文艺范儿、小资情调，对生活的热爱，对美好事物的向往，以及她的多才多艺、学什么像什么，并长期保持着对知识的渴望……这一切的特质集中在她身上就顺理成章，不足为奇了。

生活中的马茵很早就有夏莉莉的影子。银川最早的一个牛肉拉面馆就在老十六小对面的一个铁皮房子里，当时是按面的重量算的，二两、三两、四两，好像还要给粮票。马茵给我点了一个二两的，我三下五除二就把面吃完了，留下半碗汤，坐在一旁发呆。马茵和同学边吃边聊天，转过头来对我说：“妈哟，这个膝子，肉都在底下呢，咋不知道

捞吵！”现在想想，这不就是夏莉莉的雏形嘛！也正是因为那次，我后来吃拉面，一定要把碗底下的肉丁儿都捞完才肯罢休。记忆中马茵的金句还有很多。当我学英语遇到瓶颈时，她会云淡风轻地鼓励我说：“英语么，有啥难的嘛！你一天闲闲的，就多读多背嘛，溜呱呱不是你的强项嘛！”辅导我主持和演讲时会一针见血又不失幽默地提醒道：“你把背挺直！站到台上跟个大虾米一样……哎哟，眼睛睁开吵，不知道的还以为在台上睡着了。”我们在马路上聊得兴起时，她会把手机递给身旁傻站着的女儿毫不避讳地说：“自己去买个冰激凌吃，我和你舅舅戳个是非。”这些时候，她既是夏莉莉，又是马茵。也正是有了生活中的马茵，夏莉莉的形象才能如此鲜活和丰满。

工作中的马茵是一个全情投入的女强人。马茵在交通广播的时候，被临时调去主持过体育节目。她对业务非常上心，进步飞速，从一个“体育盲”迅速成为一个行家里手。90年代中期的球迷对足球的关注还停留在意甲、德甲的时候，她已经可以随时回答荷甲阿贾克斯、埃因霍温、费耶诺德的最新积分和转会近况了，让我这个整天抱着足球杂志关注各类足球消息的铁杆球迷倍感压力。她为了做好节目，也经常“麻烦”身边人。当时交通广播的节目中还有听众连线有奖竞猜环节。节目初创时，听众还不够踊跃，为了避免冷场，我偶尔会按照马茵的要求去当“托儿”，其实就是打电话过去，以热心听众的身份回答几个问题热热场。有一次，我这个球迷还被以嘉宾身份邀请到了直播间，有机会近距离观察两个主播的工作。当播音间的红灯亮起时，我这个局外人连大气都不敢喘，看着两个主播平稳紧凑地播报新闻，幽默机智地回答听众的提问，默契地相互提醒和补位，轻松地化解一个又一个突发的小状况时，你会对她们的专业肃然起敬，那些看似平常的节目背后是他们多少年默默努力凝聚成的强大内功。

随着广播剧《的哥哈喜喜》的播出，马茵的名气越来越大，她倾注了心血的节目，也让她收获了很多荣誉与人气。有很多次和马茵一起在银川街头打车，司机师傅凭声音认出是她，都强烈表示要免单，一番推辞之后，她总是扔下一张整钱，迅速关上车门，任凭车里传来师傅的无奈声："哎呀，你这是干啥呢，闹得我多不好意思！"当时我还在盘算车费和整钱孰轻孰重，后来才明白，司机师傅们朴实的表达和他们发自内心的认可，对于马茵已经是无价的褒奖了。我结婚时，老婆娘家的亲友在婚礼现场认出了马茵，也都抢着和她合影，我一边打趣："哎哟喂，势力大的都到六盘山了！"一边享受着这份"夏莉莉是我姐"的殊荣。后来在银川街头的一些饭馆，墙上挂的名人合影中，也偶尔能看到她的身影。就像《的哥哈喜喜》片头曲的歌词一样——今非昔比耍妈咪。显然，夏莉莉一角是深受人们喜爱的，这更激励着马茵继续努力，将节目做得更加深入人心。

人生的道路没有坦途，成功的道路更是布满荆棘。马茵也是一样，一路走来遇到太多的困难，也历经了太多逆境和低谷。值得庆幸的是，她从未被击垮，而是始终保持着对生活的热爱，坚持昂首向前。年过半百，人生的道路上已没有名次，唯一的对手就是自己，无论你是继续竭尽全力超越过去，还是放慢脚步享受当下，看台上始终会有一群欣赏你、支持你的人，他们不求回报，拼尽全力为你呐喊："马茵！加油！"

扫码收听

我们俩

杨晓慧

若是不细数，我甚至都忘记了我们之间有年龄差；若是不掐指去算，我甚至忘记了我们相识已有十七年！日子每天如旧地过着。这段时间与你工作往来少了，见面机会少了，但你的身影却深深地印在了我的脑海中！

我俩初次相见是在我大学毕业刚踏入职场之时，那时的你已经是宁夏知名的主持人，在广播剧《的哥哈喜喜》中出演夏莉莉一角。直播间里，你侃侃而谈；录制现场，你游刃有余。

初来乍到，我被分到了广播剧《的哥哈喜喜》剧组，前期担任场记，也参演一些角色。不久，后期制作岗位空缺，我便专心学习，研究广播剧的音频制作，跟随剧集一路成长十多年。

十几年间，我们朝朝暮暮相处，从素材的选择、剧集的探讨，到后期的修改、报送参评，低头不见抬头见，熟悉如家人。犹记得做精品剧时，我们没日没夜地一起探讨音乐、音效的运用，节奏的把控，语言与音响之间的平衡……一次次体验音乐、音效最终成为刻画剧中人物、烘托气氛的神来之笔，我们为此欢欣不已。

你是典型的处女座，做事要求尽善尽美，不能有任何瑕疵，在工作中比较容易和他人产生意见分歧。记得不时有同事吐槽：唉！今天又被马茵姐给说了……究其原因，你确实没错，是其他同事工作有疏忽。但奇怪的是，十多年来，我俩的合作却十分默契，在工作方面几乎没有产生过分歧。可能是因为我也是一个追求完美的人，这应该就是人常说的“物以类聚，人以群分”吧。我俩日常工作的状态是：不求最好，但求更好！

工作中，你给大家的印象从来都是一丝不苟，不论是你负责的节目，还是活动，从前期策划到具体流程，再到人员分工、总结汇报，你都是教科书级别的严谨。

工作之外，你不是那种要求精致的女人，而是一个可咸可甜、精致与粗疏并存的人。时不时地牺牲自己的完美形象，自嘲或自黑一把，逗大家开心一笑，全然不顾自己名角的身份。

一次录音，机房空调罢工，天寒地冻，我们想了各种办法来取暖，你直接把暖水袋顶在头上，两只手往袖口里一插，说：“拍个照吧，看看我们的创作是多么的不容易。”这张照片现在还珍藏在我的手机里，每每看到便乐不可支。

生活中的你厨艺了得，看似简单的食材，经过你的巧手就能变成

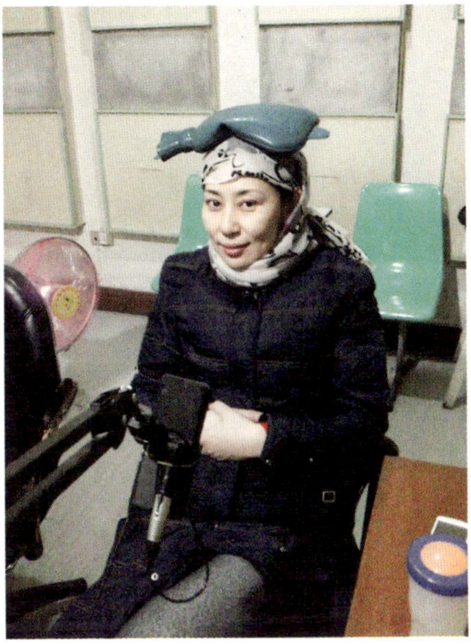

难忘的瞬间

捕获味蕾的美食。因近水楼台，我因此尝过不少你做的可口美食。第一次在你家吃麻辣烫之后，我便念念不忘，总是惦记着什么时候有机会再去过把瘾。还有你自制的各种饮品，回味起来依旧让我垂涎三尺。

遇到加班去外面就餐，每次都是你大方买单，久而久之我们都不好意思了，想回请一下吧，你却不以为意，说："好了好了，下次吧。"

他人只知你钻牛角尖般的完美要求，而我却见你风轻云淡的随性和幽默；他人只见你的名气和无数荣誉，而我却见你背后的艰辛付出与忘我钻研。只有真正走近你的人，才知你的洒脱不羁、与众不同。

与你相处的十七年，让我受益匪浅。

来吧，下一个十七年，我们继续！

扫码收听

生命里的一束光

杨艳玲

多年前在农村住的时候，生活枯燥乏味，最开心的事就是打开收音机听上一段《的哥哈喜喜》。听哈喜喜和夏莉莉的感情撕扯、油盐酱醋，听刘奶奶的是非日常、闲言碎语，跟着剧情在一哭一笑间释放自己压抑的情绪，不再纠结生活中的酸甜苦辣与鸡毛蒜皮……

不时也会和邻居一起猜测声音背后的那群人的样子，觉得无比神秘和遥远。那时的我做梦也不会想到，日后我会和这个节目，和剧中的夏莉莉结下一段缘分。

2014年刚入夏的一天，《的哥哈喜喜》播完后一则广播剧编剧培训班招生的广告引起了我的注意，并不苛刻的条件让我很心动。犹豫再三，我怯生生地拨通了电话。电话那头的女性一口标准的普通话，音色柔美，有点像夏莉莉的声音。听说报名的时间截止到当天下午六点，看

着指向五点的时钟，还在西夏区芦花乡的我哪里能赶到，我一着急声音哽咽了。电话那头果断地说：“你抓紧时间过来，我安排人等你！”

“噢，老师，等等，你们会不会以貌取人？”对方被我这句话逗笑了：“又不是选美。快来吧！”

急急忙忙赶到台里已经晚上七点半了，黑不溜秋、灰头土脸的我被门卫拦住，见我说话颠三倒四，打电话确认后才让我进去。等我的是个年轻小伙，我颤抖着双手填完报名资料，悬着的心终于落下了。虽然没见到“夏莉莉”，但走出广播电视台大门那一刻，我有一种重生的感觉，仿佛丢失了十几年的梦又在眼前，禁不住眼泪涌出眼眶，顺着脸颊流进嘴里，咸咸的，湿润了干裂的嘴唇……

开课那天，我终于见到了“夏莉莉”，高鼻梁，大眼睛，白皮肤，身材高挑，披肩长发，搭一个黑白相间的小蝴蝶头饰，一点儿都不张扬，一副阅历丰富、睿智内秀的文化人模样。和我印象中跑出租，开美

广播剧编导培训班开班仪式

容院，坐在沙发上边嗑瓜子边和闺蜜戳是非，在早市上挑三拣四、斤量必究，仰着头、傲娇地用鼻孔看人的夏莉莉判若两人！

村里人听说我见着“夏莉莉”了，都问长啥样。我就像说书一样把她描绘了一番。大家疑惑了：“哎哟，咋可能呢嘛！夏莉莉可是个歪人，下茬得很，不是个好惹的主。”

我急忙说：“我说的是我们老师马茵！”

课堂上，老师不论是说普通话还是说方言都那么好听。她总是笑嘻嘻的，很亲和。她兢兢业业的工作态度更是让我敬佩不已。培训班里学到的不只是书本上的知识，对我的心理、行为和思想都有很大影响，我从一开始的胆怯自卑渐渐变得大方开朗起来。

短短二十天的培训课一晃而过，在我有些恋恋不舍又忧心忡忡的时候，老师又给了我一个惊喜。在培训实践时，也就是《的哥哈喜喜》的节目录制中，马老师和江老师根据我的条件为我设计了刘奶奶杂碎店里雇工小陈的角色——一个进城打工的农村妇女，从怯弱悲观慢慢蜕变成一个自信敬业的好员工。我竟然成了剧组里的一员！就这样，在剧组整整工作了八年！我也和剧中的小陈一样从农村走进城市，在一个全新的世界里蜕变成自己想要的样子。

与老师相识，是生命中美好的相遇，她就像一束光照亮了我的梦想，让我的梦想照亮了现实。我感觉自己就是坐在井底的一只青蛙，被老师用力地拽出井底，让我见到了广阔的蓝天碧水、山川河流、花草树木……

在剧组里，老师对我很关照，以至于有实习生私下问我和老师什么

关系。我回答了四个字："非亲非故。"我的回答也许不能让人信服。她对我是真的好，出差回来，她会塞给我一袋外地的小吃；和家里人闹点矛盾想不通，老师几句话让我茅塞顿开；我报名参加朗读者大赛，老师百忙中抽出时间仔细指导，助力我取得了银川市第二名的好成绩。

其实她不仅对我好，而且对别人也特别好。唐瑞是我在公交车上认识的残疾人，自己都摇摇晃晃地站不稳却仍然给老年人让座，此举让我很感动。聊天得知她靠摆摊卖编织的串珠工艺品谋生。到录播间讨论录制素材时，我说了唐瑞的事，老师听后靠在椅背上，若有所思地说："这种精神值得宣传，但放在剧里……让我再想想吧。"第二天，老师就派人去采访，并在哈剧微信平台讲述了唐瑞的故事。紧接着，唐瑞收到了很多陌生人的订单，积压的成品卖给了好心人，解决了创业阶段的难题。

当我把唐瑞一直都想当面感谢老师的心愿说于她时，老师却轻描淡写地说："小事一桩，谢啥。"如今，唐瑞和丈夫开了洗车行，生意很好，还买了房。每次聊天她都不忘说"代我向马老师说声谢谢"这句话，但我只说过一次，因为我了解老师，她是赠人玫瑰愿人芬芳、心怀大爱不图回报之人。

然而有一天录剧时，老师却打了我……

那段时间我失眠，白天萎靡不振，老师告诉我的一段台词我重复了多次都记不住，站在话筒前像个傻子，录了五六遍，每次都卡壳，老师终于爆发了，一巴掌打在我的右臂上，吼道："脑子哪里去了？你能不能专心点！站在话筒前你是来演戏的，不是来混日子的。戏不行我可以给你讲，词记不住说得过去吗？都像你这样，录制任务怎么完成？听众听什么？老演员啦，扳着手指头数数来了几年了！”紧接着一阵剧烈的咳嗽，同事赶紧递上水杯，老师喝了几口才止住了咳嗽：“无剧本创作靠的是大家思想的碰撞，讨论剧情是为了提前设计角色性格特点，演绎中才能使人物更加鲜活，并深刻在听众心里。你可以走得慢，但不能原地踏步。”

事后我仔细回想老师的话，心里感到无比内疚，自己确实很少主动用心琢磨，总是在等老师设计剧情台词，然后照猫画虎，难怪老师忍无可忍……从那天起我不再畏缩，提前在素材库里选素材，在录制现场主动说出自己的想法，和老师们一起讨论、设计，有几次居然和老师想到了一起。那一刻，我开心极了，一切美好都是天天努力向上获得的。

老师的光也照进了我的生活！

春意盎然的四月，地绿花开，我们一起踏青挖野菜。老师把挖的艾草根、采摘的蒲公英种子带回去埋在小院里，来年早早就能吃到自家园子里的野菜。村里的邻居都笑她太会过日子了，把野菜搬回了城里。

麦熟果香的七月，我们相约去农村买杏。找个树杈坐稳，拣最红最软的先吃个够，再轻摘轻放过秤交钱，满意而归。回家洗净去核下锅，放冰糖熬成杏子酱，你一瓶我一瓶，共享美味，乐此不疲。

天寒地冻的腊月，老师先在小院里量尺寸、画图，然后奔建材市场买来竹竿折成半圆状固定在土里，盖上塑料布，蔬菜小棚就搭好了。棚里面撒上菠菜籽、莜麦菜籽、茼蒿籽等各种菜籽，并且要隔五天间行播种，避免一起成熟来不及吃。这一通操作看得我目瞪口呆。

众人眼中的明星，生活里却像个农妇，锄地播种、栽秧剪枝、施肥除草。为了亲手种出心中的有机菜，她可是花了不少心思。春天院门上的爬藤月季抢春似的盛开在枝头，院里那棵绿萼梅不甘示弱，花骨朵儿满枝。高低错落的花儿们就像跑接力赛一样竞相开放，惹来了蜜蜂，惹来了爱花的人。人们很奇怪，同样都是一楼小院，为什么她家的就那么扎眼、那么耐看呢？！老师就是这样，不干则已，干就要干得漂亮。

在一起的这些年里，我自认为读懂了她，几天不见就特别牵挂，感觉她像母亲一样，剧里剧外，有操不完的心。有时觉得她像一位牧羊人，孤独无助但责任重大，必须时不时甩个响鞭，提醒羊群不要偏离轨道；有时又感觉她像一本书，仔细翻阅时会发现字里行间都散发着光，提醒你避开坑洼和荆棘。

光阴似箭，日月如梭。所有的脚步都留下印记，所有的情感都装在心底，所有的美好都化作记忆。转眼间老师已戴上花镜，白发偷偷渲染了鬓角，声音也少了些清脆，但她依旧眼含星光，一步步走向前路，在匆忙又浮躁的世事中，静静地呈现美好，就像秋天的硕果，色彩斑斓……

后记

产生出书的念头是在5年前，付诸行动是在2023年年初。但我无论如何也不会想到出书过程会如此漫长和烦琐。如今手里捧着每一本书都觉得沉甸甸的，因为只有亲历之后才知它的来之不易，进而对每位作者都充满了敬意和钦佩。

这一年，因为这本书平添了许多苦累、烦忧和焦虑，也体会了很多欣慰、快乐和惊喜。每一种新的体验都会获得令人欣喜的成长，这种感觉让我越来越着迷，越来越不愿重复过去。

我一直认为自己是个幸运的人，这次亦是如此。2022年年初，一个偶然的机会认识了宁夏人民出版社的施娜副总编，简单地咨询了出书的流程后，便和以往一样果断地开始行动。我和施总编彼此理念相契合，认定她就是我此次出书的参谋者和助力者。果不其然，在她的安排下，

编辑白雪老师的严谨和底蕴让我一度对自己的文字功底产生了怀疑，毫无陌生感的沟通让我们纯粹而愉悦。吴海艳、冯彦青两位老师的设计，使这本书颜值直线飙升，呈现的效果令人意外和惊喜。杨涵之老师题写的书名，惠冰、钟培源老师拍摄的照片，老搭档晓慧的音频制作，更为本书增色不少。真是一段如丝绸般柔滑、如巧克力般丝滑的合作与记忆。

在这里还要感谢所有为出书一直帮助、鼓励我的家人、同事、朋友们，有你们真好！

此书的出版，既了却了一桩心愿，也是对自己职业生涯和生活感悟的记录。这本书最忠实的读者一定是我自己，无论是现在还是将来。非常喜欢《当我老了》这首歌，最后借用此歌歌词结尾：

当我老了

头发白了

眼眉低垂

当我老了

走不动了

捧着书本，炉火旁回忆

回忆青春欢畅的时辰

回忆一路走过的岁月和痕迹

……